KB266936

우리 옆의 약자

우리 옆의 약자

개정판 1쇄 발행 2025년 7월 11일

지은이 이수현
펴낸이 강수걸
편집 강나래 이선화 이소영 오해은 이혜정 한수예 유정의
디자인 권문경 조은비
펴낸곳 산지니
등록 2005년 2월 7일 제333-3370000251002005000001호
주소 부산시 해운대구 수영강변대로 140 BCC 626호
전화 051-504-7070 | 팩스 051-507-7543
홈페이지 www.sanzinibook.com
전자우편 sanzini@sanzinibook.com
블로그 http://sanzinibook.tistory.com

ISBN 979-11-6861-489-5 03810

* 책값은 뒤표지에 있습니다.
* 잘못 만들어진 책은 구입처에서 교환해드립니다.

이 땅 에 서 소 수 자 로 살 아 가 기

우리옆의 약자

이수현

이주노동자와 그 아들, 딸들의 소박한 꿈 | 양육과 입양 사이 흔들리는 미혼모들 | 노동하는 장애인들의 인간다운 삶을 위하여 | 종교·양심적 사유의 병역거부자들 | 이 땅에서 성소수자로 살아가기 | 고통 속에 살아가는 희귀·난치병 환자들 | 늙고 병든 것만도 서러운 독거노인들의 삶 | 우리는 입시기계 아니다 | 소외된 사람들의 마지막 거처, 쪽방 | 부도 임대아파트를 가다 | 벼랑 끝으로 내몰리는 철거민들의 삶 | 생활고 때문에 자살하는 사람들 | 갚아도 갚아도 끝없는 빚의 나락 | 이 땅에서 비정규직 맞벌이 부부로 산다는 것은 | 항구에 묶인 배, 갈매기 울음 따라 어부도 운다 | 새터민 수용도 못하면서 통일하자고

산지니

우리 모두 소수자다!

박노자 _ 오슬로 국립대학 한국학 부교수

홍세화 선생이 자주 사용하는 말 중에 한 가지 명언 격의 말이 있다. '존재를 배반한 의식'이 바로 그것이다. 우리가 실제로 처해 있는 처지와, 언론 등에 의해서 우리에게 주입되어 결국 당연한 것으로 자리 잡게 되는 의식은 거의 대조적인 위치에 있는 경우가 많다. 소수자 문제는 그 중의 하나다. 우리가 부르주아 언론에서 소수자에 대한 이야기를 접할 때에 이 이야기가 우리와 직접적인 관계가 없다는 식으로 생각하기가 쉽다. '이야기'의 구조 자체가 이미 그렇게 잡혀 있기 때문이다. 예컨대 외국인 노동자들에 대한 이야기가 나와도, 그 이야기의 골자는 어디까지나 '불법 체류라는 약점 때문에 고통을 받고 있는 저 약자 이방인들을 불쌍히 여겨주자'는 정도 이상으로 잘 나아가지 않는다. 외국인 노동자들을 '잠재적인 범죄자'로 여기려는 의식이 외국의 보수 매체에 비해 그나마 약해서 다행인지 모르지만, 악덕 기업주들에게 월급을 체불당하고 착취를 당하는 '저들'의 이야기를, 우리가 '멀리 있는 저들을 불쌍히 여겨주는' 마음으로 본다는 것은 우리의 존재와 참 사이 먼 의식이다.

외국인 노동자에 대한 착취는 극단적인 경우지만 사실 외국인의 노동은 신자유주의 체제의 특징인 '불안 노동'의 한 종류일 뿐이고 '노동 불안화'의 희생자가 누구나 될 수 있다는 것은 지금 여기에서의 우리 존재의 기본적 조건이다. 임금 체불이나 손찌검을 덜 당하고, 월급을 약간 더 받고, 출입국관리사무소로부터 박해 받을 일은 없는 것이 차이라면 차이지만, 사실 대형 마트나 텔레마케팅 회사에서 비정규직으로 일하는 한국 여성의 처지는 근본적으로 그 외국인 노동자들과 본질적인 차이가 없다. 생산수단으로부터 소외되는 것은 원래부터 근대적 무산계급의 특징이지만 신자유주의 시대의 불안 노동은 —외국인 노동자의 노동이든 국내인 비정규직의 노동이든— 이 소외를 가장 극단적인 형태로 몰고 가고 노동자를 직장 관계에서 원자화된 '일회용 용품'으로 만든다.

언제 비정규직으로 몰릴지 모를 우리들이 외국인 노동자들의 이야기를 읽을 때에 사실 '저들이 얼마나 불쌍한가'에 대해 '우월한 자의 눈물'을 흘리는 것보다는, '우리가 저들과 어떻게 연대해서 자본의 지배에 맞설 수 있는가'에 대해 고민하는 것이 우리의 존재에 훨씬 더 부합되는 의식이다. 소수자라는 말이 요즘 인기가 많지만,

실제 지배계급이 사회적 자원을 독점하는 사회에서 피지배 계급의
대다수가 이런저런 측면에서 '소수자'의 신세다. 그런데 이와 같은
의식의 형성은, 지배자들과 그들의 수하에 있는 매체들이 결코 바라
는 것이 아니다. 저들이 소망하는 것은 결국 국적, 성별, 장애의 유
무 여부, 고용 형태 등으로 생기는 '차이'를 본질적인 것으로 만들
어 그 차이로 인해 생기는 '거리'를 영구화, 절대화시키는 것이다.

　무산계급, 즉 이 세계의 짓밟힌 모든 자들의 연대의 차원에서 이
루어지는 '소수자 담론'은 가능한가? 이수현의 책 '우리 옆의 약자'
는 분명히 가능하다는 것을 보여준다. 그가 그리는 소수자들이 우리
와 멀고 다른, 연민의 대상이 돼도 연대의 대상이 될 수 없는 존재들
이 아니고, 우리 옆에 있고 우리와 쉽게 동일시될 수 있는 가깝고 친
숙한 존재들이다. 외국인 노동자들의 이야기가 나와도 그들의 모습
은 절대 '이방인' 같지 않다. 안산시의 '국경 없는 마을'에서 고용
불안과 실업, 산업 재해에 시달리고 아이들의 교육 때문에 늘 걱정
하고, 한국의 노동 운동의 문화도 많이 받아들여 '한국식'으로 머리
띠를 매고 율동을 하면서 투쟁하는 한편 한국 학교에 다니는 아이들
에게 본국의 문화도 전수하려고 애쓰는 저들의 모습은 말 그대로

'우리' 그 자체다.

저들에 대한 이수현의 서술을 읽노라면 우리 옆에서 똑같이 일하고 똑같이 고생하고 유럽이나 일본, 미국에 나간 한국 동포와 똑같은 걱정, 고민을 하는 저들을 '단속'한다는 당국의 처사를 무자비한 폭력 이외의 어떤 다른 것으로 보기 힘들게 된다. 한반도 바깥에서 사는 한국인들이 적어도 4~5백만 명으로 헤아려지는데, 우리가 '나가는' 이민은 당연지사로 여기고 '들어오는' 이민자들은 범법자 취급하여 '단속'한다는 것은 과연 무엇인가? 같은 노동자, 같은 인간들이 우리와 가까운 데에서 '단속'으로 인해 생계가 막막해져 아이들에게 어떤 미래도 보장할 수 없는 이 절박한 상황에서는, 그들과 당연히 연대해야 할 한국의 '주류' 노동 운동이 무엇을 하고 있는가? 라는 것은 이수현의 책 속에서 담겨진 근본적인 물음이 아닌가 싶다. '만국 무산자의 단결'이 표어가 아닌 현실이 되자면 '지금, 여기에서' 어떻게 해야 하는 것인가?

현장 보고서의 형식을 띤 이수현의 책은 '아픈 진실'이다. 약은 쓴 맛이 나야 효과가 있다는데, 이수현의 원고를 읽을 때에 정말로 '쓴 약'이라고 생각되었던 부분은 부산 삼광사의 100여 명 비정규직 노동자 관련 부분이었다. 불교와 오랜 인연이 되고 불교 공부를 늘 번잡한 일상 속의 '내면의 즐거움'으로 삼아온 탓인지, 계급사회 속에 편입되어 부처님의 본의를 잃은 종교가 그 원래 가르침의 정반대가 되고 말았다는 이 담담한 '현장 이야기'를 읽을 때에는 거의 눈물이 날 지경이었다. "당신 죽는 거랑, 나랑 무슨 상관이 있어. 나가라." 이것이 깡패의 막말도 아니고 가장 자비스러워야 할 부처님의 가르침을 받드는 성직자의 말이라면 우리 사회는 이미 파탄을 맞은 것이다. 마르크스가 한 때에 종교에 대해서 '짓밟힌 존재의 신음 소리이자 민중을 위한 마약'이라고 했지만 이미 '짓밟힌' 처지에 놓여 있는 비정규직 노동자들을 노조 운동을 한다고 무단으로 해고시키고 "죽든지 말든지 나가라"고 하는 종교 집단이라면 더 이상 보다 나은 세상에 대한 민중의 희망을 대변할 줄 모르는, 말 그대로 '마약 제조 및 판매'업체 수준의 집단일 뿐이다.

하급 성직자(전도사, 부목)와 노동자(운전수 등)의 착취가 불교의 대형 사찰뿐만 아니라 기독교의 대형 교회의 특징이기도 한데, 해당 사찰 내지 교회의 신도들에게 한 가지 꼭 물어보고 싶다. 여러분들이, "당신이 죽는 거랑 나랑 무슨 상관이냐"고 해고 노동자에게 말하는 수준의 성직자들이 정말로 예수님이나 부처님과 어떤 관계가 있다고 보시는가? 저 성직자들을 존중해주고 헌금 내지 불전(佛錢)으로 저들의 '종교 자본'을 키워주는 것이 과연 예수님이나 부처님이 원하실 일일까?

이수현의 책이 그리는 대한민국은 잔혹한 것이다. '유전무죄 무전유죄' 정도도 아니고 차라리 '유전즉신 무전즉수 (有錢卽神 無錢卽獸)', 돈이 있으면 인간 이상의, 신과 같은 대접을 받고, 돈이 없으면 인간 이하의, 동물도 못한 대접을 받는 것은 박정희 식 '병영 자본주의'를 이은 김대중과 노무현의 신자유주의적 모델의 실체다. "비정규직 노동자 주제에 무슨 연애를 할 수 있느냐"는 한 비정규직의 말을 읽었을 때에 노비들까지도 연애와 결혼을 충분히 할 수 있었던 조선시대의 일상에 대한 생각이 들었다. 우리가 비정규직을 '현대판 천민'이라 부르지만 연애할 생각을 못할 정도로 심신을 파괴시키고 자존심을 망가뜨리는 것은 전근대의 '천민 대접'보다 한층 가혹한 것이다.

그런데도 이 책을 읽은 뒤에 절망은 하지 않는다. 이 지옥을 인간이 살 만한 곳으로 바꾸기 위해서 수많은 사람들이 연대하고 투쟁하고 자신과 사회에 대한 새로운 인식을 가지려고 노력하는 이 이야기를 읽으면 읽을수록 대한민국에 희망이 있다는 생각이 생긴다. 1987년의 대투쟁은 결국 노동자에 대한 철저한 배제를 기반으로 했던 개발 독재 모델을 무덤으로 보내고 대자적 계급으로서의 한국 노동 계급의 탄생을 알리지 않았던가? 결국 언제인가 가까운 미래에 김대중과 노무현의 신자유주의도 노동자의 대투쟁으로 조각이 날 것을, 이 책을 읽고 믿게 되는 바이다.

2006년 3월 18일

이 책은 2005년 9월부터 〈매일노동뉴스〉에 매주 연재한 '우리 옆의 약자' 기획기사를 보완해 다시 펴낸 것이다. 일주일에 한 편씩 글을 써야하는 부담감은 컸다. 짧은 취재기간뿐만 아니라 다른 기사를 쓰면서 기획연재를 쓴다는 것은 쉽지 않았다. 취재 과정에서 만난 '약자'들의 고통과 체험을 글로 온전히 드러내기에는 역부족이었는지 모른다.

더욱 필자를 괴롭힌 것은 문제의식, 즉 '관점'의 문제였다. 알맹이를 드러내려 노력했지만 겉핥기식 취재에 머문 기사들이 있는 것이 사실이다. 부끄러운 고백이지만 취재가 제대로 되지 않아 면피용으로 글을 쓰기도 했다. 본질을 드러내기 위해서는 다양한 현상을 제대로 이해하는 것이 필요했지만 천착하지 못한 책임은 전적으로 필자에게 있다.

그런데도 이 글을 모아 책으로 다시 내고자 했던 것은 '우리 옆의 약자' 즉, 우리 사회 '소수자들'에 대한 우리(사회)의 인식을 되돌아보자는 취지에서다.

이 책에는 이주노동자와 그 자녀들, 장애인, 동성애자, 희귀·난치병 환자, 병역거부자, 독거노인, 청소년, 노숙인, 쪽방사람들, 신용불량자, 비정규직노동자, 어민, 새터민 등의 이야기들이 담겨있다. 표준화된 인간상과는 거리가 먼 사람들, 우리는 그들을 '소수자'라 부른다. 우리 사회의 다양한 소수자, 약자의 문제에 천착하고 이해를 높이는 것은 '민주화 이후의 민주주의' 과제와도 부합한다. '형식적 민주주의'를 넘어 '내용적 민주주의'로 달려가야 하기 때문이다.

우리 사회의 모습은 어떠한가. "아버지는 말하셨지. 인생을 즐겨라!" 카드회사 광고는 계속된다. '유전유능, 무전무능'의 사회를 대변하듯 "열심히 일한 당신 떠나라!" "부자 되세요!" 소름 돋는 자본의 광고는 소비의 미덕을 강조한다. 무분별한 카드의 남발로 인한 뒷책임은 온전히 개인의 몫이다. 유흥비로 탕진하고, 놀음에 빠져서 빚진 자들이 무슨 핑계가 그리 많으냐고 질타할 것이다.

그러나 가족 중 누구 하나가 병원신세라도 지거나, 사업실패라도 하는 날엔 여지없이 신용불량의 나락으로 떨어진다. 그렇지 않아도 아이들 교육비에 병원비까지 들어가느라 허리가 휠 지경 아니던가. 아이들 놀이방에 유치원, 학원, 학습지 등 사교육비는 갈수록 늘어나고, 병원 신세라도 질라치면 미래를 위해 붙던 적금과 보험도 깨야한다.

정규직 노동자는 비정규직의 나락으로 떨어지며 상시적인 고용불안을 느끼고 있다. 일하면서 가난해지는 신빈곤의 문제는 '상대적인 박탈감'을 심화시킨다. 가난한 집 아이들이 열심히 공부하면 좋은 대학가고, 좋은 직장 얻어서 신분상승의 기회를 가진다는 것은 옛말이 된 지 오래다. '요람에서 무덤까지'는 복지사회의 구호가 아닌 '부익부 빈익빈' 사회의 구호로 대체되고 있음을 수시로 목격하고 있지 않는가?

신용불량자란 말이 '과중채무자'로 바뀐다고 해서 '도덕적 해이자'란 따가운 시선이 줄어들지는 않고 있다. 임대아파트 입주민들은 해마다 주택공사의 임대료 인상에 시달리고 있다. 신불자란 이유로 '가압류'라도 걸리면 재계약에서 제외돼 쫓겨나야 한다. 부도아파트의 경우는 사정이 더 어렵다. '내 집 마련'이 평생의 소원인 서민들에게 임대아파트는 애물단지가 되고 있다.

황우석 때문에 희망을 보았고, 절망을 맛보았던 사람들. 온탕과 냉탕을 오간 사람들 가운데 희귀·난치병 환자들의 참담한 심정은 누구보다 컸다. 황우석 띄우기에 여념이 없었던 언론은 이제 새로운 영웅을 찾아 나섰다. 미식축구의 영웅 하인즈 워드. 언론은 연일 인간 승리, 감동의 드라마로 눈물 쏙 빼기에 여념이 없었다.

워드의 어머니는 장한 아들을 키운 한국인의 어머니로 그려졌다. 과연 혼혈인 워드가, 입양아 토비 도슨이 우리나라 땅에서 자랐다면 어떻게 되었을까? 기지촌의 여성, 혼혈아의 문제는 '단일민족의 신화' 속에 갇혀있는 우리 인식의 천박함을 깨는 것으로부터 재출발해야 한다. 영웅 만들기의 호들갑은 그만 떨고 말이다.

노동자, 농어민 등 기층 민중의 이야기는 애초 기획연재의 범위에 포함되지 않았다. 〈매일노동뉴스〉가 '노동' 전문 매체였기 때문이다. 그러나 자본주의 사회, 특히 신자유주의 광풍이 몰아치는 상황에서 노동자, 농민, 어민, 도시서민 등은 끊임없이 주변화되며 신빈곤의 나락으로 떨어지고 있다. 기층 민중은 수적으로 다수지만 소수자의 처지인 것이다. 이 책에서는 비정규직노동자 문제와 관련해 다른 기사를 통해 보완했다.

책의 마지막 부분은 탈북해 남쪽 땅에 정착해 살고 있는 '새터민' 이야기이다. '우리 옆의 약자' 기획연재의 마무리 글이기도 하다. 통일은 추상적이고, 먼 미래의 일이 아니다. 그런데 너나없이 통일을 이야기하면서도 '새터민' 문제에는 침묵하고 있다. 북한인권문제에 애써 침묵하는 것처럼. 물론 수구보수단체에 이용당해서는 안 되겠지만 진정한 진보를 자처하는 좌파진영의 부단한 고민이 있어야겠다. 통일은 무조건 선(善)이라는 낭만적 인식과 통일을 더 이상 민족주의적 시각만으로 접근해선 안 된다. 그러자면 탈북해 남한 땅 어딘가에 정착해 살고 있는 7천여 새터민들에 대한 관심부터 가져야 하지 않을까?

다분히 감성에 호소할 수 있는 현장취재, 르뽀의 단점을 보완하기 위해 각 글에는 '전문가 기고'를 받아 법적, 제도적 문제점과 대안을 소개했다. 책을 엮으면서 기고해 주신 분들에게 일일이 양해를 구하지 못한 점이 죄송스럽다. 그러나 널리 세상을 이롭게 하자는 목적이니 만큼 이해해 주시리라 믿는다.

미군범죄 피해자, 소록도의 한센인, 장기수, 넝마주이, 재외교포 등등. 이 책에서 다루지 못한 여러 소수자들의 아픈 이야기는 다음 기회를 빌려야겠다. 끝으로 취재에 도움을 주신 많은 분들께 감사드리며, 책 출간을 허락해준 〈매일노동뉴스〉와 힘든 경영에도 불구하고 출간을 독려해 준 산지니출판사에 감사의 인사를 드린다.

2006년 3월 3일   이수현

|제1장|

하인스 워드와 토비 도슨,
그리고 단일민족의 신화

야근에 철야까지. 심지어 명절에도 일을 했지만 돌아오는 돈은 18만 원이 전부였다. 여권과 통장은 회사 측이 갖고 있었고, 기숙사 밖으로 자유롭게 나가지도 못했다. 사업주들은 일은 많이 시키면서 돈은 적게 주었다. 심지어 "신고한다", "그 정도 돈 주면 고맙다고 생각해야지!" 등 각종 엄포에 적반하장이 따로 없었다.

항의라도 할라치면 1만~2만 원 쥐어 주며 무마하려던 사업주들. 화해의 악수를 청하며 담뱃불로 손등을 지지려고 덤비던 중간관리자. 아시아에서 발전된 나라, 인권이 보장된 나라, 한국에 대한 기대감은 여지없이 무너졌다.

이주노동자와 그 아들, 딸들의 소박한 꿈

__아직도 살색 단일민족 신화 속에 사시나요?

경기도 안산시 원곡동 일명 '국경 없는 마을'. 이주노동자와 내국인이 어울려 살아가는 다문화 공동체를 지향하기에 붙여진 이름이다. 안산역에서 나와 지하보도를 건너자 '국경 없는 거리'가 펼쳐진다. 인도네시아, 스리랑카, 방글라데시, 중국 등 즐비하게 늘어서 있는 각국의 식당들이 보인다. 다양한 먹거리와 함께 수많은 인종, 민족이 어울리는 곳이다.

각국 식품점과 환전소는 물론 국제전화 부스에 몰려 든 사람들로 휴일의 거리는 활기에 차 있다. 안산외국인노동자센터도 각국의 이주노동자들로 북새통이다. 아침 예배를 마치고 점심을 먹는 사람들, 독감예방주사를 맞으러 채비를 하고 있는 이주노동자들, 서울대공원에 단체로 놀러가기 위해 기다리는 학생들…….

"재미없어요. 애들이 자꾸 짜증나게 해요."
"공원은 이제 지겨워. (차라리) 서울랜드로 가지……."

고국의 가족들에게 안부 전화하는 이주노동자들.
안산 '국경 없는 거리'의 진풍경이다.

부모나 선생님의 마음과는 달리 아이들은 놀이공원에서 실컷 놀고 싶은 눈치다. 김치나 야채보다는 고기 종류를 더 좋아하는 아이들이다. 피부색과 생김새만 조금 다를 뿐 똑같다. 한국말도 다들 유창하다.

학교 다녀도 청강생 신분

몽골소녀 두 명이 눈에 들어왔다. 시화초등학교 5학년인 김혜린(15)양은 이주노동자 자녀들 가운데 큰언니이다. 3학년 때 전입해서 학교생활도 꽤 적응이 되었다.

"친구들도 잘해주고 (학교생활이) 재밌어요."

다른 한국 친구들보다 나이가 많지만 티내지도 않는다. 언니라고 부르는 반 학생들에게는 이름을 부르라고 한다. 방과 후 학원에 다

니지는 못해도 혜린이에게는 '코시안의 집' 친구들이 있다. 방과 후
엔 거의 매일 몽골 친구들과 집 근처에서 자전거를 탄다. 세상에 부
러울 것 하나 없는 명랑소녀다. 예체능에 소질을 보이는 혜린이는
가수가 꿈이다. 효리, 신화, SS501을 좋아하고, 그들의 노래를 즐겨
따라 부른다. 선생님과 어른들이 부르라고 권하는 동요는 그저 시시
할 따름이다. 여느 초등학생들과 다를 바가 없다.

옆자리에 앉아있는 같은 학교 4학년 이수정(13)양은 진작부터 뾰
로통해 있다.

"저는 재미없어요. 없거든요. 얘들이 자꾸 짜증나게 해요."

이유는 간단했다. 한국아이들이 몽골에서 왔다고 놀리기 때문이
다. 아이들끼리는 외모가 조금이라도 자신들과 다르거나 말이 어눌
하면 으레 짓궂게 놀리기 일쑤다. 심성이 착한 수정이는 항의 수단
으로 말하지 않는 방법을 택했다. 그러나 마음을 닫으면 닫을수록
여린 마음의 상처는 커지는 법이다.

텔레비전에서 〈칭기즈칸〉을 보느냐고 물었다. 몽골은 대제국을
건설한 자랑스러운 민족이고 나라였음을 강조하기 위해. 그러나 아
이들의 돌아오는 즉답은 허무했다.

"그런데 배우들은 다 중국 사람들이에요."

본전도 못 건졌다. 섣불리 아이들을 가르치려 해서는 안 된다는
후회가 등줄기를 타고 흐른다. 소녀들은 의자에 앉아 사과를 베어
물며, 휴대폰으로 친구들과 한참이나 수다를 떨었다. 초등학교 4학
년 이상이 되면 말 붙이기가 쉽지 않다. 몸은 훌쩍 커버리고, 변성기
도 찾아오니 말이다. 중학교 1학년인 장은석(16)군은 동생들을 챙기
고 도와주는 맏형이다.

"특별한 건 없어요. 떠들면 조용히 하라고 말하고……."

역시나 투박하다. 서울 광진구의 몽골학교에 다니다가 집에서 너무 멀어 올해 원곡중학교로 옮겼다.

"재미없어요. 외국(한국)에서 공부하는 거니까."

정체성에 대한 고민이었다. 한국이름, 한국말을 쓰고는 있지만 언제나 이방인에 머물 것이라는 생각을 하는 것일까? 은석이와 몽골소녀의 마음 속 한 구석에는 몽골의 드넓은 초원에 대한 그리움이 자리 잡고 있으리라. 은석이는 또래가 공부하는 진도를 따라잡지 못하고 있는 것이 속상한 일이었다. 학기 중간에 들어오면 치러야 할 홍역과도 같을 것이다.

"비밀이에요."

은석이의 장래희망은 알 수 없었다. 서로를 이해하고, 서로의 비밀을 나누기에 시간은 너무 부족했다.

검은 피부라 안 된다는데

자녀의 교육문제는 이주노동자 부모에게도 가장 큰 고민거리였다.

"공부가 제일 큰 걱정이죠. 대학교까지 보내고 싶은데."

원곡중학교에 곧 진학할 예정인 현수(15)의 엄마 토기는 남편 에릭카와 함께 몽골에서 한국으로 떠나온 지 5~6년의 세월이 흘렀다.

"2년여 동안 일자리가 없어서 힘들었어요. 고국으로 돌아가야 하는데 현수 때문에……."

부모의 마음은 항상 자녀에게로 쏠린다. 시화공단에서, 인근 공사판에서 맞벌이를 하면서도 그들의 꿈과 희망은 아들을 향해 있었다.

"현수야 이리 와서 같이 이야기하자. 응."

한국말이 서툰 엄마의 거듭된 소리를 듣는지 마는지 현수는 친구와 장난치기에 여념이 없었다.

스리랑카 이주노동자 하산뜨(32)는 결혼 후 지난 1997년 산업연수생으로 한국에 첫발을 디뎠다. 아내 야무나(31)는 두 해 뒤 한국으로 와서 아들 하영광(6, 미노원)을 낳았다. 부부는 스리랑카에서 잘 나가던 육상선수였다. 특히 야무나씨는 1990년 북경아시안게임에 출전해 400미터 계주 금메달을 딴 스리랑카 육상 국가대표 출신이다.

저임금, 장시간노동, 임금체불 등 여느 이주노동자와 다를 바 없었던 생활. 고용허가제 이후 하산뜨는 2년 동안 단속을 피하느라 일을 할 수가 없었다. 집안에 꽁꽁 숨어 지내며 아들을 돌봐야만 했다. 그 기간 돈벌이는 아내의 몫이었다. 야무나는 남자도 힘들다는 가죽공장에서 일하다 손목의 인대가 늘어나 수술까지 해야 했다. 그나마

스리랑카인 하산뜨(32)와 야무니(31). "하영광, 이리와." 사랑하는 아들 미노원(6)은 '영광'이라 불러야 대답한다. 야무나는 육상국가대표 출신으로 북경아시안게임에서 금메달을 따기도 했다.

안산외국인노동자센터에서 분유, 기저귀, 옷가지, 쌀, 생필품 등을 지원해 주지 않았으면 버틸 수 없었을 것이다. 수술할 비용이 없어 쩔쩔맬 때, 건강보험증도 없어 감기, 몸살 등 아기가 아플 때 센터의 도움은 절대적이었다. 센터와 동네 주민들의 도움과 친절에 거듭 감사의 인사를 전하는 그들의 표정은 온유했다.

무료 보육기관에서 영광이를 키웠듯 부부는 내후년의 초등학교부터 이후 군대에 보낼 계획까지 생각하고 있었다. 부부에게 걱정은 많았다.

"베트남, 인도네시아인들은 (비슷하게 생겼으니까)받아들이면서 검은 피부니까 안 된다고 해요."

야무나씨가 겪었던 구직과정에서의 체험. 황당한 경우가 많았다.

"검은색이 묻어나진 않네."

손등을 만져보면서 태연하게 말하는 관리자의 편견과 차별을 아이가 겪지 않기를 바라는 마음이리라.

"스리랑카 언어와 문화도 조금씩 가르쳐 주고 있어요. 그런데 아이가 너무 한국말만 해서 답답할 때도 있어요."

'미노윈'을 부르면 대답이 없는 아들.

"영광아! 이리와."

그제야 달려오는 아들을 바라보는 이주노동자 부부의 표정은 밝을 수만은 없었다.

가풍 있는 집안에 먹칠을 해도 유분수지

또 다른 이주노동자 가정. 아내가 한국인인 경우는 아이들 교육 등에서 사정이 좀 나은 편이다. 일단 국적을 취득하기가 쉽기 때문이다. 아이들 한국이름은 엄마의 성을 따랐다. '코시안의 집' 마스코트로 잘 알려진 대한(5)이의 엄마 지옥희(29)씨. 다문화교회에서 만난 스리랑카인 남편 산주씨와 지난 1998년 결혼해 대한, 대성(2) 두 아이를 두고 있다.

"아이들이 피부색과 생김새가 조금 다르다는 이유로 놀림당할까 걱정이에요."

독감예방접종을 하기 위해 자리에서 일어나는 지씨. 그의 말투와 외모만으로는 그가 한국인임을 단박에 알아보기가 힘들었다. 부부가 살면서 닮아가기 때문일까? 생김새와 말투로 한국인임을 구별하려고 했던 기자의 시각은 착각이었고, 잘못된 판단이었다.

큰 눈에 오뚝한 콧날, 까무잡잡한 피부의 영민(5)과 예린(4). 두 아이의 엄마인 한국인 유미(32)씨도 마찬가지였다. 남편은 방글라데시 이주노동자다. 집안의 반대를 무릅쓰고 감행한 결혼이다.

"가풍 있는 집안에서 그것도 무남독녀가 집안에 먹칠을 해도 유분수지."

집안 식구들의 반대로 욕을 엄청 먹었다. 지금은 아이들 덕분에 친정 부모님이 이해는 하지만 앙금은 쉽게 가라앉지 않는 모양이었다. 남편이 최근 국적을 취득해 아이들 교육문제는 크게 걸릴 것이 없다.

"아이들이 나중에 학교가거나 사회생활하면서 상처 입을까봐 그게 걱정이죠."

유미씨의 고민은 오래 지속될 것이다.

"어머 쟤는 왜 저렇게 시커매. 외국사람 인가봐."

우리사회의 편견과 차별은 한순간에 사라지진 않을 것이다.

'살색 없애기' 캠페인을 벌여도 살색의 기억은 오래간다. 그러나 대한민국 국민의 피부색은 '살구색'만 있지 않다. 노랗고, 하얗고, 검은 한국인들이 속속 등장하고 있기 때문이다. 단일민족의 신화는 이미 깨지고 있다. '국경 없는 마을' 안산의 휴일은 형형색색 활기로 가득 차 있었다.

보육·교육의 사각지대에 방치된 '코시안' 아이들

지용이, 대한이, 은영이, 누리, 호야. 이주노동자 가정과 그들의 자녀를 양육, 지원하는 안산외국인노동자센터 부설 '코시안의 집' 아이들이다. 코시안은 KOREAN과 ASIAN의 합성어. 이주노동자 가정과 자녀를 부르는 호칭이다. 낯선 기색도 잠시.

"안녕하세요."

유창한(?) 한국말로 인사를 건네는 어린이들.

"사진 예쁘게 한번 찍어볼까"라는 말에 아이들은 앞 다퉈 친숙하게 다가온다. 승리의 V자를 그리고, 동화책을 들고 자세를 잡는가 하면 제 이름을 쓴 학습장을 내밀기도 한다.

아이들의 아빠는 조선족, 스리랑카, 중국, 몽골 등 다양한 국적의 이주노동자들이다. 안산에는 줄잡아 5만여 명의 이주노동자들이 거주하고 있는 것으로 추정된다. 국제결혼도 늘어났다. 안산시 단원구의 경우, 지난 9월 말까지 혼인신고를 한 1,691쌍 가운데 18%인 306쌍이 국제결혼인 것으로 나타났다. 인근 시화공단을 끼고 있는 시흥시도 올해 들어 혼인신고를 한 2,448쌍 가운데 8%인 198쌍이 국제결혼일 정도다.

현재 코시안의 집은 6세 미만의 영유아들 15명, 초등학교 이상 어린이 15명 정도를 돌보고 있다. 퇴근 후 아이들을 데리러 오는 부모들을 위해 매일 저녁 9시까지 아이들을 돌본다. 부모들은 일용직이 대부분이다. 가정 형편이 어렵다 보니 분유, 기저귀 값 등 실비만 받는다. 아이들 우유 먹이랴 대소변 도와주랴 분주한 코시안의 집 김양애 선생님.

"고용허가제 이후 일을 못하시는 분들이나, 새벽에 일하러 갔다가 단속돼 추방되거나 해서 인원은 유동적이에요."

얘, 언제까지 있나요

우리 정부는 2003년부터 아동권리 국제협약을 쫓아 초·중교 의무교육을 개방했다. 그러나 정식 입학, 졸업이 아닌 청강생 신분이다. 교장 재량에 따르다 보니 학교마다 상황은 천차만별이다. 안산의 원곡중학교에는 6명의 이주노동자 자녀들이 재학 중이지만 모두 청강생 신분이다. 그나마 이 학교는 초등학교 '수료증' 밖에 없는 이주노동자 자녀들을 잘 받아주기로 소문난 곳이다.

"얘 언제까지 있나요."

이주노동자 자녀를 받아들이는 다른 학교에서도 피부색과 얼굴 생김이 다른 학생들을 부담스러워 하기는 마찬가지다. 교육은 받도록 했지만 일시적인 미봉책에 그칠 뿐이다. 문제의 본질은 더 근본적인 곳에 있다. 경제적 부담과 불법체류 사실이 발각될까봐 많은 이주노동자들이 자녀들을 학교에 보내지 않거나 엄두를 내지 못한다. 이주노동자 가정은 부부가 대부분 맞벌이이고 경제적으로 어렵다. 이 때문에 이들 자녀들을 위한 한국어 교육과정, 방과 후 교실 등 특별프로그램의 필요성도 제기되고 있다. 현재 학교에는 이런 아이들을 위한 별도의 프로그램이나 지원체계는 없다. 편견과 차별 해소를 위한 통합교육의 중요성은 그만큼 더 커진다.

"제도권에서는 의사소통이나 정서상의 문제, 비용문제 등이 있죠. 그러나 결국 교육은 통합의 흐름으로 가야합니다."

코시안의 집 김영임 원장은 이를 위해 두 가지를 강조했다. 타국에 대한 존중과 소수자를 배려하는 인권교육. 또 하나는 한국에서 태어난 아이에 대해 영주권과 체류권을 주고 적어도 고등학교까지는 다닐 수 있도록 해야 한다는 것이었다.

2005년 10월 11일

이주노동자 자녀들 교육권 보장 · 제도개선 나서야

이은하 성동외국인근로자센터 지역복지팀장

2001년 3월 교육인적자원부는 '불법체류 외국인노동자 자녀의 교육권'을 보장하기 위한 행정지침을 마련했다. 그러나 상황이 나아지지 않아 2003년 1월 유엔아동권리위원회로부터 '모든 외국인 어린이에게도 한국 어린이들과 동등한 교육권을 보장하라'는 권고

를 받기에 이른다.

2003년 1월 19일 개정된 초중등교육법시행령 제19조 1항은 '재외국민 또는 외국인이 보호하는 자녀 또는 아동이 국내의 초등학교에 입학하거나 최초로 전입하는 경우 출입국사무소장이 발행한 출입국에 관한 사실증명서 또는 외국인등록사실증명서를 거주지 관할 해당 학교의 장에게 제출함으로써 입학 또는 전학절차를 갈음할 수 있다'고 규정했다. 한국 정부가 1991년 12월 20일 비준한 '아동권리에 관한 협약'을 준수하고 인권을 존중하는 교육적 차원에서 불법체류 외국인 자녀에 대한 교육의 기회를 부여한 것이다.

그렇다면 실제 이주노동자 자녀들의 교육권 실태는 어떨까? 2004년 성동외국인근로자센터를 방문한 몽골 출신 이주노동자 자녀 22명을 대상으로 벌인 '외국인노동자 자녀에 대한 설문조사' 결과에 따르면 한국 학교에 입학한 아동은 50%이며, 몽골학교에 다니는 아동은 31.8%, 학교에 다니지 않은 아동은 18.2%를 보였다.

이주노동자의 자녀들은 한국에 있는 부모를 만나기 위해 한국에 입국하며(68.2%), 이들의 연령은 10세에서 12세(59%)인 것으로 나타났다. 이들 자녀들이 학교생활에 적응하지 못하는 이유는 선생님과 친구들이 자신들을 차별하고 있다고 생각하며 한국어의 어려움이 압박감으로 작용하기 때문이다. 또한 한국 친구들과 견줘 성적이 낮을 수밖에 없고, 입학할 때 학년을 낮추어 들어가기 때문에 거기서 오는 교우관계의 어려움도 있다. 이런 경우가 지속되고 방치되어 결국 중도에 학업을 포기하는 경우도 생긴다.

학교생활에 적응하지 못한 15세 이상 청소년들은 자의반 타의반 일자리를 찾아 노동현장에 들어가기도 한다. 부모가 불법체류자인 경우 사태는 더욱 악화될 가능성이 높다. 부모가 단속을 피해 지방이나 외진 곳으로 일자리를 옮겨 다니면 자녀들은 오랫동안 혼자지내거나 이리저리 학교를 옮기게 된다.

이주노동자 자녀들의 교육권을 보호하기 위해서는 이주노동자자녀들의 정서적 지원을 통해 문화적 적응을 도와야 한다. 우선 한글교육 및 학습, 취미, 성교육, 방과 후 교육 등 다양한 프로그램을제공해야 한다. 또한 이주노동자와 자녀들의 한국 내 삶의 애로사항도 해결하려 노력해야 한다. 아울러 교우와 교사들이 다양한 이주노동자의 문화를 이해하기 위한 교육도 절실하다. 이 내용들은 '지구촌 학교'라는 이주노동자 자녀들을 위한 대안학교에 적용해지난 4월부터 성동외국인근로자센터 내에서 운영해오고 있다.

무엇보다 학교 교사들이 이주노동자 자녀들을 잘 모르기 때문에벌어지는 실수들이 많다. 지금까지 이루어지고 있는 이주노동자 자녀들의 교육권의 문제는 주로 한 사람이나 단체가 나서서 한 아이의 문제를 해결해주는 식이었다. 그러나 이제는 이주노동자들의 교육권과 제도의 개선 방향을 본격적으로 논의해야 할 시점이다.

이주노동자 활동가들이 꿈꾸는 세상

__'만국 노동자의 단결' 책 속에만 있나?

전 세계 이주노동자들이 각국의 단속과 추방정책으로 신음하고 있다. 규제의 장벽을 풀어 헤치며 자본은 국경 없이 세계를 떠돈다. 그러나 노동은 예외다. 제3세계 국가 저임금 노동자들은 좀더 높은 임금을 찾아 나서지만 각국의 노동통제정책은 갈수록 심화되고 있다. 설자리를 잃어가고 있는 이주노동자들은 '단결과 연대'의 정신으로 맞서고 있다.

국내의 이주노동자들은 40여만 명. 불법체류자로 낙인찍힌 노동자만 18만 명에 이른다. 단속과 추방의 나락을 피해 숨죽인 이주노동자들은 스스로 문제 해결을 위해 목소리를 높이고 있다. 그러나 이주노조는 합법화되지 못하고 있고, 아노아르 이주노조 위원장은 체포돼 구금되어 있다. 언제 추방될지 모르는 위험 앞에서 이주노동자들은 고용허가제의 철폐와 노동허가제의 쟁취를 목놓아 외치고 있다. 아직은 역부족이지만 그러나 포기할 수 없는 길이다. 각각의 처지에서 그들은 우리 사회의 울림과 연대를 호소하고 있다.

고용허가제 철폐! 노동허가제 쟁취!
이주노동자 결의대회 모습

자본의 세계화 속에 노동은 없다

"9월 말부터 연말까지 미등록 이주노동자를 자진 출국시키는 고용주는 처벌을 면제한다."

"한나라당이 외국인근로자인권법 제정을 추진하고 있다."

"법무부의 이주노동자에 대한 인권침해가 전혀 개선되지 않고 있다."

"한 미등록이주노동자가 단속반이 출동한 줄 알고 달아나다 심장마비로 사망했다."

시민방송 RTV의 '다국어 이주노동자뉴스'의 내용이다. 방글라데시, 몽골, 버마, 네팔, 영어 등 5개 국어로 진행되는 뉴스제작 현장. 이주노동자들이 대본을 점검하고, 화면을 응시하며 준비에 만전을 기한다. 하지만 10여분 동안을 혼자 쉴 새 없이 말을 하는 것이 쉽지만은 않다. 중간 중간 목이 메고, 발음이 틀려 NG가 생긴다. 그런데도 이주노동자들의 표정은 활기에 차있다.

"현재 5개 국어에서 중국, 베트남어 등을 확대하고, 한달에 두 번밖에 하지 못하는 방송횟수도 늘려야 하고요."

마붑(방글라데시 · 29)은 영상 활동가다. RTV를 통해 '이주노동자세상'과 '다국어 이주노동자뉴스' 등을 제작, 진행하고 있다. 한국말이 서툰 이주노동자들에게 소식을 전달하고, 한국인들의 편견과 차별을 바꾸는 데 방송만한 매체가 없다. 그는 현재 이주노동자 TV(MWTV) 대표를 맡고 있다.

한국생활 6년째인 그는 여느 이주노동자와 마찬가지로 경제적인 이유로 한국행을 결심했다. 공부를 계속하고 싶었지만 심장이 좋지 않은 어머니의 병원비 마련과 10남매를 돌보기 위해서는 어쩔 수 없었다. 3년 동안은 고국에 부지런히 송금을 했다. 그러나 2002년 단속이 심해지고, 명동성당 농성에 동참하면서 영상에 관심을 가지게 됐다. 노동인권영화제에 작품도 출품할 요량이지만 아직 작업은 더딜 뿐이다.

고용허가제 시행 1년. 특집방송도 두 차례 내보냈다.

"노동자로 인정하면 아무 문제가 없어요. 그런데 일자리 빼앗아 간다는 논리로 인종, 민족주의 의식을 퍼뜨리죠."

단속과 추방정책으로는 이주노동자 문제가 풀리지 않을 것이라고 마붑은 확신했다.

"자본의 세계화는 이뤄지면서 노동의 세계화는 인정하지 않으려는 발상이겠죠."

마붑은 내친 김에 한국의 노동운동에 대해서도 쓴 소리를 아끼지 않았다.

"회의 때 찾아와서는 의견만 개진하고 투쟁은 같이 하지 않아요. 이름만 내걸고 있을 뿐이죠."

민주노동당과 민주노총이 많이 도와주고 있는 게 사실이지만 연대라고 말하기에는 미흡하다는 얘기다. 그는 지난해 한 시민단체에서 일하고 있는 한국인 여성 활동가와 결혼했다. 방송활동만으로는 생계가 어려워 번역과 음식점 서빙 등 부업도 부지런히 하고 있다.

부당함에 항의하기 위해 배운 한국말

서울 광화문 교보문고 앞. 배낭을 둘러맨 한 이주노동자가 유심히 책을 보고 있다. 이주노동자 뚜라(버마행동 대표 · 34)는 경기도 부천의 '버마행동' 사무실 근처 지하 월세방에서 최근 입국한 친동생과 함께 살고 있다. 미혼인 그는 지난 1994년 산업연수생으로 한국에 들어와 7개월 동안 충북의 한 시트공장에서 일했다. 야근에 철야까지. 심지어 명절에도 일을 했지만 돌아오는 돈은 18만 원이 전부였다. 그나마 돈을 직접 받지도 못하고 5만~6만 원씩 용돈조로 돈을 받았다. 여권과 통장은 회사 측이 갖고 있었고, 이후 돈은 행방불명이었다. 기숙사 밖으로 자유롭게 나가지도 못했다. 결국 이탈을 결심, 인천으로 도망 아닌 도망을 쳤다. 불법체류 신분이라 한 회사에 오래 있지는 못했다. 사업주들은 일은 많이 시키면서 돈은 적게 주었다. 심지어 "신고한다", "잡아가라고 하겠다", "그 정도 돈 주면 고맙다고 생각해야지" 등 각종 엄포에 적반하장이 따로 없었다.

"돈이 없다.", "밥도 못 먹었다."

항의 아닌 항의라도 할라치면 1만~2만 원 쥐어 주며 무마하려던 사업주들. 화해의 악수를 청하며 담뱃불로 손등을 지지려고 덤비던 중간관리자. 아시아에서 발전된 나라, 인권이 보장된 나라, 한국에 대한 기대간은 여지없이 무너졌다.

"내가 생각했던 것보다 사람들이 다르구나."

뚜라가 한국말을 배우게 된 것도 부당함에 항의하기 위해서였다. 노동자의 정당한 권리를 주장하기 위해 그는 친구, 동료들을 자연스레 조직하게 됐다. 뚜라는 이주노동자의 현안 문제에 대한 대응뿐만 아니라 버마의 민주화를 위해 활동하고 있다. 그러나 한국에서 많은 것을 배우고, 버마에 돌아가서 일하겠다는 꿈은 버마의 폭압적 정치 상황으로 인해 한해 두해 미뤄지고 있다.

버마는 지난 1988년 8월 8일 군부독재에 반대하는 민주항쟁이 있었지만 9월 계엄령 하에서 2만여 명이 학살되었다. 아웅산 수지가 이끄는 민족민주동맹(NLD)이 1990년 총선에서 압승을 거뒀지만, 수지 여사는 17년간 장기연금 상태에 놓여있다. 2000년 5월 우리 정부에 버마 군사독재 정권으로부터 난민인정을 신청한 9명의 버마인(NLD 회원)들은 2005년 4월 불허 통보를 받았고, 현재 재소송 중이다. 뚜라도 지난해 5월 정치적 난민신청을 했지만 아직 우리 정부는 묵묵부답인 상태다.

"난민신청 접수조차 받지 않는 경우도 있어요. 불법체류자란 이유로 800만 원의 벌금을 먼저 내야 한다는 거죠."

"여권이 없다는 이유로 보호소에 3개월째 억류되어 있기도 해요."

뚜라는 버마행동 한 회원의 딱한 처지를 풀어 보기 위해 국가인권위에 상담하러 자리를 옮겼다. 이국땅에서 노심초사하며 버마의 정치적 변화를 갈구하는 뚜라의 모습. 밀항 후 5·18로 희생된 이들에게 진 빚이 많다며 운동화를 벗지도 않고 미국에서 생활했다는 윤한봉의 모습이 스쳐 지나갔다.

● **작업장 내 고충사항 경험 여부**

연도	2002	2005
임금체불 경험	51.4	47.5
근무 중 상해 경험	32.2	38.3
신체폭행 경험	30.5	19.4
언어폭력 경험	50.7	34.0
감금 경험	17.1	12.9
신분증 압류 경험	40.2	12.9

출처: 각 조사 보고서 (국가인권위원회, 국회노동기본권연구모임)

＊이주노동자에 대한 폭행이나 언어폭력 등은 대폭 감소하는 추세다. 그러나 임금체불, 근무 중 상해 경험은 증가하거나 크게 줄어들지 않은 것으로 나타났다. 이주노동자에 대한 사업주나 관리자의 태도가 다소 개선되었으나, 업무 및 노동 조건에 관한 사항은 여전히 개선되지 않았음을 의미한다. 특히, 감금 혹은 신분증 압류와 같은 명백한 불법 행위가 여전히 자행되고 있다는 것은 심각하게 받아들여야 할 지점이다.

평범한 이주노동자가 이주노조의 핵심 활동가로

이주노동자의 문제를 한국이라는 작은 마을에 흘러 들어오는 물로 비유한 뚜라. 이 물이 잘 흘러갈 수 있도록 트면 농사를 짓는 데 유용하지만 막으려 하면 피해만 커질 뿐이다. 일거리가 있어도 단속을 피해 지하셋방에 꽁꽁 숨어 공동생활을 하는 이주노동자들. 연행 과정에서 전기충격봉, 가스총, 수갑을 채우는 등의 인권유린이 버젓이 벌어지고 있다. 고용주 대상이 아닌 노동자 위주의 제도가 필요함은 두말할 나위가 없다.

이주노동자를 합법적으로 착취하는 고용허가제를 반대하며 노동3권이 보장되는 노동허가제 쟁취투쟁에 선봉에 서 있는 이주노조. 그러나 이주노조는 2005년 6월 설립신고서가 반려되었고, 아노아르 위원장은 5월 연행돼 보호소에 수감 중이다.

서울 중구청 맞은편 민주노총 서울본부와 같은 건물을 쓰고 있는 이주노조를 찾았다. 28일 오전 샤킬 위원장 직무대행은 지역 조직 사업으로 자리를 비웠고, 까지반(네팔·41) 서울경인이주노조 사무국장이 자리를 지키고 있었다.

그는 1991년 네팔을 떠난 뒤로 한국 땅에서 청춘을 보냈다. 같은 일을 했어도 한국 노동자들보다는 절반가량 낮은 임금을 감수하면서 일했다. 기술을 배우고 익혀야 임금의 차이를 좁힐 수밖에 없음을 현실로 인정한 평범한 노동자였다. 그래서인가. 다른 이주노동자들과 달리 큰 탈 없이(?) 지냈다. 2001년까지 10여 년 동안 두 곳의 직장에서 안정적으로 일한 것만 보더라도 말이다. 그간 푸른 산과 들이 있는 고국으로 돌아갈 생각도 있었다. 그러나 홀로 계신 어머니의 심장병 악화로 병원비를 계속 대야 했고, 동생들 용돈이라도 쥐야 하는 장남으로서 책임감은 그를 붙잡았다.

그러나 2003년 고용허가제의 시행과 함께 시련은 찾아왔다.

"더 이상 쓸 수 없다."

해고통보를 받았다. 가만히 있을 수만은 없었다. '단속·추방 반대' 명동성당 농성에 동참했다. 그 뒤 그는 2005년 4월 이주노조 결성과 함께 사무국장으로 선출되었다. 현재 이주노조의 조합원은 300여 명 정도. 그 가운데 8% 정도는 보호소에 수감되어 강제추방 위기에 내몰려 있다.

"현장의 조직화 과제가 시급합니다. 그러나 많은 이들이 가입하지는 않았어도 대다수가 이주노조를 지지하는 분위기입니다."

산업연수생들이 최저임금도 받지 못했던 것을 투쟁으로 쟁취했듯, 정부의 단속과 추방정책도 강력한 저항에 직면할 것이라고 그는 말했다.

"민주노동당, 민주노총 등과 노동허가제 입법을 위해 공동노력을 하고 있고, 향후 투쟁방식 등에 대해 논의를 집중할 계획입니다."

평범한 이주노동자를 이주노조의 핵심 활동가로 만든 것은 우리 정부다. 2004년 4월에 정부는 평등노조 이주지부장 샤말 타파를 강제 출국시켰지만, 그는 현재 네팔노총 이주사업부에서 일하고 있다. 까지만 사무국장도 언젠가 네팔로 돌아갈 것이다.

"네팔 국민의 90%는 농민입니다. 그래서 한국의 농민운동에 대해서도 틈틈이 공부하고 있어요."

전 세계 떠도는 유령 이주노동자

18년 전부터 한국에 들어와 3D업종에서 묵묵히 일해 온 이주노동자. 이제 내국인의 일자리를 빼앗고, 국내 노동시장을 교란시킨다는 이유로 단속과 추방의 대상이 되었다.

"국내 노동자들의 일자리를 빼앗지 않는 범위 내에서 이주노동자 정책이 필요하다."

그 말 속에서는 '만국의 노동자여 단결하라', '노동자에게 조국은 없다'는 말은 공허한 책 속의 이야기일 뿐이다. 저임금, 중노동은 물론 사회적 멸시와 강제추방……. 한국의 이주노동자 정책만이 반동적인 것은 아니다. 이미 이주노동자들은 설자리가 위태로운 것이 세계적인 추세로 자리 잡고 있다. 세계화 시대, 자본은 국경 없는 이동을 보장 받지만 노동은 자본과 국가에 의해 철저히 통제받는다. 까뮈가 쓴 〈이방인〉에서 아랍인은 주인공 뫼르소의 총탄에 허망하게 죽어가야 했다. 그저 강렬히 내리쬐는 햇볕 때문에. 죽은 아랍인은 주목할 대상이 아니었다. 전 세계를 떠도는 노동. 이주노동자 그들은 누구인가?

2005년 10월 4일

이중의 실패 '고용허가제' 제도 전환 시급

홍원표 민주노동당 노동분야 정책연구원

외국인력정책의 정책 목적은 원활한 인력수급과 이주노동자들의 기본권 보장이다. 그러나 이제 막 시행 1년을 지난 고용허가제는 이 두 가지 목적 모두 충족시키지 못 하고 있는 것으로 평가받고 있다.

2005년 7월 현재 한국에 체류 중인 이주노동자들은 34만 9,063명이다. 합법적 체류 자격을 갖지 못한 미등록 이주노동자는 2003년의 일부 합법화 조치 이후 그 규모는 지속적으로 증가해 왔다. 2005년 7월 현재 19만 6,578명으로 전체 이주노동자의 56.3%에 달한다.

미등록 이주노동자의 존재는 고용허가제 제도 외부에 이주노동자 취업시장이 형성됨을 의미한다. 제도 외부의 취업시장, 즉 음성적 노동시장의 존재는 이주노동자들의 제반 노동조건을 악화시킨다. 동시에 각종 제도의 사각지대를 확대시켜 적절한 정책 개입을 어렵게 만들고, 결국 외국인력 수급정책 수단인 고용허가제의 존재 의의를 약화시킨다.

고용허가제 시행 1년을 기점으로 다양한 실태조사와 제도 평가가 제출되었다. 노동부를 제외한 대다수의 조사연구들은 고용허가제가 이주노동자들의 삶을 전혀 향상시키지 못했음을 지적하고 있다. 이주노동자인권연대의 실태조사에 따르면 고용허가제를 통해 입국한 이주노동자들의 입국비용이 노동부에서 공식 책정한 비용에 비해 턱없이 많은 것으로 나타났다.

여전히 송출비리 문제가 끊이지 않고 있음을 시사한다. 국회노동기본권연구모임에서 실시한 실태조사에서는 2005년 이주노동자들의 평균 임금이 2002년도에 견줘 전혀 오르지 않았음을 보여준다. 월평균 노동시간은 오히려 증가해 한 달에 280시간 이상을 일하는 것으로 나타났다. 서울경기인천지역 이주노동자노동조합은 고용허가제가 완전히 실패한 제도임을 선언했다.

고용허가제가 인력수급 차원에서도, 노동권 보장 차원에서도 실패할 수밖에 없었던 것은 제도가 가지고 있는 근본적인 한계 때문이다. 고용허가제의 핵심 원칙 중 하나는 이주노동자 정주화 방지를 위한 3년 단기순환 원칙이다. 정부는 이주노동자에 의한 내국인 노동력 대체 현상을 막기 위해 단기순환 정책은 반드시 필요하다고 주장하고 있다.

하지만, 이에 관한 실증연구인 '외국인력의 내국인력에 대한 대체성 분석'(조준모, 한국노동연구원, 2004)은 이주노동자가 일자리를 빼앗고 있는 것이 아니라, 오히려 내국인 노동시장을 보완하고 있음을 보여준다. 이주노동자의 경제 활동에 의해 부가가치 생산량이 증가하고, 산업 경쟁력이 강화되어 내국인 노동자가 취업할 수 있는 신규 일자리가 창출되고 있다는 것이다. 이러한 상황에서 단기순환정책에 대한 고집은 미등록 이주노동자 규모를 증대시켜 노동시장 음성화 등 교란효과만을 가중시키고 있는 것이다.

고용허가제의 또 다른 독소조항으로 지적되고 있는 것은 사업장 이동 제한이다. 현행법에 의하면 이주노동자가 자발적으로 사업장을 이동하는 것이 불가능하다. 사업장 이탈이 곧 체류자격 박탈로 이어지는 사업장 이동 제한 규정은 임금 및 노동조건에 관한 이주노동자의 행동반경을 크게 제한한다. 사실상 이주노동자의 정당한 권리 주장을 무장해제 하는 것과 다름없는 것이다.

따라서 고용허가제가 이주노동자의 노동3권 보장과 내외국인 균등대우 원칙을 천명하고 있지만 사업장 이동 제한 규정이 존재하는 한 그것은 사탕발림에 지나지 않는다. 또한 사업장 이동 제한은 노사관계의 핵심 원칙인 노사자율주의를 정면으로 위배하는 것이기도 하다.

노동부에서 실시하는 '2004년 노동력수요조사'에 따르면, 전 산업에 걸쳐 총 17만 9,717명의 인력이 부족한 상황이며, 제조업과 영세사업체의 인력부족 현상이 특히 심한 것으로 나타난다. 제조업 부족인력은 8만 2,827명에 달하고 5~9인 규모의 제조업의 경우 인력 부족률은 7.7%에 달한다. 시간이 지날수록 인력 부족은 심각해질 것으로 전망되는 가운데, 통계청은 저출산 고령화 현상으로 인해 2020년 이후 노동력 증가율을 -0.91%로 전망하고 있다. 이는 결국 노동력 부족이 경제에 부정적 영향을 미치게 될 것을 의미한다.

이러한 전망은 향후 이주노동자의 규모가 증가할 가능성이 매우 높다는 것을 의미한다. 시급한 제도 개선 없이 이주노동자의 규모가 증가하면 지난 1년 동안 발생한 문제들이 급속도로 악화될 것은 불을 보듯 뻔한 일이다. 지난 1년의 문제들이 작은 틈새였다면 시간이 지날수록 커다란 균열이 될 것이다.

이주노동자의 노동권과 인권을 실질적으로 보장하고 인력수급을 원활히 한다는 '외국인력정책'의 근본 취지를 제대로 담고자 한다면 현행 고용허가제를 노동허가제로 대체하여야 한다. 2002년 민주노총과 민주노동당이 제시한 노동허가제는 5년 이상의 체류 및 정주화 가능성, 사업장 이동 자유의 보장, 그리고 미등록 이주노동자 전면 합법화를 기본 내용으로 하고 있다. 균열이 심해지기 전에 틈새를 메워야 한다. 정부와 여당도 노동허가제에 대해 전향적으로 검토해야만 할 것이다.

양육과 입양 사이 흔들리는 미혼모들

＿미혼모, 누가 이들에게 돌을 던지랴?

결혼이란 제도 틀 속에서 임신, 출산, 양육의 절차를 거치는 것만이 과연 '바른' 삶의 형태일까? 동거부부, 독거노인, 편부모자, 고아, 독신자, 동성애 등 다양한 형태의 가정이 존재한다. 그 가운데에서도 유독 '미혼모(자)'를 바라보는 우리 사회의 시선은 예나 지금이나 따갑기만 하다. 미혼모가 가진 부정적인 어감 그것만큼이나 우리 사회는 '부도덕하다'거나 심지어 '윤락녀' 취급을 하는데 주저하지 않는다.

녹색당 정치인인 요시카 피셔 독일 외무장관은 최근 다섯 번째 결혼식을 올렸다. 상대는 미누 바라티(29)라는 여섯 살 난 딸아이를 둔 미혼모였다. 또 미국의 팝스타 마돈나는 지난 1995년 아이는 원하지만 결혼계획은 없다고 했고, 다음해 임신을 했다. 유명 정치인의 배우자와 돈 많은 마돈나였기 때문이었을까? 여론의 비난은 놀라울 정도로 없었다. 그러나 우리 사회가 보여주는 미혼모(자)에 대한 편견과 비난은 그들의 삶을 질곡으로 빠트린다.

"한국에선 윤락녀 취급을 받았고, 혼혈인 아들은 따돌림과 놀림을 받아야 했죠."

결국 이 미혼모는 유럽으로 이민을 떠났다. 이 미혼모의 유럽 생활 체험이다.

"농구를 하던 동네 아이들이 물끄러미 지켜만 보던 아들의 손을 끌고 가서는 '너도 넣어봐' 라고 하더라고요."

농구공을 골대에 넣지 못해도 박수를 쳐주는 아이들. '더불어 사는 사회' 가 무엇인지. 그는 유럽에서 비로소 안도할 수 있었다.

2004년 해외입양, 1명 뺀 2,257명이 미혼모 출생아

해외로 입양된 아이들이 커서 생모를 찾는 애틋한 장면을 우리는 숱하게 보게 된다. 그러나 잠시의 안타까움만 있을 뿐, 해마다 4천여 명이 국내외로 입양되는 현실은 잘 바뀌지 않는다. 보건복지부의 최근 입양아동 통계에 따르면 2004년 국내입양은 1,641명으로 2003년의 1,564명에 견줘 4.9% 증가했다. 반면 해외입양은 2,258명으로 전년도의 2,287명보다 1.3% 감소했다. 해마다 조금씩 해외입양아동 수치가 줄고는 있다지만 큰 수치의 변동은 아니다. 〈표 참조〉

왜 우리는 아직도 고아수출국 1위라는 오명을 벗어 던지지 못하는가? 국민소득 2만 달러를 향해 달려가는 상황에서 입에 풀칠하기 어려운 가난 때문이라고 말하기에는 변명이 옹색하다. 통계를 다시 보면 입양아의 대부분이 미혼모가 낳은 아이들이다. 지난해 국내 입양의 76.2%는 미혼모의 자녀들이었다. 해외입양의 경우 1명을 제외한 2,257명이 미혼모 출생아란 점은 문제의 심각성을 보여준다.

● 입양아동 현황

연도	국내	국외	계
1990	1,647	2,962	4,609
1995	1,025	2,180	3,205
2000	1,686	2,360	4,046
2001	1,770	2,436	4,206
2002	1,694	2,365	4,059
2003	1,564	2,287	3,851
2004	1,641	2,258	3,899
2005(6.30 현재)	754	1,294	2,048

자료 : 보건복지부

또 다른 통계를 보자. 여성가족부가 2005년 10월 국정감사 때 안명옥 한나라당 의원(보건복지위)에게 제출한 미혼모 현황 자료에 따르면 2005년 상반기 전국 16개 미혼모 시설에 입소한 미혼모는 1,120명으로 나타났다. 하루평균 6명꼴이다. 입소하지 않은 미혼모를 포함하면 실제 미혼모가 훨씬 더 많음을 짐작할 수 있다. 미혼모의 나이는 16~20살이 454명으로 전체의 40.5%로 가장 많았다. 21~25살이 428명(38.2%)으로 그 다음을 차지했고, 15살 이하도 15명(1.3%)이나 됐다. 심각한 것은 이들 미혼모가 낳은 아이들 가운데 824명(73.6%)이 국내나 해외로 입양됐다는 점이다. 미혼모가 직접 키우는 경우는 171명(15.3%)에 그쳤다.

미혼모가 해외입양을 선택하는 이유

그렇다면 왜 미혼모들의 대다수가 양육을 포기하고 입양을 선택할까? 그것도 국내가 아닌 해외로. 그 사연을 알기 위해 서울 서대문구 대신동에 자리 잡은 애란원을 찾았다. 이곳에서는 미혼양육모자를 위한 '애란모자의 집'과 10대 미혼모를 위한 '애란세움터'를 통해 6개월~2년 동안 미혼모들의 자활을 돕고 있다.

"양육을 하고 싶어도 현실은 엄혹합니다. 부모나 남자친구가 반대할 뿐만 아니라 주변의 비난이 심하기 때문이죠."

애란원의 한상순 원장은 십수 년을 미혼모들과 함께 하며 느꼈던 심정을 털어놨다.

"20대 미혼모의 10명 중 3명은 애를 키우려고 해요. 그런데 10대 미혼모의 경우는 대부분 입양이에요."

서울 서대문구 대신동에 자리잡은 애란원.
20대 이상 미혼모를 위한 '애란모자의 집'과
청소년 미혼모를 위한 '애란세움터'를 통해
미혼모들의 자활을 돕고 있다.

가정 내 문제로 가출해서 길거리 임신을 하고, 가족에게 돌아가기도, 학력이 낮아 취업해서 애 키우기도 어렵다는 설명이었다. 아이를 떠나보내는 엄마의 마음을 누가 헤아릴 수 있을까? 미혼모가 선택할 수 있는 삶의 방식은 제한적일 수밖에 없다. 가난한 여성, 어린 미혼모의 경우는 특히나 그렇다. 열 달 동안 몸속에 품고 있던 생명이다. 그러나 낳은 뒤 양육을 택하는 것은 대단한 용기와 가시밭길 삶을 강요받게 되는 길이다. 그래서 대부분 눈물을 삼키며 입양을 결정한다.

"소중하고 또 소중한 나의 아기. 너에게 생명을 주기 위해 난 세상에서 무수히 많은 고통을 견뎌야 했다. 부모님에게도, 네 아빠에게도 나는 버림받았다. (중략)너를 위해 더 이상 해 줄 것이 없기에 무력하고 무능한 나를 보는 것이 괴롭고 슬프다. (중략)숨을 거두는 날까지 널 위한 기도를 쉬지 않을 것이다. 사랑한다. 언제까지나……."

"너를 곁에 두기 위해 할 수 있는 방법을 다했지만 이제와 무슨 말을 할 수 있을까? 그저 미안하다고, 용서하라고 말하고 싶다. (중략) 내 작고 소중한 보물, 엄마는 너를 가슴에 묻으마. 사랑한다."

멀고도 험한 길로 사랑스런 아기를 떠나보내야 하는 미혼모들이 눈물로 쓴 편지다.

가난, 결손, 폭력의 악순환

어려서 사랑을 했고, 그 남자가 미치도록 좋았다. 혹은 호기심이었을 수도 있다. 그때는 피임도 잘 몰랐고, 남자는 피임하기를 꺼렸다. 아이가 덜컥 뱃속에 들어앉았다. 원치 않는 임신이었지만 낙태하기에는 너무나 늦은 시기. 만삭의 어린 산모는 의지할 곳을 찾지만 남자는 책임을 피해 도망쳤고, 가족도 외면했다. 애란원을 찾는 이들 사연의 공통분모다.

"3년간 사랑하는 사람과의 교제 가운데 아이가 생겼고 그 아이 때문에 헤어졌다. 그렇게 냉정하게 돌아서는 그를 보며 받은 상처란 이루 말할 수 없다. 고지식하고 엄한 부모님께는 고시공부를 하고 오겠노라고 거짓말을 하고 집을 나왔다."

지난해 애란모자의 집에 입소했던 임아무개씨의 사연이다. 애란 세움터에 들어오게 된 10대 미혼모들의 사연을 더 들어보자.

"아버지의 폭력이 심해 집에 들어갈 수가 없었다."

"부모님은 초등학교 때 이혼하셨고 아버지는 오래전부터 아프셔서 고등학교 때는 아버지 병간호를 하느라 학교도 제대로 못 나갔다. 임신해 애란원에 있을 때 아버지는 돌아가셨고, 어머니는 재혼해 나를 돌볼 수가 없었다."

"부모님은 시골에서 농사짓는데 가정형편이 어려워 낮에는 공장을 다녔고, 저녁에는 기숙사가 있는 야간고등학교에 다녔다."

"어려서 부모님과 헤어지고 친척집에서 자라다가 가출해 생활했다."

"집에서는 출산 사실을 모른다. 육지와 떨어진 섬에서 부모님과 동생이 어렵게 살고 있는데 서울에서 취업해서 잘 생활하고 있는 줄 알고 있어 돌아갈 수가 없었다."

"어려서부터 보육시설에서 자랐고, 출산 후 갈 곳이 없어 막막했다."

경제적 자립 원하지만 곳곳에 암초

애란원 측은 "최소한 백 일 동안은 아이와 엄마와의 애정관계 형성이 중요하다"며 정서적 안정을 취할 것을 권한다. 이 기간 동안 아이를 입양할 것인지, 양육할 것인지 중요한 결정을 해야 하기 때문이다.

애란원을 거쳐간 이들은 피부관리사, 네일아트, 애견 미용, 옷 디자인, 검정고시, 디자인 공부, 패션 양재 등을 공부하며 관련 자격증을 따고 있거나 관련 업체에서 일하고 있다. 물론 미혼모 신분을 숨긴 채다. 주위의 따가운 시선과 경제적 어려움 때문에 어쩔 수 없이 아이를 포기하는 일이 없으려면 미혼모의 취업은 절실하다.

"우린 돈이 급하다."

"일하게 해 달라."

"파트타임이라도 했으면 한다."

몸을 추스르기도 전에 산모는 일을 나가기를 원한다. 그러나 현실은 녹록치 않다. 직업교육을 통해 자격증을 취득하고 직장을 어렵게 잡았으나 미혼모라는 이유로 채용이 취소가 되는 사례도 적지 않다. 어린이집 보육교사로 일하게 된 한 미혼모는 학부모들의 반대에 직면했고, 원장은 어쩔 수 없이 미혼모의 사표를 수리해야만 했다.

예전에는 사별한 이들이 대부분 애란원을 찾았다면 지금은 미혼모가 많아졌다. 여성의 다양한 삶을 제도에 포함시키고, 그 자녀에 대한 편견을 없애도록 하는 것이 중요하게 다가온 것이다.

"사회는 변화하는데 언제까지 전통가족만 붙들고 정책을 짤 건가요. 고령, 저출산이 심각하다고 난리인데 낳은 아이라도 잘 키울 수 있는 환경을 만들어 더불어 사는 사회를 만들어야 합니다.”

낙태만 하지 않고 낳은 아이만 잘 키워도 출산율은 높아질 수 있다는, 한 원장의 설명이었다.

“6만 원 보조하고, 어린이집 세운다고 낳지 않을 아이를 낳지는 않아요. 선생님 같으면 낳으시겠어요?”

기자에게 질문이 돌아왔다. 키울 엄두가 나질 않아 아이 낳을 계획이 없기는 기자도 마찬 가지다. 일본에서도 출산율이 낮아지면서 공보육을 강화하고 신엔젤플랜을 통해 3년간 애써 왔지만 출산율은 높아지지 않았다. 우리나라도 둘둘플랜 등 출산장려책이 나오고 있지만 출산율이 높아질지 장담할 수 없는 상황이다.

경향신문은 2005년 10월 13일자에 ‘미혼모, 동거부부 가정 법적 지위 부여 세(稅) 혜택’ 기사를 보도했다. 일반가정과 동일한 교육, 양육비 공제, 의료보험 혜택, 각종 수당 지원 등 혜택을 부여하는 ‘저출산·고령화대책보고서’ 이른바 ‘둘둘플랜’ 내용을 입수해 소개한 것이다.

그러나 보건복지부는 ‘저출산·고령화대책보고서’는 아직 확정되지 않았고, 미혼모, 동거부부 가정에 대한 지원방안을 구체적으로 검토한 바가 없다고 해명했다. 발 빠른 해명도 좋지만 왜 미혼모 가정 지원방안이 검토되지 않았는지가 빠져 있다. 미혼모거나 이혼모인 경우 출산보조금 지원 내역은 더 늘어난다는 프랑스처럼 될 날은 요원한 것일까?

결혼제도 틀에 갇힌 저출산 대책에 미혼모는 없다

다행히 여성가족부는 미혼모부자가족 지원 및 미혼모 예방을 위한 종합 대책을 수립, 부처협의를 거친 후 조만간 발표할 예정이라니 지켜볼 일이다. 여기서 빠져선 안 될 것이 있다. '미혼부 책임의 법제화' 문제다. 피임을 하지 않아 원치 않는 임신이 되더라도 책임과 비난은 온전히 미혼모의 몫으로 돌려지기 때문이다.

"캐나다의 경우 30여 년 전부터 미혼모를 정부가 돌보며 미혼부에게 구상권을 행사합니다. 미혼부의 월급을 차압하거나, 감옥에 보내는 등 강력한 법 적용을 하고 있죠."

물론 모든 것이 법으로 해결되지는 않는다. 그러나 최소한의 책임조차 방기하는 남성의 책임의식과 의식전환은 꾀할 수 있으리라. 원장실 한쪽 벽에 걸려 있는 산모 그림이 보인다. 모유를 먹이고 있는 여자의 꼭 다문 입술은 어떻게든 아이를 지켜내겠다는 굳은 의지를 보여준다. 이 그림을 미혼모실에 걸지 못한 이유는 아이를 양육하지 못하고 입양을 보내며 죄책감에 괴로워할 미혼모들 때문이란다.

언제까지 미혼모를 방탕한 여자로, 그들의 자식을 사생아로 방치할 것인가? 생때같은 자식을 입양 보낼 수밖에 없는 미혼모들에게 과연 누가 돌을 던질 수 있을까? 전 세계에서 아이를 해외로 가장 많이 수출하는 나라. 그러면서도 부끄러워하지 않는 나라. 한 많은 '대한민국(大恨民國)'의 쓸쓸한 초상은 너무나 오래 지속되고 있다.

2005년 11월 15일

미혼모 존재조차 용인하지 않는 사회

서정애 여성학자, 이대 박사과정

저출산을 국가적 위기로 간주함에 따라서 결혼과 출산을 유도하기 위한 각종 인센티브 공약을 비롯해 보육지원 등 온갖 다양한 정책 아이디어들이 쏟아지고 있다. 중장기 계획으로 진행되는 저출산정책의 기조는 기혼자 대상의 출산, 아동수당 지급, 미혼자 대상으로는 결혼 및 가족의 가치증대라는 두 가지 축으로 볼 수 있다.

저출산정책은 결혼관계를 중심으로 출산을 장려하는 정책으로서, 맞벌이와 전업주부를 포함하는 가임기 기혼여성과 미혼여성을 그 대상으로 한다. 여기서 미혼여성은 결혼연령 상승에 의한 미혼율 증가가 출산율 저하에 상당한 영향을 미친다는 전제 하에서 출산의 주체로 인정되기보다는 혼인계약의 당사자로서 위치된다.

따라서 결혼을 하지 않은 상태로 아이를 임신하고 있거나 출산, 양육하는 미혼모는 저출산정책의 대상에서 제외된다. 매년 3~4천여 명 정도의 아이가 입양되고 있으며, 그 대부분의 아이가 미혼모의 아이라는 현실을 적극적으로 고려하지 않는다는 것은 아이러니가 아닐 수 없다. 이렇게 저출산 문제가 절박한 현실에서도 미혼모와 미혼모의 아이는 사회적으로 존재가치가 용인되지 않는 것이다.

결혼하지 않은 상태에서 임신을 한 여성. 사회적으로 가장 강한 도덕적 낙인과 부정을 가진 미혼모는 10대 임신, 낙태, 영아유기,

입양 등과 연결되면서 사회적 문제로 동일시된다. 미혼모 대다수는 문화적 냉대 속에서 학교, 친구, 가족집단과 단절되고 낙태와 출산, 입양과 양육 등 어떠한 선택에서도 자유롭지 않은 심각한 고통과 갈등을 경험한다.

이러한 혼전임신이라는 낙인은 미혼부의 책임을 문제 삼기보다는 여성에 대한 통제만을 강화한다. 따라서 가부장적 이중 성규범 문제가 드러난다. 미혼부는 단지 미혼모에게 낙태를 강요하거나 임신 후 관계단절을 선택하는 것으로 임신에 대한 직접적인 책임에서 제외된다. 이러한 이중 성규범은 성관계의 맥락에서도 작용한다. 예컨대 미혼모 예방교육으로 강조되는 피임의 경우 피임지식이 부재해서 임신이 되는 경우보다는 피임행동을 둘러싼 젠더(성) 권력관계가 주된 이유가 된다.

다시 말해 대다수의 미혼부가 피임을 기피하거나 피임에 무신경하다. 반면, 미혼모 대부분은 피임 의지를 강하게 갖지만 주저한다. 문화적으로 여성이 피임을 요구하는 경우 '밝히는' 또는 '헤픈' 여자로 낙인찍히는 위험을 감수해야 하기 때문이다. 그래서 피임을 권유하기보다는 극단적으로는 임신을 감수하는 것이 낫다고 생각하기도 한다.

이렇게 미혼모는 미혼모 개인의 문제라기보다는 사회적, 문화적 통제가 만들어내는 사회문제인 것이다. 남자와 여자의 성적 행동이 사회적으로 다르게 인식되는 즉, 남자에게는 '관용'이 여자에게는 '통제'의 이분법이 적용되는 이중 성규범이 제고되어야 한다. 또한 전근대적인 가부장적 가족이데올로기에 기반한 혼인관계에서의 성관계만을 합법화하는 현실에 대한 문제제기가 이루어지지 않는다면 미혼모는 계속적으로 사회문제로서 그대로 방치될 수밖에 없다.

현재 섹슈얼리티, 가족, 결혼의 의미가 급속하게 변화하고 있으며, 결혼연령이 높아지고 성의식이 개방되고 있다. 여성의 임신가능성은 높아지고 있고, 그 가능성이 미혼모 증가로 나타나고 있다. 이를테면 고학력, 자립미혼모와 양육미혼모, 10대 미혼모의 증가 등 미혼모들을 둘러싼 개인적, 사회적, 경제적 조건의 변화들이다. 이제는 단순하게 미혼모 문제를 개인적, 도덕적 일탈과 낙인의 문제로 인식하여 미혼모 예방사업에 치중하기 보다는 복잡한 미혼모들의 구체적인 위치를 고려한 다각적인 미혼모 정책수립과 실행이 요구된다. 구체적으로 원치 않는 임신을 하게 되는 미혼모들이 안고 있는 사회적 조건과 양육하고자 하는 미혼모들의 입장을 모두 고려하는 다원적인 정책이 되어야 한다는 것이다.

현재 미혼모를 위한 정책은 예방, 상담, 시설보호, 입양, 양육모 사업 등으로 진행되고 있으나 여전히 요보호여성의 복지적 시각이 잔존하고 있다. 미혼모에 대한 사회의 부정적인 인식을 해소하는 성인지적 정책으로 나가고 있지 않다는 점과 미혼모의 다양한 경험에 기반한 미혼모를 '위한' 정책에 대한 더 적극적인 배려가 부족하다고 하겠다.

희망적인 것은 호주제가 폐지됨으로써 그동안 미혼모에게도 심각한 장애로 작용해온 법적, 사회적 지위의 변화가 기대된다는 점이다. 새로운 미혼모정책은 미혼여성도 자녀를 출산할 수 있는 길을 열어주고, 미혼모에 대한 아이 양육권도 인정해야 한다. 즉, 미혼모의 모성권과 노동권의 인정, 미혼모 아이에 대한 사회적 지원 등을 고려해야 한다.

저출산 정책적 고려도 미혼모를 적극적으로 개입시키는 것으로
나아가야 한다. 결혼제도 안에서 임신, 출산, 양육만이 온전한 삶의
형태로 인정되는 한에서 미혼모가 선택할 수 있는 삶의 방식은 제
한적일 수밖에 없다. 미혼모가 위치한 현실이 복잡한 만큼 미혼모
를 위한 정책이 이루어지기 위해서는 미혼모 관련 단일법 제정이
필요하다. 더불어 원치 않는 임신을 예방하기 위한 실질적인 사회
적, 교육적 지원을 강화하는 한편 임신과 양육을 원하는 미혼모들
의 목소리에도 귀를 기울여야 하겠다.

제2장

누구라도 장애인이 될 수 있다

지난 2005년 9월 2일 오후 서울 광진구청 앞. 전동 휠체어 두 대가 불태워졌다. 순식간에 타버린 전동 휠체어는 불과 몇 분 만에 앙상한 뼈대만 남았다. 장애인들은 울었다. 아니 통곡했다. 장애인의 불편한 몸을 대신하던 그들의 분신(分身)이 아니었던가. 그들의 분신이 분신(焚身)을 했다. 그들의 몸과 다름없는 전동휠체어를 장애인들이 불태우는 이유는 무엇일까?

차별금지법 제정 외치는 장애인들

_장애 해방 세상 위해 차별에 저항하라!

2005년 9월 14일. 역사적인 '장애인 차별금지 및 권리구제 등에 관한 법률안'(이하 장차법)이 민주노동당 노회찬 의원에 의해 대표 발의됐다. 장애인에 의한 장애인을 위한 장애인의 법률안이 장장 4년여에 걸쳐 만들어진 것이다.

같은 날 오후 장차법 제정을 위해 '장애인차별금지법제정추진연대'(이하 장추련) 주최의 장차법 제정을 위한 결의대회가 국회 앞에서 열렸다. 장애단체들이 장차법 제정에 거는 기대는 남달랐다. 2백여 명의 장애인단체 회원들이 참여한 이날 대회에서 각 단체 대표들은 법 제정을 위한 결의를 다졌다.

시혜와 복지를 넘어 인권으로

"기나긴 투쟁 끝에 장애인 당사자에 의한 장차법이 발의됐다. 장애인의 힘으로 장차법을 제정하고, 장애인의 인권을 쟁취하자!"

박경석 장추련 공동대표가 기염을 토했다.

"법 제정은 장애인들이 평등하게 살아갈 수 있는 무기를 얻는 것이다. 장애인의 차별과 억압의 암담한 현실이 지속되어선 안 된다."

곽정숙 한국여성장애인연합 상임대표도 목소리를 높였다.

지난 4년여, 피와 땀을 흘려가며 장애단체들이 주체가 되어 만든 장차법. 복지와 서비스 개념이 아닌 인권법임을 분명히 한 것으로 장애인 인권문제를 한 단계 상승시키는 기폭제 역할을 할 것임이 분명해 보였다.

"정부가 말로만 도와준다고 하면서 '예산 없다' 타령만 한다. 올 12월 안에 장차법을 제정하지 않으면, 알몸시위는 물론 휠체어, 차량 등을 불태우며 장례식을 치를 것이다."

변성일 한국농아인협회 회장은 강력한 투쟁의지를 밝혔다.

"장차법이 반드시 통과돼 장애인들이 멸시받지 않아야 한다. 교통약자법을 만들어냈듯 이번에도 장애인들이 단결해서 정부여당을 설득하자."

장차법 발의 의원 가운데 한 명인 한나라당의 정화원 의원이 연대 발언을 했다. 민주노동당의 노회찬 의원은 장애인의 문제는 시혜와 복지가 아닌 인간으로 침해당할 수 없는 기본적인 인권의 문제임을 강조했다.

"장애인 인권현실을 볼 때 우리의 민주주의는 아직 멀었고, 장애인은 대한민국의 국민이 아니다. 법안 자체가 장애인의 한이요, 눈물이요, 희망이기에 다른 당 의원들을 설득해 꼭 통과될 수 있도록 노력하겠다."

법안 통과를 향한 열정은 한 목소리로 흘러 나왔다.

"우리의 혼과 가슴으로 만든 법안의 제정을 위해 뼈가 부러지는 한이 있더라도 꼭 가야 합니다. 우리가 하나되는 세상을 위해, 차별 없는 세상을 위해……."

변경택 열린네트워크 대표는 2001년 장차법 제정과 차별철폐 국토순례를 통해 장차법 제정의 밀알 역할을 했다.

"태어나 문밖에도 나가보지 못하고, 밥숟가락 제대로 들지도 못하는 중증장애인들이 똑같은 아들, 딸, 남편, 부부로 살아갈 수 있는 사회를 위해 장차법을 발의한 것입니다. 무거운 장애의 굴레 속에서도 자유롭게 살아갈 수 있다면 그것이 민주사회 아니겠습니까."

유홍주 한국뇌성마비연합회 대표는 장애인과 비장애인이 맑은 가을 하늘 아래 함께 꿈꾸는 세상을 원하고 있었다. 법안 제정을 위해 방심하지 말고 투쟁의 고삐를 죄자는 발언도 있었다.

"실질적인 장애인 인권 쟁취를 위해 '독립적인 차별금지위원회'와 '징벌적 손해배상제' 등 법안의 핵심내용이 반드시 쟁취되어야 한다."

장애 관련단체들은 4년여 동안 법안을 다듬으며 유례 없는 당사자에 의한 법안을 만들어냈다.

신석준 사회당 대표는 "국가인권위의 한 부서로 묶으려는 시도가 있는 만큼 안심하고 있을 것이 아니라 투쟁이 필요하다"고 강조했다.

● 장애인차별금지법안 만들어 지기까지

2001년 2월	장애인차별금지법 제정을 위한 국토순례(열린네트워크)
2002년 4월	국회 장애인차별금지법 입법청원(장애우권익문제연구소)
2002년 11월	장애인차별금지법추진협의회준비위원회 발족
2003년 4월	장애인차별금지법제정추진연대(장추련) 출범
2003년 4월	장애인차별금지법제정을 위한 거리 행사
2003년 5월	1박 2일 법안 초안 설명회 및 워크숍
2003년 6월	첫 공청회 "이제 장애인차별금지법이다"
2003년 7월 ~ 2003년 10월	장애인차별금지법안 마련을 위한 9차례 공청회
2003년 11월 ~ 2004년 3월	법제정전문위원회 법안소위에서 법안 초안 작성
2004년 7월 ~ 2004년 9월	지역순회 공청회 및 종합보고 공청회
2004년 11월	장애인차별금지및권리구제등에관한법률안 자문 토론회
2005년 4월	각 정당과 법사위 위원에게 장추련 법안 발의 질의 독립적 장애인차별금지위원회 설립을 위한 공개토론회 및 촛불집회 민주노동당과 법안발의 계획 발표 기자회견
2005년 4월 ~ 2005년 7월	민주노동당과 법안 수정
2005년 9월	노회찬 의원 입법 발의, 장애인차별금지법 제정을 위한 결의대회

차별에 저항하며 쓰러져 간 장애해방 열사들

장애인들은 그동안 이동, 교육, 시설, 노동권, 연금 등 숱한 차별의 굴레 속에서 신음해 왔다. 독재 치하에서나 민주화된(?) 사회에서나 마찬가지였다. 이 과정에서 차별에 저항하며 쓰러져간 장애해방 열사들도 숱하다.

"가족들에게조차 불쌍한 사람 취급받기는 싫습니다."

"26만 원으론 못삽니다. 자살하고 싶은 충동을 느낍니다."

평범한 장애인이었던 최옥란씨는 지난 1987년 가을 뇌성마비 장애인모임에 가입하면서 장애인 스스로 문제해결에 나서야 한다고 생각했다. 동료들과 함께 뇌성마비장애인연합인 '바롬' 설립의 주역으로 나서기도 했다. 특히 최씨는 국민기초생활보장법에 따른 수급권자 급여의 비현실성을 폭로하며 2001년 12월 명동성당 앞에서 단식농성을 벌이기도 했다. 다음해 4월 그토록 당당했던 최씨는 울림 없는 메아리에 절망하며, 자살을 선택했다. 자신이 못 다한 일들은 살아남은 자들에게 넘겨준 채로.

비장애인들 가운데 최옥란을 아는 이 과연 몇 명이나 될까? 김순석, 최정환, 이덕인, 박흥수, 정태수, 이현준. 차별에 저항하며 장애해방 그날을 위해 투쟁해왔던 장애해방 운동가들을 우린 기억하고 있지 않다. 살아 있는 장애인들이 우리 사회의 이웃임을 잊고 사는데 죽은 장애인들이야 오죽하겠는가? 우리의 머리는 빈곤과 차별의 고통 속에 신음하고 있는 장애인의 삶을 잊은 지 너무나 오래다.

"추운 겨울 천막농성을 하면서 걱정되는 것은 이 투쟁이 저 혼자만의 투쟁이 되지 않을까 하는 것입니다."

장애해방을 외치던 최옥란 열사가 죽기 몇 달 전인 2001년 12월

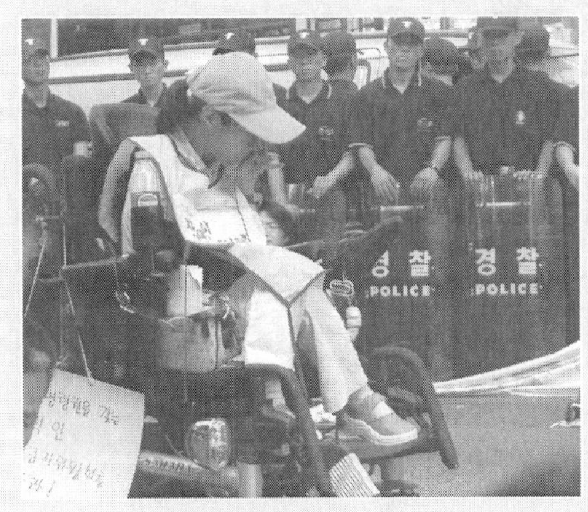

최옥란 열사에 이어 '국민기초생활
보장법'의 최저생계비에 대한 위헌
소송을 제기한 이승연씨

명동성당에서 농성을 하며 호소했던 내용이다.

제발 관심을 기울여 달라며 죽음으로 호소한 장애여성의 죽음. 그 절절한 외침을 우리는 기억해야 한다. 최 열사는 국민기초생활보장법의 최저생계비가 헌법에 위배된다며 위헌소송을 제기했다. 그러나 그의 죽음과 함께 소송은 자동 소멸되었다. 멈출 수 없는 생존과 평등 실현을 위한 길이었다. 정신지체 장애여성 이승연(33)씨가 바통을 이어 받았다.

지난 2002년 5월 이씨는 부모와 함께 보건복지부 장관을 상대로 2002년도 '최저생계비결정 고시처분 위헌확인소송'을 냈다. 헌법 10조의 행복추구권과 11조 1항 평등권 및 34조 1항 생존권적 기본권을 침해했다는 이유였다. 그러나 이승연씨의 헌재 소송은 2004년 10월 헌재 재판관 9명 전원일치의 판결로 기각되었다.

빈곤사회연대는 성명에서 "대한민국 헌법과 헌법재판소는 빈민에게 등을 돌렸다"며 "헌법이 우리를 굶주리도록 요구한다면, 우리는 헌법을 인정하지 않고, 우리의 권리를 주장할 것"이라며 강력 비난한 바 있다. 세월이 흘러도 분은 가라앉지 않는 법이다.

"한마디로 어이가 없고, 기가 막힐 뿐이죠."

14일 장애인차별금지법 제정촉구 결의대회에서 만난 이승연씨는 판결 얘기가 나오자 더욱 분노했다.

"무슨 생각을 하는 사람들인지 이해할 수가 없고, 판결 결과를 받아들일 수도 없어요. 아직도 최저생계비에 미달하고, 장애수당 수급권도 제한받고 있는 장애인들이 수두룩한데 말이에요."

진보진영 인사가 아직도 '장애자'란 표현을

장애인에게 가해지는 일상의 폭력과 차별은 상상을 초월한다. 7년 동안 지속적으로 시아버지에게 성폭행을 당해 왔던 한 장애여성(언어장애). 그는 시어머니에게 그 현장이 발각되자 두들겨 맞고 쫓겨나야 했다. 한 장애여성은 시동생으로부터 "농약 먹인다.", "말 안 들으면 강제수용시설에 보낸다."는 협박에 시달리는 등 장애여성에 대한 폭력은 다양하다.

장애인의 노동권은 또 어떤가? 일단 진입 자체가 거의 불가능하다. 이유는 형식적인 고용할당제와 노동의 진입에서 해고까지 차별을 막을 수 있는 강력한 수단이 없기 때문이다. 또 전반적인 사회인식이 장애를 개인의 무능력으로 치부하는 풍토가 한몫 더한다. 결국 부당해고며, 임금체불 등 노동전반의 문제에서 장애인은 1순위다. 노골적인 차별행위가 드러나는 공간인 셈이다.

　이러한 장애여성에 대한 폭력, 노동권의 침해를 비롯하여 생존권의 위기, 교육권, 이동권, 정보접근권, 건강권, 문화향유권, 참정권 등 장벽은 수도 헤아릴 수 없다.

　"장애인의 삶을 누가 알겠습니까. 대표적인 차별행위 사례들만 해도 수북합니다. 그런데 각 의원실에서는 '동생, 사촌 등 장애인이 있다' 며 이해하는 척하지만 결국은 서명을 하지 않습니다."

　김광이 장추련 사무국장의 말이다.

　차별에 저항하라! 장애인들은 스스로 차별금지를 위한 법 제정을 위해 달려가고 있다. 그들의 인상 깊은 마지막 구호 한 마디. '장차법 제정 어떻게? 안 된다 하지 말고, 아니다 하지 말고, 어떻게 긍정적으로.' 그들은 절름발이 사회, 세상을 바꾸는 투쟁의 주역으로 우뚝 서고 있었다.

　"장애라는 이유로 가족들에게조차 병신 취급당하고 외면 받을 때가 가장 고통스럽죠."

　"장애인인 국회의원이 뜬금없이 4월 장애인의 날을 12월로 옮기자는 둥 거들먹거려서야 되겠어요?"

　장애활동가들이 쏟아내는 말들은 장애운동을 제대로 이해하고 있지 못한 기자의 각성을 촉구하는 말들이었다. 진보진영은 과연 장애, 장애인, 장애운동에 대해 어떤 생각을 갖고 있을까?

　"진보진영의 대표 가운데 한 사람이 아직도 '장애자' 라는 표현을 써서야 되겠어요?"

　한 사람의 말은 의식의 단면을 보여준다.

　"전동휠체어 엄청 비싸다던데 저 사람들 죄다 부자인가 보네."

　집회 중인 중증장애인들의 전동휠체어를 보며 한마디를 던지는 비장애인.

기자는 차별철폐를 위해 장차법 제정의 목소리를 높이는 장애인들의 투쟁을 간단히 설명했다. 아직도 이동수단을 갖지 못해 집 밖으로 나오지 못하는 많은 장애인들에 대해서도. 그러나 장애인들의 고통을 얼마나 체감할지는 의문이다. 장애인들의 저항과 투쟁을 배부른 장애인들의 고민과 투정 정도로 생각하는 비장애인의 '인식의 장애'는 오래 지속될 것이다.

2005년 9월 27일

독일의 장애인평등법

이경준 중증장애인독립생활연대 자문위원

독일의 장애인평등법(BGG : Behinderten Gleichstellungs Gesetz)은 2002년 4월 27일 독일 연방의회에서 의결되었다. 장애인평등법은 당해 5월 1일부터 발효한 '장애인의 평등과 타 법률 개정을 위한 법률' 제1조에 명시된 핵심 법이다.

이는 장애인의 차별을 제거, 저지하고 장애인의 사회생활에 대한 평등한 참여를 보장하며, 이들에게 자율적 삶의 영위를 가능케 하는 데에 그 목적(제1장 1절)을 두고 있다. 동시에 장애인에게서 나타날 수 있는 특수한 욕구들은 이에 상응하는 관점에서 고려된다는 것 또한 명시하고 있다.

이 법은 우선적으로 독일 연방주의 각 부처 등 모든 관청, 단체,

기관시설에 적용된다. 특히 차별금지와 무장애(물) 등 평등법의 중심요소들의 실천에 있어 장애인 단체들의 기업과 기업단체들에 대한 권리부여를 의미하기도 한다.

"인간은 자신의 신체적 기능, 정신적 능력 또는 정신건강이 연령에 따른 전형적 상태에서 6개월 이상 일탈될 가능성이 크고, 그로 인해 사회생활에의 참여가 저해될 때 장애를 입는다."(1장 3절) 독일의 장애인 평등법은 이에 따른 규정으로 장애당사자들의 사회참여를 위한 일련의 조치를 예고하고 있다.

독일의 장애인 평등법은 이러한 의의와 목적, 장애개념 하에 총 4장 15절로 구성되어 있다. 제1장은 일반규정으로 목적, 여성장애인, 장애, 무장애(물), 목표합의, 수화와 타 의사소통방법 등 6개 절이다. 제2장은 '평등과 무장애(물)에 대한 의무'로 공권 수행기관, 단체의 차별금지, 건설과 교통 분야들에서의 무장애(물) 구조, 수화와 타 의사소통방법들의 사용에 관한 권리, 정보(지)와 서식의 구성, 정보기술에서의 무장애 등 5개 절로 구성되어 있다. 제3장은 '이의 신청'으로 행정적 혹은 사회(복지)법적 소송절차에서의 대리(위임)권한, 단체소송권 등 2개 절이다. 제4장은 '장애인의 권익을 위한 연방정부 대리인'으로 장애인의 권익을 위한 관청 또는 대리인, 업무와 권한 등 2개 절로 구성되어 있다.

이와 함께 '장애인의 평등과 타 법규 개정을 위한 법률'과 관련한 1a에서 53a까지의 조항들은 장애인에 대한 차별 내지 평등권 관점에서 기존의 다양한 법조항들 가운데 일부 또는 세부항목들의 구체적인 개정 또는 보완을 언급하고 있다.

여기에는 예를 들어, 연방선거법(1a조)을 비롯해서 사회, 건강관련 각종 법규정들, 연방사회복지법(27조)과 대학기본법(28조), 숙식업법(41조), 철도, 도로 건설 및 운영지침(52- 52a조), 주택 진흥법(53a조) 등에 이르기까지 다양한 법규정들의 시정을 구체적으로 명시하고 있다. 이를 통해 궁극적으로 장애인들의 더 자유롭고 의지적인 삶을 가능케 할 수 있는 사회구조적 틀을 기초한 것이다.

장애인차별금지법 실효성 확보 되어야

김광이 장추련 사무국장

장애인 차별금지 및 권리구제 등에 관한 법률안(이하 장차법)은 지난 4년여 기간 동안 장애인 당사자가 주체가 되어 법안을 다듬었다는 데에 큰 의미가 있다. 이전의 법률과 복지시책 등은 장애인을 시혜와 동정의 대상으로 치부했다. 장애인을 신체적 정신적 손상(결함)을 가진 사람으로 보았기 때문이다. 여기에는 의식, 무의식 속에 깔려 있는 장애인을 기피하려는 차별적 사회기제가 숨어 있는 것이다.

따라서 장차법 제정은 '시혜에서 인권으로', '인권에서 장애인 당사자의 자기결정권으로', '참여에서 연대로' 라는 장애인운동의 이념과 궤를 같이한다고 하겠다. 또한 장차법 제정과정에서 장애계의 숙원이었던 실질적인 연대를 이뤄내고 있다는 점도 큰 의미를 가진다.

법안은 당사자주의와 장애인 차별시정의 실효성을 확보하기 위한 복지를 넘어선 인권법으로서 의미를 가진다. 발의안은 총 6개장, 91개 조, 부칙으로 구성되어 있다.

주요 내용을 살펴보자. 우선 실효성 확보를 위해 국가는 장애인 차별을 시정하고 구제하는 독립기구인 '장애인차별금지위원회'를 국무총리 산하에 설치해야 한다. 이 기구는 장애인 차별에 대한 '시정명령 및 이행 강제금' 역시 부과할 수 있다. 또한 악의적이고 고의적인 차별 반복행위에 대해 '징벌적 손해배상제도'를 두었고, 장애인 차별에 대해 '입증책임전환제도'를 두어 가해자가 사유를 입증토록 했다. 이상이 4~6장에 담겨진 핵심내용이다.

제1장 총칙에는 목적, 장애 및 차별의 개념, 차별금지선언, 자기결정권과 선택권의 보장, 국가 및 지방자치단체의 의무가 규정되어 있다. 제2장 차별금지에는 고용, 교육, 건축물 및 시설의 이용과 접근, 이동 및 교통수단의 이용, 의사소통 및 정보접근권, 재화와 용역의 제공 및 이용, 문화·예술, 체육, 사법·행정 절차 및 서비스와 참정권, 모·부성권, 성, 가족·가정·시설, 건강권, 폭력의 14개 절에서 장애인의 권리를 선언하고 차별을 금지하며 국가 및 지방자치단체 등의 의무를 규정하고 있다. 제3장 장애여성 및 장애아동에서는 특별히 장애여성과 장애아동들의 권리 선언 및 차별금지를 규정하고 있다.

한편, 2003년 4월 공식 출범한 장애인차별금지법 제정 추진연대(이하 장추련)는 현재 70여 개 장애인단체 및 관련단체가 모여 있다. 장애인 인권운동 사상 단일 사안으로 전 장애계가 망라된 최초의 연대체라는 큰 의미가 있다.

●2006년 2월 임시국회가 끝나도록 장차법은 국회 한쪽 구석에 처박혀 아직 심의조차 되지 못하고 있다.

노동하는 장애인들의 인간다운 삶을 위하여

2005년 초 경북 칠곡군에 위치한 장갑 제조회사 시온글러브에서 화재가 발생해 장애인 4명이 불에 타 숨졌다. 언론들은 일제히 장애인들을 고용한 모범사업장의 화재에 안타까움을 전했다. 그러나 언론은 시온글로브 성장의 그늘 속에 80여 명의 장애인들이 최저임금조차 받지 못했던 사실은 외면했다. 또 샌드위치 판넬로 지어진 허술한 기숙사에서 참변을 피하지 못한 것을 정신지체였기 때문이라고 단정하기도 했다.

중증 장애인들의 저주받은 노동

불이 난 후 회사의 기숙사는 없어졌다. 비장애인도 탈출하기 어려운 비상계단을 장애인 대피용 미끄럼틀 등으로 바꾸려는 시도는 없었다. 결국 출퇴근할 수 있는 장애인만 받아들이면서 20여 명의 중증장애 노동자들이 정리 해고당했다. 시온글로브는 장애인고용촉진공단 등 관계기관의 지원에도 불구하고 끝내 2005년 8월 부도를 맞았다. 부도 이후 사장은 잠적했다. 60여 명의 장애인들은 3개월여의 체불임금이 생겼고, 취업에 애로를 겪고 있다.

2005년 5월 장애우권익문제연구소는 '정신지체장애인의 인권침해 사례' 토론회에서 장애인을 13년 동안이나 노예노동을 시킨 악덕사업주를 폭로하기도 했다. 경기도 성남시의 한 가발공장에서 8세 수준의 정신연령을 가진 이아무개(37·정신지체장애 3급)씨를 2004년 9월까지 13년 동안 무보수로 일을 시키면서 하루 식사 한 끼에 상습적인 매질을 가했던 것이다.

또 있다. 부모가 숨진 후 8년 동안 농약을 치고 무거운 짐을 옮기는 힘든 농사일을 도맡아온 김아무개(25·정신지체장애 2급)씨. 그 역시 한 번도 임금을 받은 적이 없다. 자기도 모르는 사이 기초생활수급권자로 등록돼 정부로부터 생계비와 장애수당을 받았다. 하지만 그 돈은 모두 이웃집 박모씨 통장으로 재이체됐다. 그런데도 장기간 장애인을 노동 착취한 이들은 그를 보호하고 있다는 이유로 관할 지자체와 정부로부터 각각 표창장을 받는 어이없는 일이 벌어졌다.

이 같은 사례가 극단적이라면 좀더 일반적인 사례를 보자. 모범사업장으로 알려진 서울 노원구 하계동에 위치한 동천모자. 지난 1998년 보호작업장으로 시작해 2002년 본격적인 근로시설로 탈바꿈했다. 정신지체 장애를 가지고 있는 동천학교 졸업생들의 취업을 위해 침구 등 홈패션물부터 시작했지만 부가가치가 높은 모자 품목을 특화하게 됐다. 차츰 품질을 인정받으면서 앙드레김 골프, EXR, 험멜 등 유명 브랜드와 하이 서울, 군모 등을 주문자상표부착생산(OEM)하고 있다. 지난해 8억여 원의 매출을 올린데 이어 올해 8월 현재 매출액은 7억여 원이나 된다.

장애노동, 최저임금 벗어날 수 있나?

드르륵, 드르륵. 미싱은 쉴 새 없이 돌아간다. 재료를 챙겨 모아서 건네주고, 실밥을 뜯어내는 허드렛일은 시다의 몫이다. 여느 봉제공 장과 다른 풍경은 미싱사 앞에 쭈그려 앉은 시다들. 7~8세 지능의 정신지체 장애인들이다 보니 아무래도 손놀림이 빠르지는 않다.

"○○, 빨리 줘. 얼릉."

미싱사가 뺏듯이 모자재료를 낚아챈다. 밀린 일감 빨리빨리 채워야 하는데 굼뜬 손의 답답함 때문이리라. 그런데 시다는 무엇이 그리 좋은지 만면에 웃음이다. 자신이 미움을 받는지, 칭찬을 받는지도 제대로 구분하기 어렵다. 옆자리의 시다가 기자와 눈이 마주치자 머쓱한 표정을 짓는다.

전체 55명 직원 가운데 장애인은 39명(훈련생 22명)이다. 장애인 비율이 높다보니 작업속도와 능률은 다른 회사에 견줘 떨어진다.

"실밥을 뜯다가 모자에 흠집이 가고, 첫 1~2년은 고생했는데, 이

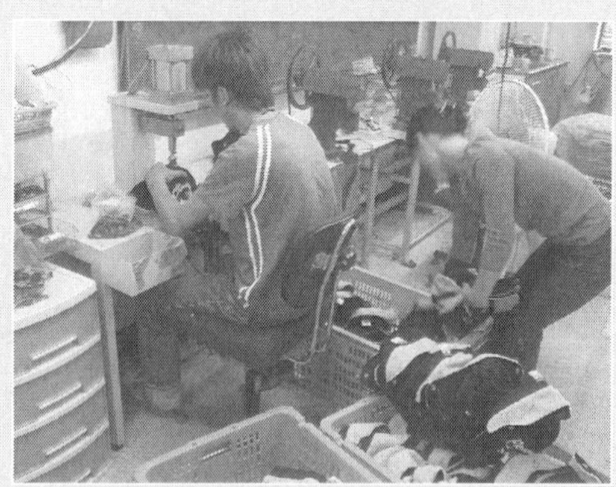

모자 꼭대기에 단추를 박고
있는 장애 노동자들.

제는 섬세한 기술자들이 다 됐어요.”

기대 이상이었다는 얘기다. 그러나 동천학원의 성선경 원장의 고민은 끝이 없다.

“정부의 고용장려금도 작년부터 절반으로 줄었어요. 장애에 따른 생산량 차이를 정부가 보조해 주지 않으면 장애인 실직자는 더 늘어날 수밖에 없어요.”

성 원장은 여러 가지 애로사항을 설명했다.

“일반기업처럼 세금은 다 내는데 근로시설은 은행융자도 안 돼요.”

어음결제 관행이나 협력사의 부도로 돈을 떼이는 것 등은 다른 중소기업이 일반적으로 겪는 사항이다. 결국 운영자금 등을 빌리느라 성 원장은 집을 담보로 몇 억 원을 대출받고 있었다.

연차는 올라도 급여는 제자리

전국에 근로시설은 22곳 정도에 불과하다. 동천모자는 악조건 속에서도 분투하고 있는 사업장이다. 하지만 이곳에서 일하는 39명의 장애인들이 받는 월급은 65~75만 원선. 근로시설의 의무조항인 최저임금을 간신히 맞추고 있는 상황이다. 장애인들은 이 돈으로 어떻게 생활이 가능할까? 장애인이라고 해서 집값 깎아주는 것도 아니고 공과금 덜 내는 것도 아니다. 돈 들어가기는 마찬가지다. 결혼한 장애노동자들을 만나봤다.

이곳에서 5년째 일하고 있는 임대길(29)씨는 아내와 같이 맞벌이를 하고 있다. 이들의 한달 수입은 합해서 140만 원. 임씨의 급여는

5년째 최저임금을 벗어나질 못하고 있다.

"집사람을 쉬게 하고 싶어도 여건이 그렇게 안돼서 미안해요. (월급)100만 원만 넘었으면 소원이 없겠어요."

재봉일 외에 16개 전 공정을 다 할 수 있다는 임씨.

"불량 나왔으니 똑바로 박아요."

재봉사 아줌마들에게 당당하게 말할 수 있는 이유도 이 때문이다. 그도 이제 어엿한 숙련노동자라 자부하는데, 회사의 대우는 불만일 수밖에 없어 보였다. 상여금도 없고, 휴가비나 명절 떡값이라도 받아본 기억이 없다.

"연차별로 급여가 올라가야 일할 맛도 나고 하죠."

곁에 있던 김숙자(34)씨도 맞장구를 친다.

"인터넷에 채용공고를 보면 장애인은 무조건 50~100만 원이에요. 얕보고 무시하는 것 같아 속상해요. 일이 조금은 느리지만 별 차이도 없는데……."

김씨는 아이를 낳고 2년간 집에서 쉬었다.

"너무 쉬니까 답답하고, 우울증까지 생기겠더라고요."

뇌병변 장애인인 김씨는 일에 대한 의욕이 높아 보였다.

"위험하다고 걱정하는 건 좋은데 (가위질)못 하게 할 때가 속상해요."

아줌마들한테 아이들이 바보취급당하는 느낌이다. 김씨는 그것이 지독히도 싫은 표정이었다. 비장애인들의 무의식중에 자리 잡고 있는 장애인에 대한 편견. 차이가 차별로 드러나는 것은 백지 한 장 차이인 듯 보였다. 불만을 털어놓는 그들이지만 '그래도 그만한 직장이 별로 없다'는 것을 잘 알고 있다. 그나마 최저임금조차 지키지

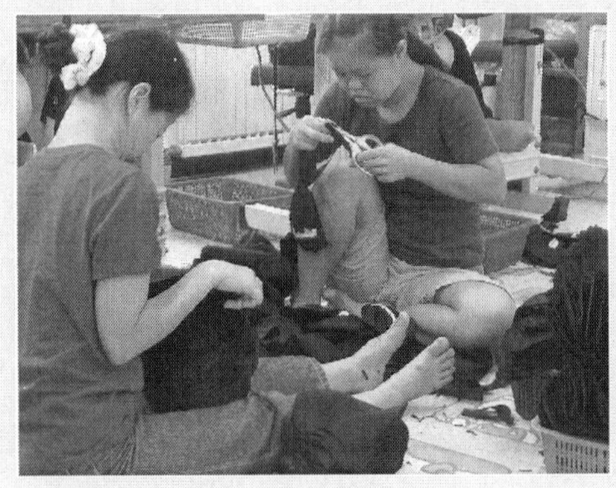

쭈그려 앉아 가위질에 여념이 없는 여성 장애노동자들. 미싱사의 일을 보조하는 '시다의 꿈'은 무엇일까?

않는 사업장, 임금은 체불되기 일쑤고, 차별이 심한 곳이 수두룩하다는 것을 알기 때문이다.

일할 수 있다. 그럼 이들을 다른 중증장애인들에 견줘 행운아라고 해야 하나? 일하고 싶어도 할 수 없는 장애인들. 또 한편에는 차라리 일을 하지 않는 것이 낫다는 장애인들도 있다. 기초생활보장 수급권을 가진 장애인들은 일을 하게 되면 그나마 쥐꼬리만한 수입에도 불구하고 수급권 자격이 박탈된다. 의료보호, 영구임대주택 등 다양한 혜택이 취소됨은 물론이다. 이러한 제도상의 모순으로 인해 일을 하면서 최저임금보다 낮은 40~50만 원 월급을 자처하는 경우도 생기게 된다. 기초생활보장금 40여만 원과 월급 40여만 원을 합할 수 있기 때문이다.

일을 통한 자립 원하지만 곳곳에 암초

2004년 12월 말 현재, 50인 이상 사업체 1만 6,950개소의 장애인 고용률은 1.31%에 불과하다. 300인 이상 사업체 2,362개소는 1.26%에 그치고 있다. 의무고용률 2%에 훨씬 못 미치고 있는 실정이다. 노동부가 지난달 23일 발표한 장애인 고용률에 따르면 1.5% 미만 정부기관은 12곳, 1% 미만 공기업은 59곳에 이른다. 또 장애인을 단 한 명도 고용하지 않은 민간기업(상시근로자 300인 이상)도 214곳에 달한다. 장애인 한 명 고용하느니 차라리 고용부담금을 내는 것이 속 편하다는 의식 때문이다.

광진장애인자립생활센터에서 동료상담을 담당하는 박경미 간사는 뇌병변 장애가 있지만 독립성이 남달리 강했다. 20대 초반 평택의 한 만두공장에서 3년간 일한 박 간사는 첫 월급 40만 원이 3년 내리 적용되리라고는 상상을 못했다. 기숙사에서 생활한 동료 장애인들도 남자는 50만 원, 여자는 40만 원 정액이었다. 비장애인인 여성노동자들도 70만 원 정도의 낮은 액수였다. 일이 많을 때면 새벽, 휴일도 가리지 않았다. 그런데도 월급은 그대로였다.

"일한 만큼의 대가가 없으니 참기 힘들었죠. 몇 번 항의를 해도 '조금만 기다려라', '너는 손이 느리잖아' 라는 말 뿐이었어요."

"몸도 불편한데 집에 있어라."

아버지의 반대도 심했지만 나이도 있고, 눈치도 보이고, 독립생활을 하려는 박 간사의 의지는 확고했다. 박 간사는 이후 컴퓨터를 익혔다.

"타자가 빨라야 한다. 손이 안 되잖아."

취업하려고 수십 곳의 문을 두드렸으나 번번이 퇴짜였다.

"나는 진짜 안 되는 걸까."

좌절하던 그에게 자립센터는 희망의 등불이었다.

지방의 한 대학을 나와 취업을 준비 중인 황철호(24)씨. 카피라이터의 꿈을 안고 전문학원을 다니고 있지만 자신감은 갈수록 떨어진다. 어떻게든 부딪쳐 봐야 하는데 입사지원서조차 내밀지 못하고 있는 상황이다.

"남한테 푸대접 받기는 싫고, 자존심이 강한 편이라서요."

황씨는 대학 때 공무원시험을 보려했지만 볼 수가 없었다. 뇌병변 장애로 손이 떨렸기 때문이다. 당시에는 보조인제도가 없어 광학식 판독(OMR)카드에 표시를 할 수가 없었다. 황씨의 주변 친구들도 취업하는 경우는 하늘의 별따기다. 취업난의 가중은 중증장애인들을 더욱더 벼랑 끝으로 내몰고 있다.

광진장애인자립생활센터의 박홍구 소장은 "장애인의 노동은 생계문제뿐만 아니라 인간의 가치를 실현한다는 점에서 소중한 것"이라며 "언제까지 봉투풀칠이나 액세서리 만드는 보호 작업장에서 10~20만 원을 받고 일할 수는 없다. 의무교육과 취업교육 등을 충분히 받으면 중증장애인도 충분히 일할 수 있다"고 강조했다.

장애라는 원치 않는 멍에를 쓰고 노동의 사각지대에 철저하게 버려져온 중증장애인들. 중증장애인들과 자립생활단체들은 이구동성으로 그들이 일할 수 있는 직종개발과 생계보장 및 차별철폐를 원하고 있다.

장애인노동권 쟁취! 연대를 호소하는 그들의 목소리는 언제 '공기의 진동'을 이룰 수 있을까?

2005년 9월 13일

한뇌연, '장애인 노동 차별 조사' 결과
"장애인이란 이유로 취업 어렵다"

미취업 장애인 10명 중 6명이 생활비를 벌기 위해 취업을 희망하고 있지만 장애인 차별, 일자리 부족 등으로 취업에 어려움을 겪고 있는 것으로 나타났다.

한국뇌성마비장애인연합이 지난달 30일 발표한 노동 차별 설문조사 결과에 따르면 미취업 상태인 장애인 55명 중 89%인 49명이 '장애인이기 때문에 취업이 어렵다'고 생각하고 있는 것으로 나타났다. 또한 '일거리나 직장이 있으면 일을 하겠느냐?'는 물음에 '그렇다'라고 대답한 사람이 96%로 나타나 대부분이 취업을 희망하고 있으나 취업이 쉽지 않은 상황인 것으로 드러났다.

일을 하려는 이유로는 60%가 '생활비를 벌기 위해'라고 응답했으며, '자신의 발전을 위해서'라고 응답한 사람이 23.6%, '용돈 마련'이 9.1%로 나타났다. 일자리를 구하기 어려운 이유로는 일자리 부족, 취업정보 부족 등이 지적됐다. '일자리가 부족하다'라는 문항에는 80%의 응답자가 '부족하다'는 의견을 보였다. 미취업자 중 '취업정보가 부족하다'고 느끼는 사람은 70% 정도인 것으로 나타났다.

사회통합을 위한 장애인 고용정책 필요

열린우리당 장향숙 의원실

장애인의 완전한 참여와 평등을 위한 다양한 정책 가운데 장애인 고용정책이 갖는 의미는 매우 각별하다. 장애인고용은 재활의 궁극적인 목표인 사회통합을 달성함에 있어 단순한 소득의 원천 이상의 중요성을 갖기 때문이다. 장애인들은 직업생활을 통해 경제적 독립성을 확보할 뿐만 아니라 사회적 접촉의 확대, 자아의식의 강화, 직업을 통한 사회적 인정 등을 성취할 수 있기 때문이다.

장애인고용정책의 변천

1981년 '심신장애자복지법'이 최초로 입법된 이후, 9년이 지난 1990년이 되어서야 장애인의 노동 문제를 다룬 '장애인고용촉진등에관한법률'이 제정되었다. 당시 장애인의무고용제가 최초로 도입되어 고용부담금과 고용장려금 관련 사업이 실시되게 되었다.

그러나 민간기업의 장애인고용이 경중장애인 중심으로 이루어지는 경향성을 나타내게 되어 장애인고용문제를 무조건 민간에 맡겨두어서는 안 된다는 문제의식이 확산되었다. 결국 2000년 '장애인고용촉진및직업재활법'으로 법명이 개정되면서 의무고용제 중심의 장애인고용정책에서 벗어나 장애인고용을 위한 적극적 조치를 하기 위한 환경조성 및 지원서비스 확립을 위한 시스템구축 등의 방

광진장애인자립생활센터 앞에 줄지어 서 있는 전동휠체어들.
제대로 된 노동을 원하는 중증장애인의 자화상이다.

향성을 제시하였다. 다시 말해 중증장애인 직업재활을 위한 국가지
원책을 강화하는 방향으로 법이 개정된 것이다.

장애인 의무고용률 2%도 못 미치는 현실

이렇듯 15년이라는 긴 시간 동안 장애인고용활성화를 위한 정책
이 진행되어 왔다. 그렇다면 현실은 어떤가? 2004년 7월 정부는 정
부부문 장애인 고용률이 2.04%에 달했다는 기쁜(?) 소식을 발표한
바 있다. 그러나 2004년 12월 말 현재, 50인 이상 사업체 1만
6,950개소의 장애인 고용률은 1.31%에 불과하다.

특히 300인 이상 사업체 2,362개소는 4만 6,674명의 장애인을
고용하여 1.26%의 고용률을 보이고 있다. 의무고용률 2%에 훨씬
못 미치고 있는 실정이다. 15년을 투자한 정책치고는 그 성과가 매

우 저조한 수준이다. 이 상태라면 현 제도를 지속적으로 유지한다
고 해도 장애인고용을 획기적으로 늘릴 수 있는 방안은 찾기 힘든
상황이다.

의무고용제, 중증장애인 국가책임 강화 핵심

이러한 현실인식을 바탕으로 '장애인고용촉진및직업재활법'의
전면개정안인 '장애인통합고용법'을 준비 중에 있다. 법안을 준비
하면서 우리는 두 마리 토끼를 동시에 잡기로 했다. 그 첫째는 기존
의 의무고용제도를 강화하여 대기업의 장애인고용을 확대시키는
것이고, 둘째는 중증장애인직업재활에 관한 국가책임을 강화하는
것이다.

아직까지 민간기업들은 장애인 한 명을 고용하느니 고용부담금
을 지불하는 것이 더 낫다는 의식을 가지고 있는 형편이다. 부담금
을 내는 것으로 장애인고용에 대한 사회적 책임을 다했다고 생각하
는 것이다. 그러나 고용의무제를 도입한 이유는 장애인고용을 확대
하기 위한 것이지 부담금을 걷기 위한 것은 아니다. 따라서 민간기
업의 장애인고용을 확대하기 위해서는 좀더 강력한 강제조치가 필
요하다. 또한 장애인고용을 잘 하고 있는 기업에 대한 인센티브도
적극적으로 도입해야 한다.

현재 중증장애인의 직업재활은 일부 국고보조가 있기는 하나 대
부분 민간기업이 내는 부담금에 의존하고 있는 상황이다. 민간기업
의 장애인고용이 활성화될수록 부담금액수가 줄어들어 중증장애인
직업재활사업이 위축되는 현상이 바로 여기에서 기인한다. 이것은
매우 기형적인 상황이다. 원칙적으로 중증장애인직업재활은 국가

가 책임져야 하는 부분이다. 국고보조를 확대하여 직업재활사업을 다변화, 활성화시켜야 한다.

장애인통합고용법안 추진상황

기존의 의무고용제도를 강화하여 대기업의 장애인고용을 확대시키는 것에 대해서는 경총, 전경련 등이 일부 반대견해를 제시한 바 있으나 적극적으로 밀고나갈 방침이다. 그러나 중증장애인직업재활에 관한 국가책임강화부분은 그 진행이 순조롭지 못한 상황이다. 현재 고용촉진기금의 2/9를 복지부가 이관 받아 중증장애인직업재활시설에 지원해주고 있기 때문에 복지부, 장애인시설협회, 장애인복지관협회 등이 적극적인 반대 입장을 제시하고 있다.

그나마 기금에서 지원되는 부분이 없어지면 사업수행이 어려워질지도 모른다는 불안감 때문이다. 관련하여 몇 차례 공청회와 간담회 등을 진행하였으나 아직 확정안을 제출하지는 못하고 있는 상황이다. 앞으로 충분한 의견수렴과 법안검토과정을 거친 후 올해 안에는 법안을 제출할 예정이다.

시설을 거부하는 중증장애인들

_시설에서 지역으로! 사회의 당당한 일원으로 서고 싶다

"우리나라 중증 장애인들이 거의 다 나이가 들어 가족이 돌보지 못 할 때까지 집에서 있다가 결국은 시설로 들어가곤 하는데 시설로 들어가는 순간, 그것은 인생의 끝이라고 생각합니다. 장애인도 이성이 있고 자존심이 있는 인간인데 몸이 좀 다르다는 이유로 철창 안의 동물처럼 살순 없지 않습니까? 지금은 우리 가족들 모두 제가 독립생활을 할 수밖에 없다는 걸 이해를 합니다. 이렇게 사는 것이 나와 우리 가족 모두에게 최선의 방법이란 걸 알게 된 거죠. 사회나 가족이나 왜 항상 독립생활을 부정적으로만 보는지 안타까울 때가 많습니다." (오성환 노원중증장애인독립생활센터 사무국장)

"독립을 꾀하는 장애인들의 부모님들은 대부분 '네가 혼자서 뭘 어떻게 하려고 그러느냐'고 걱정과 염려가 많으신 것이 사실이다. 괜한 걱정만은 아니다. 나 역시 혼자 지낸지 8년차지만 내가 혼자서 할 수 있는 일은 점점 적어진다. 하지만 그런 일들을 꼭 가족이 해주어야한다고는 생각하지 않는다. 장애인의 가족이기 때문에 장애인의 삶을 위해 자신의 삶을 희생

시켜야 한다면 그것이야말로 서로에게 형벌과 같은 존재가 될 것이다. 장애인도 가족의 짐이 되어서는 안 되고 장애인의 가족에게도 자유를 주어야 한다. 장애와 장애인의 문제는 사회적으로 함께 책임지고 풀어가야 할 문제다. 중증장애인의 독립생활이야말로 장애와 장애인을 사회로 통합하는 과정의 하나이다.” (김지수 작가, 지체1급, 독립연대 회원)

돌봐줄 부모형제가 없거나 가정형편이 여의치 않으면 장애인들은 미안한 마음에 울며 겨자 먹기 식으로 시설로 들어갈 수밖에 없다. 한국뇌성마비장애인연합이 2005년 6월 13일 발표한 일상에서의 차별 조사결과에 따르면 설문참여 중증장애인 가운데 절반 정도는 ‘수용시설에 들어가라’ 는 권유를 받은 것으로 나타났다. 또 장애 때문에 ‘가족 구성원으로 인정받지 못하고 있는 것’ 도 40% 정도로 조사됐다.

그러나 장애인들에게 시설은 옥살이 아닌 옥살이가 된다.

“먹여주고, 재워주니까 우리의 관리를 받고 절대 딴소리하지 말라.”

생활시설에 들어가자마자 휴대폰은 압수다. 외부와 연락할 길이 막연하다.

척추(경추5~6번)1급 장애인인 정연창씨는 친구들과 씨름을 하다가 장애인이 되었다. 치료비 등으로 인해 집안이 풍비박산되면서 생활시설에 자청해서 입소했다. 좋은 시절도 잠시. 차차 의문이 커져 갔다.

“먹고 마시고 싸고 잠자는 것을 해결하기 위해 사는 것이 인생의 전부일까?”

혼자서는 할 수 있는 것이 아무 것도 없었던 시설 생활이었다.

경중의 정신지체인들은 그룹홈(공동생활가정)에서 사회 적응 훈련을 받으면 충분한 사회생활을 할 수 있다는 것을 그들과 함께 살면서 느꼈던 정씨였다. 그러나 재활원 측은 반대로 하고 있었다. 장애인을 사회로 돌려보내는 것이 재활시설의 본분이며 정부에서도 권장하는 정책인데도 말이다.

시설을 거부하는 중증장애인들

독립을 하려는 정씨를 재활원 측은 적극 만류했다.

"어떻게 몸도 성치 않은 사람이 독립생활을 할 수 있겠느냐?"

정씨가 결국 장애인 두 명과 재활원을 나올 때 재활원 측은 욕도 많이 했다.

"재활원의 속셈은 한 사람이라도 더 데리고 있어 정부의 지원금과 사회의 후원금을 받아 챙기려는 것이었겠죠."

현재 정씨는 10여 명의 장애인들과 장애인공동체인 '예수사랑선교원'을 운영, 상부상조하며 독립생활을 하고 있다.

시설에서 지역으로!

서울 용산구 효창공원 근처 '중증장애인독립생활연대'로 향하고 있는 한 장애인. 비장애인과 조화롭게 살아가는 것이 쉽지만은 않다.

중증장애인들은 2000년경부터 독립생활(Independent Living)을 실행에 옮기고 있다. 자립생활센터, 자립재활센터라는 이름으로 전국에 세워져 현재 25곳 정도가 만들어졌다. 파급도 빨라 매달 한두 곳이 생길 정도다. 서울 용산구 효창동에 자리 잡은 중증장애인 독립생활연대(약칭 독립연대)도 9명의 중증장애인과 2명의 비장애인이 2000년 12월 첫 모임을 가짐으로써 태어났다. 모임을 결성한 장애인은 대부분 혼자서는 자기 신변처리도 힘든 중증장애인으로 시설에 들어가야 한다는 절망적인 상황을 앞두고 필사적으로 이 사회에서 살아보고자 모임을 만들었던 것이다.

"1970년대에 미국에서는 이미 시설이 결코 장애인 삶의 대안이 될 수 없다는 점을 깨닫죠. 장애인 당사자들이 나서서 지역사회에서 살아가는 운동을 해요. 영국 사회학자 올리버는 시설에 갇혀 사는 장애인은 치유하기 힘든 '의존'이라는 '시설병'을 앓는다고 했어요."

독립연대의 윤두선 회장은 독립생활에 대해 설명했다.

울퉁불퉁한 길에서 1시간여를 매연을 뒤집어쓰고 기다려야 하는 저상버스, 장애인을 위한 콜택시도 저녁 10시면 차고지로 들어간다. 대부분 교육도 제대로 받지 못한 중증장애인들이다. 실업난에 장애인을 쓰겠다는 사업장도 거의 없다. 우리사회의 장애인에 대한 편견의 벽은 더욱 높다.

"저 아저씨가 잡아간다. 뚝."

우는 아이를 달랠 때 장애인은 희한한 사람 취급받기 일쑤이다.

"왜 길을 막느냐."

"병신XX가 왜 나돌아다녀. 너 때문에 넘어질 뻔했잖아."

돌아다니는 것 자체가 위축이다.

독립연대는 현재 활동보조인 파견사업과 동료상담 및 각종 교육 문화 사업을 활발하게 벌이고 있다. 또한 장애인이 지역사회 속에서 살아갈 수 있도록 지역사회 편의시설 조사와 평가 사업을 주 사업으로 하고 있으며 각종 정보제공과 이동지원도 하고 있다. 세상에 나오기를 두려워하는 470만 장애인들. 그들을 시설 속에 가둬두고, 시설의 각종 비리와 부조리에 눈감고 있는 사회. 2005년 우리의 부끄러운 자화상이다.

너도 나처럼 아팠더냐?

건장한 수십의 팔뚝이 너와 나를 떼어놓았을 때

너도 나처럼 서러웠더냐?

너도 나처럼 죽고 죽이고 싶었더냐? 불사르고 싶었더냐?

(중략)

이제 너를 가슴에 묻는다.

서로가 서로에게 아무것도 해줄 수 없는 초라한 병신과

흉물스런 쇳덩이로

아무도 모를 피눈물 삼키며

너를 가슴에 묻는다.

다시는 소중한 것을 빼앗기지 않으리!

다시는 남모르는 눈물 흘리지 않으리!

-전동휠체어 진혼가 중

장애인 이용·생활시설의 민주화를 요구하는 장애인들.
숱한 농성과 단식으로 항의했지만 달라진 것이 없다.
2005년 9월 2일 광진구청 앞에서 전동휠체어를
불태우고 있는 장애인들.

지난 2005년 9월 2일 오후 서울 광진구청 앞. 전동휠체어 두 대가 불태워졌다. 순식간에 타버린 전동휠체어는 불과 몇 분 만에 앙상한 뼈대만 남았다. 장애인들은 울었다. 아니 통곡했다. 장애인의 불편한 몸을 대신하던 그들의 분신(分身)이 아니었던가. 그들의 분신이 분신(焚身)을 했다. 그들의 몸과 다름없는 전동휠체어를 장애인들이 불태우는 이유는 무엇일까?

장애인의 몸 전동휠체어 분신으로 항의

장애인 이용시설인 정립회관의 민주적 운영과 이완수 이사장 취임을 반대하던 장애인들. 문제해결을 요청하는 장애인들에게 돌아온 것은 내동댕이쳐진 그들의 육신과 모멸감이었다.

"2005년 8월 23일 16:00 정립공대위의 불법시위시 전동휠체어를 탄 장애인의 경고 없는 무단돌진으로 인해 구청직원이 큰 부상을 당하여 입원치료 중에 있는 불미스런 사태가 발생하였습니다."

집회가 열린 광진구청 앞 곳곳에는 구청장 명의의 현수막이 휘날렸다. 정립회관 이완수 이사장의 연임 취하 요구에 구청 측은 이사회 운영 정관에 따라 적법하게 이뤄졌기 때문에 구청으로서도 어쩔 수 없다는 이유를 들었다.

"장애여성을 죄인 끌어내듯 사지를 들고 모멸감과 수치감을 안겨주고도 사과하지 않는 구청입니다."

장애여성 '공감'의 박영희 대표는 구청 측의 성의 있는 자세를 재차 촉구했다.

"장애인의 말에 귀 기울일 생각은 없이 곳곳에 현수막을 내거는 행태가 부끄럽지 않은가?"

장애인 이용시설인 정립회관의 민주적 운영에 대한 목소리는 어제오늘의 일이 아니다. 지난 1990년 첫 농성이 진행되면서 노조도 만들어졌다. 독단적이고 독선적인 운영의 문제 때문이었다. 직원의견은 묵살되기 일쑤였고 혹여 말을 제대로 듣지 않는 직원들에게는 "사표 쓰라"는 말이 횡행했다. 정립노조의 한 관계자의 설명에 따르면 비정규직 여성 직원들에게는 회식 때 술시중까지 들게 했다. 근무시간 중에 직원을 동원해 자기 집 수리를 시키거나 음식점 화단

꾸미는 일 등은 예사였다. 심지어 주식투자를 하던 전 관장은 운전기사에게 사은품 받아오라는 심부름을 시켰다. 손자가 아파 병원을 갈 때도 회관 차량을 이용했다. 장애인 차량개조도 정립회관의 예산을 쓰면서도 유료서비스를 시행했다. 차량개조 일은 관장 친구가 맡았다. 비리와 부조리가 판을 쳤던 것이다.

'장애인을 위한 장애인에 의한 장애인의 시설'은 이사회를 장악한 개개인의 이윤추구와 독선적 운영의 장소일 뿐이었다.

"누가 오더라도 일인지배 체계가 바뀌지 않는 한 시설민주화를 위한 변화는 어려워요."

정립회관에서 일하고 있는 한 사회복지사의 말이다. 이와 같은 일이 전국의 장애인 이용시설, 생활시설에서 버젓이 벌어지고 있음은 두말할 나위가 없다. 지난 1996년 에바다 농아원 사건, 2003년 성실정양원, 은혜사랑의 집, 2004년 정립회관 비민주적 운영 등 이루 헤아릴 수가 없다.

시설의 민주적 운영과 내부 비리를 폭로하던 노조원들은 회관 측의 강압과 회유의 대상이었다. 정규직이었던 한 경비 노동자는 용역으로 전환하겠다는 관리자의 협박에 못 이겨 노조를 탈퇴했다.

"(노조에서) 탈퇴하지 않으면 직장에서 잘리게 되니 이해해 달라."

눈물의 호소였다. 사회복지사 노조원들은 주간보호센터 등 하루 종일 장애인들을 돌봐야 하는 힘든 일에 배치되거나, 다른 업무로 배치되었다.

2004년 농성과정에서 회관 측은 비조합원을 대거 승진시켰다. 10년 경력의 노조원은 3년 경력의 후배 팀장 아래 놓였다. 임금의 차이는 물론 허드렛일을 하면서 소신을 펼칠 수 있는 계기는 전혀 마련되지 못했다. 이를 마다하면 다른 곳으로 갈 수밖에 없었다. 지난해 농성으로 인해 해고된 조합원 4명 가운데 한 명은 아직 복귀하지 못하고 있다. 복귀한 조합원에게는 3개월 정직이라는 또 다른 징계가 가해졌다.

시설민주화 · 시설폐지를 향해

"매일 같이 얼굴을 붉히고 폭력을 행사하고……. 농성한 죄가 뭐길래요. 여긴 그러면 안 되죠."

지난해 농성에 참여했다는 이유만으로 폭력을 당한 한 여성장애인의 말이다.

사회와 격리돼 폐쇄된 '섬' 속에 갇힌 장애인들. 이용시설과 생활시설 속의 장애인은 어떤 고민을 안고 살아갈까? 정립회관에서 낯익은 얼굴을 만날 수 있었다.

강원도 철원에 소재한 성람재단 산하 은혜장애인요양원에서 지난 1996년 5월부터 2003년 3월까지 근 7년간을 지낸 박정혁(36)씨. 그는 현재 피노키오 장애인자립생활센터에서 간사로 일하고 있다. 그의 생활시설에 대한 체험담은 이랬다.

"보모의 수건을 썼다는 이유로 흠씬 두들겨 맞고, 소풍간다는 말에 속아 그곳에 입소한 장애인들도 있었어요."

말은 계속 이어졌다.

"수인번호처럼 방 번호를 앞가슴에 부착한 채 1년 12달 똑같은 하루일과를 보내고, 외출 기회조차 1년에 한 번 될까 말까입니다."

그렇게 격리수용당하며 옥살이 아닌 옥살이를 해야 했던 차별의 경험. 그가 요양원에서 한땀 한땀 바느질을 하듯 작대기를 입에 물고 꾸욱 꾸욱 컴퓨터 자판을 눌러 쓴 시집 '우리들을 있는 그대로…'에는 요양원 생활을 적나라하게 보여준다. '요양원 자식들은 소만도 못 하가요?', '우리는 탈출을 꿈꾼다', '빡빡머리 승준이의 비애', '그 누가 올빼미를 잡을 소냐…'.

시설은 그곳에 수용되어 있는 모든 장애인들을 획일화시킨다.

"장애라는 장막에 가려진 그들의 재능과 소질은 시설 속에서 쓰레기처럼 버려집니다. 시설 속의 장애인의 삶은 여전히 최악입니다."

그는 시설에서 나온 뒤 지하철도 타보고, 노래방을 가고, 포장마차도 가보았다. 물론 모든 것이 처음이었고, 그 세상은 별천지였다. 장애인들은 아무런 자율성도 없이 요양원에 갇혀 있다 보니 사회성은 점점 더 떨어질 수밖에 없다.

"거의 요양원 생활이 사육수준이다 보니, 한번 들어가면 죽을 때까지 나오지 못하고, 세상을 모르고 사는 거죠."

정혁씨는 이 땅의 모든 중증장애인들의 자유를 갈구한다. 그만의 탈출이 아닌 모든 중증장애인들의 희망을 위해.

"인간의 삶이 아닌 가축의 삶이었죠."

정혁씨의 부인 지영(38)씨도 6년여 성람재단 산하의 은혜장애인 요양원에 있었다.

"주는 밥이나 먹지 왜 (자장면을)시켜 먹느냐."

당시를 떠올리는 지영씨의 표정이 순간 일그러진다. 지금도 차별과 멸시를 당하고 있을 원생들이 떠오르기 때문이리라.

"아주 심한 경우를 제외하면 (장애인들이)시설에서 나와서 떳떳하고 인간답게 살 수 있도록 해야죠."

지영씨와 정혁씨는 밝은 얼굴로 서로의 눈빛을 교환하며 휠체어를 굴려 내려간다. 오랜만에 보는 장애인 부부의 '아름다운 동행'이다.

2005년 9월 8일

시설공대위는?

지난 2003년 11월에 결성된 조건부신고복지시설생활자인권확보를위한 공대위(준)(이하 시설공대위)는 조건부신고시설로 등록된 정신요양시설 안에서 탈출한 안모씨와 또 다른 정신요양시설에서 탈출한 이모씨에게 "자신들이 죄를 지은 사람들도 아닌데 감옥처럼 갇혀있다"는 제보를 받아 긴급실태조사를 벌임으로써 그 활동을 시작했다.

공대위 결성 이후 지금까지 성실정양원, 은혜사랑의집, 영낙원, 바울선교원, 심신수양원, 지인언어치료원 등의 인권침해를 적발하고 고발조치 및 생활자 추후대책 마련, 관리감독책임기관에 대한 고발과 감시등의 활동을 해 왔다.

조건부신고시설들에서 일어나는 인권침해와 횡령 등의 범죄들은 대부분 비슷한 양상을 띠고 있었다. 따라서 시설공대위는 이를 막을 제도적 보안장치의 필요성을 느끼고, 시설정책단을 꾸려서 내부세미나와 토론회 등을 진행하면서 대안모색도 하고 있다.

2005년 1월 기준으로 미신고시설(조건부시설 포함)은 총 1,200여 개, 약 2만여 명이 생활하고 있는 것으로 알려졌다. 이중 약 70%가 2005년 말까지 신고시설로 전환을 완료할 예정이다. 나머지 30%의 미신고시설들은 민관합동실태조사를 통해 신고시설로 전환하거나 조건을 갖추지 못한 시설들은 폐쇄될 예정이다.

시설공대위는 총 25개 장애인, 인권, 건강 단체들로 구성되어 있다. 소속단체들은 경기복지시민연대, 경기장애인연맹, 노들장애인야학, 다름네트워크, 대한정신보건가족협회, 섬김과나눔회장애인봉사대, 안산노동인권센터, 인권운동사랑방, 인도주의실천의사협의회, 인천여성의전화, 장애우권익문제연구소, 장애인교육권연대, 장애인이동권쟁취를위한연대회의, 전국공무원노동조합, 전국학생연대회의, 좋은집, 천주교인권위원회, 태화샘솟는집, 피노키오자립생활센터, 한국뇌성마비장애인연합, 한국산재노동자협회, 한국장애인고용촉진공단노동조합, 한국장애인단체총연합회, 행동하는의사회, CMHV(한국지역사회정신건강자원봉사단) 등이다.

사회복지시설 선택? 메뉴도, 돈도, 욕구도 없다!

김주현 시설공대위 활동가

보건복지부는 2005년 7월 26일 발표한 보도자료를 통해 미신고 복지시설의 70%가 신고시설로 전환 또는 전환확실하고, 이에 따라 신고시설로 전환한 약 800여 개소에 대해 지원을 계획 중이라고 밝혔다. 또 미전환 미신고시설에 대해서는 9월부터 민관합동 실태조

사 실시 후 시설별로 지속적인 양성화, 또는 시설폐쇄를 결정하기로 했다.

이는 애초 3년의 행정처분 유예기간을 두고 실시했던 미신고시설양성화정책을 번복하고 기준미달 시설들에 대해 또 한 번의 기회를 주는 2차 양성화정책이라는 분석이 나오고 있다. 정부의 미신고복지시설 정책에 대해 학계나 시민사회단체에서는 여러 가지 비판과 대안들이 제시되고 있다. 일각에서는 미신고시설의 발생원인에 대해서 소규모, 가족적인 분위기와 현실적인 입소요건, 신고시설에 대한 정보 미흡 등의 수요 측면 및 종교적·양심적 운영 동기의 상존, 제도권 진입장벽의 존재 등의 공급 측면, 그리고 시설입소 대상자의 상존에 비해 시설의 수가 절대적으로 부족하다는 측면을 들고 있다.

주요 논점을 보면 우선, 미신고시설양성화정책에 대해 개인 운영시설에 대한 법인화 유도 및 재정적 지원, 철저한 관리감독방안 수립, 10인 미만시설에 대한 적극적 지원책 모색 등을 제시하고 있다(이태수 2005). 개인운영·소규모 시설에 대한 재정지원 및 관리감독책임부분 소홀, 설치 기준, 종사자 기준 등의 하향으로 입소자에 대한 서비스의 질적 보장 포기, 탈시설화라는 정책적 전망에 역행하는 등의 문제를 안고 있다는 지적이다.

또한 거주배치서비스의 지역사회서비스로의 통합, 입소제도와 생활시설의 기능에 대한 제도개선 등 현재의 지방자치단체에 의한 관료적 관리방식에서 전문적 관리방식으로 전환 등을 제시하기도 한다(임성만 2005). 시설생활자, 운영자, 종사자, 관리감독기관, 일반인의 시선 등 근본적으로 모두에게 부정적인 작동원리에 놓여있는 주거시설을 긍정적 역동적으로 전환할 수 있는 핵심 열쇠는 '선택'이라는 것이다.

반면, 시설공대위에서는 사회복지시설의 민주화, 공공성 확보, 생활인 인권보장의 제도화 등을 강조한다. 시설문제를 탈시설화가 아닌 시설발전정책 강화라는 틀에서 해결하려 한다면 시설문제의 근본적 해결책인 시설 생활인들의 사회통합 및 자립생활은 요원하기 때문이다. 또한 시설내의 인권침해와 비리의 원인에 대해 시설 상황을 개방할 사회적 시스템의 부재, 정부책임전가로 인한 사회복지사업의 영리화, 복지부와 시군구의 직무유기, 지역사회의 무관심과 님비, 일반시민들의 차별의식, 가족중심의 복지정책의 한계 등을 꼽고 있다(김정하 2005).

이러한 대안들은 좌파적이라는, 혹은 그와 반대로 자본주의 체제 내에 안주하는 대안이라는 비판을 받지만, 그러한 이념적 논쟁은 아무 의미가 없어 보인다.

개인적으로 우리나라의 사회복지시설의 현실은 전근대적인 수준에 머물고 있다는 생각이다. 시설의 부정적인 측면을 긍정적으로 전환할 대안을 '선택'이라 한다. 하지만 우리의 시설생활인, 혹은 예비 생활인들에게는 선택할 메뉴도, 선택을 통한 구매력, 아니 수요의 근본인 욕구조차도 거세되어 존재하지 않는다. 다시 말해 시장 자체가 존재하지 않는다는 이야기다. 시장이 존재하지 않는데, 그것이 '시장지향적이다', '아니다'라고 이야기할 수 있는가?

물론 사회복지시설의 민주화와 공공성확보가 전제되어야 하지만, 그와 함께 사회복지영역에도 일단은 시장이 형성되어야 한다. 이를 위해 사회복지서비스를 필요로 하는 사람들에게(현금이든, 바

우처 등의 쿠폰이든 간에) 복지재원이 직접 제공되고, 서비스 메뉴
가 서비스 이용자들의 욕구에 기반한 것이어야 한다. 시설이나 기
관에 의해 일방적이고 획일적으로 프로그램되는 것이 아니라.

사회복지시설 문제의 원인을 어떻게 진단하고, 어떠한 대안을 제
시하든, 가장 먼저 생각해야 하는 것은 그 안에 살고 있는, 앞으로
살아갈 사람들이 얼마나 자신의 권리를 제대로 누리고 살아가느냐
하는 것이다.

● 정립회관공대위(집행위원장 박경석)는 해를 넘겨 회관 운영의 민주
화를 요구하고 있다. 서울시와 해당 관청에 대한 면담제의는 번번이 무산
되고, 일인시위 등으로 사태해결을 촉구하고 있지만 돌아오는 답은 '관여
사항이 아니다' 라는 답변뿐이다.

제3장

사회적 약자, 소수자들 이야기

방세가 싼 곳을 찾아 달동네로, 변두리로 찾아든 독거노인들. 그러나 재개발은 여지없이 찾아와 등을 떠민다. 내년에는 집을 비워야 한다. 또 어디로 밀려가야 하나. 여기저기서 살기 힘들다고 아우성이다. 개발지역 상인들과 집주인은 보상금을 더 받기 위해 투쟁하지만 가진 것 없는 독거노인들은 항변할 힘조차 없다. 독거노인들은 외로움과 병마와 씨름하며 한숨짓는 나날을 보내고 있다. 마지막 잎새처럼 위태롭게 달려있는 한 장의 달력. 2006년 독거노인의 새해는 철거와 함께 시작될 것이다.

종교·양심적 사유의 병역거부자들

_반전평화 외치는 현대판 묵가의 부활

"국가폭력에 동참할 의사가 없다." "이라크파병을 반대한다." "반전평화의 신념을 굽힐 수 없다." "대체복무제를 요청한다." "성소수자를 정신질환자로 판정하는 징병당국의 차별에 반대한다." 임성환, 염창근, 임재성, 나동혁, 임태훈 등 양심적 병역거부자들의 병역거부 사유들이다. 2001년 오태양의 병역거부 이후 현재까지 종교적 이유가 아닌 양심적 병역거부자는 20여 명 정도다.

이들은 "군사훈련을 배제한 다른 방식의 복무를 통해 사회구성원으로서의 의무를 다하고 싶었지만 안타깝게도 병역법은 그런 기회를 주지 않는다."며 "양심을 지키기 위해서 병역거부를 선택할 수밖에 없었다."고 호소했다.

그러나 법원은 "종교·양심의 자유가 국방·병역의 의무보다 우월한 가치라고 할 수 없다."며 이들의 유죄를 속속 확정했다. 헌법재판소 전원재판부도 2004년 8월 종교나 양심상의 이유로 병역의무를 기피하는 사람을 3년 이하의 징역에 처하도록 한 현행 병역법 88조 1항 1호에 대해 재판관 7대2의 의견으로 합헌 판결을 내렸다.

양심에 따른 병역거부를 지지하는 설치미술. 지난해 10월 한 대학 '성평등 문화제 기간'에 총여학생회에서 주최하는 행사의 일부로 마련됐다.

대법원 · 헌재, 신성한 국방의무 강조

이뿐이랴. 분단된 나라, 남과 북이 총부리를 겨누고 있는 나라. 신성한(?) 병역의 의무를 거부한다는 것은 국민임을 포기하는 무모한 행동으로 치부된다. 반공, 반북 이데올로기가 여전히 위력을 떨치고 있는 상황에서는 더욱 그렇다.

"남자는 군대에 갔다 와야 진정한 남자가 된다."

남자다운 남자, 사나이로 취급받기 위해서는 군대를 다녀와야 했다. 그것도 특공대나 해병대면 더할 나위 없다. 술자리에서도 군대 이야기는 빠지지 않는다. 감히 방위병 출신은 이야기에 낄 수도 없다. 씩씩하고 패기에 넘치는(?) 사나이들의 세계이기 때문이다. 명령에 죽고 명령에 사는 계급사회, 군대의 질서는 철저한 상명하복이었고, 2~3년 군 기간 동안 사나이는 그렇게 길들여졌다.

80년대 소위 운동권 학생들은 대개 국가보안법과 집시법으로 실형을 선고받고 옥살이를 하느라 군대를 거부할 기회가 없었다. 빵잽이들은 군대에서도 받아주지 않았기 때문이다. 그러나 이른바 강제징집과 그에 뒤이은 녹화사업은 수많은 젊은이들을 돌아올 수 없는 길로 몰아넣었다. 1988년까지 '전방입소 반대투쟁'이 전개됐지만, 그것은 병역거부와는 아직 거리가 있었고, 많은 젊은이들이 어쩔 수 없이 끌려간 군대에서 감시와 폭력, 억압과 굴종의 고통스런 기억의 파편들을 남겼다. 이때까지만 해도 병역거부란 일부 특정종교 신자에게서만 볼 수 있는 현상이었다.

시간은 흘러 바야흐로 21세기다. 종교적 사유가 아닌 양심에 따른 병역거부의 흐름이 생겨났다. 또 불교 신자 오태양씨에 이어 2005년 10월에는 가톨릭 신자로는 처음으로 고동주씨가 병역거부를 선언해, 병역거부 논란은 점차 확대되고 있는 추세다.

2002년 9월 대체복무제도 도입 주장을 처음으로 제기하며 병역거부 선언을 한 나동혁씨. 2005년 9월 말, 가석방으로 풀려나 휴식을 취하고 있는 그를 만났다. 조금은 지쳐 있는 표정이었다. 한 달 동안을 두문불출하며 무엇을 할 것인지 모색하고 있다고 했다. 그는 1년 6개월의 실형을 선고받고 형을 살다가 대부분의 병역거부자들이 형기의 75~80% 가량을 채우면 가석방되는 것처럼 풀려났다. 29살의 나이다. 수감 전 '전쟁없는세상'에서 왕성하게 활동했던 나씨는 내년 대학 4학년에 복적할 예정이다. 1999년 대학 4학년 미등록으로 제적상태이기 때문이다.

"병역거부 수감자들에 대한 면회 등과 병역거부 상담 등도 더욱 체계화하고 병역거부, 대체복무 등에 대한 여론대응도 적극적으로 해야 할 필요성을 느낍니다.”

최근 한국국방연구원이 조사한 설문결과는 대체복무에 부정적인 결과가 나왔다. 군 간부와 사병, 징병검사 대상자, 1천여 명의 일반 국민 등을 주 대상으로 했다. 설문의 한계가 있음을 짐작케 하지만 양심적 병역거부 단체들의 대응은 미흡했기 때문이다. 대만 등 이미 대체복무제를 시행하고 있는 나라들의 사례를 보면 ‘병역기피 악용’과 군 복무자의 ‘상대적 박탈감’ 등의 이유가 아직도 나오고 있다. 그는 대체복무를 가능케 할 법제도적 투쟁도 강조했다. 민주노동당이 2004년 10명의 의원들로 대체복무제도를 핵심으로 한 병역법개정안을 냈고, 열린우리당의 임종인 의원도 병역법개정안을 제출했지만 지지부진한 상태이기 때문이다.

2000년 이후 비종교적 사유 병역거부 17명

2000년 이후 종교적 사유가 아닌 일반 병역거부자는 17명이었다. 20여 명도 채 안 되는 숫자다. 96학번인 나씨가 병역거부를 결정하게 된 계기도 쉽지는 않았다. 감옥에 대한 두려움, 부모님에 대한 미안함, 빨간딱지가 주는 사회생활의 제약 등. 학생운동을 통해 단련된 그였지만 조직적인 운동도 아니고 개인의 소신과 용기가 더욱 필요한 방식은 생소했다.

병역거부 선언 이후 3년여의 과정은 더욱더 자신을 가다듬는 계기가 되었다. 보석기간 중 이라크에 인간방패로 들어가는 등 분쟁지역에서 몸을 던지는 평화운동가들은 그에게 많은 생각을 가져다주었다. 죽음의 공포를 넘어서려는 종교인들의 모습은 경이롭게 비쳐졌다. 수감생활도 마찬가지였다.

"군대도 안 갔냐."

"군대를 갔다 와야 남자가 된다."

"비겁하게 너만 편히 살려는 거냐."

"빨갱이 새끼. 북한에 가서 살아라."

사회에서 듣는 욕들이 감옥이라고 피해갈 수 있는 것은 아니었다. 그러나 솔선수범하는 모습은 점점 신뢰를 쌓아갔다. 닭장 속 닭들처럼 비좁은 시설에 많은 이들이 수감되면서 나타나는 문제, 의사 4명이 3천여 명의 재소자를 돌봐야 하는 비정상적인 의료시설 등. 일반 사범과 같이 있으면서 재소자 인권의 중요성도 새삼 다가왔다. 감옥 안에서 음식, 쓰레기, 옷, 편지, 신문배송 등 허드렛일은 보통 병역거부자들이 맡았다. 교도소 측이 보내는 일종의 신뢰의 표시이기도 했다.

특히 교도소내 돈 문제, 물품관리 등 민감한 사안은 '여호와의 증인' 신자들의 몫이었다. 이들은 대부분 교도소의 접견, 영치 등을 담당하고 있다. 수십 년 동안 그들을 접한 뒤 교도소 측은 '절대 손 안 댄다'는 믿음을 갖게 됐다. 2003년 이들은 교도소 내 종교집회까지 할 수 있게 됐다. 병역거부자들은 여호와의 증인 신자들처럼 일방적인 순응은 체질에 맞지 않았지만 그렇다고 여호와의 증인 신자들과 갈등은 거의 없었다. 대부분 나이가 어린 데다 같이 고생을 하고 있는 처지였기 때문이다.

또한 그들의 역사와 의식을 존중하는 이유도 있었다. 2000년 이후 양심적 병역거부 운동과 평화 인권운동의 흐름도 '여호와의 증인'이 있었기에 가능했기 때문이다.

"믿음이 굳건하지 못하면 흔들릴 때가 많죠. 심리적 불안감이 커질 때마다 종교인들의 신념을 다시 보게 됩니다."

전 세계 양심적 병역거부자 94%가 한국에

양심적 병역거부자들이 감옥에서 만난 병역거부 동료들은 단연 '여호와의 증인' 신자들이었다. 현재 1천여 명이 전국교도소에 수감되어 있으니 어쩌면 당연한 일이다. 여호와의 증인 신자들이 이 정도까지 감옥에서 신뢰를 얻기까지는 여호와의 증인 선배 신자들의 타협 없는 종교적 신념이 밑거름이 됐다. 최초의 병역거부는 일제시대로 거슬러 올라간다. 1939년 여호와의 증인 신자 38명이 병역거부를 이유로 체포된 것이다. 옥지준 일가는 3대에 걸쳐 28년 동안 투옥되었고, 이들의 기록은 독립운동사에 남기도 했다.

하지만 이후 상황은 달랐다. 한국전쟁 당시에는 인민군, 국방군 양쪽을 거부하기도 했으며, 70년대 이후 박정희 정권의 군사주의는 그들을 이단, 몰상식한 반국가 종교집단으로 낙인찍었다. 일체의 상징과 우상을 거부하는 이들에게 국기에 대한 경례나 교련수업은 수난이었다. '학교에도 보내지 않는 집단' 이라는 마타도어에 끊임없이 시달렸고, 종교적 신념을 지키기 위한 고난은 계속되었다.

"60여 년 병역거부 역사 속에 외국에 나가거나 고인이 되신 분들도 있죠. 추산하면 1만여 명 정도 됩니다."

여호와의 증인 보도봉사팀의 홍영일(양심적병역거부자수형자가족모임 대표)씨는 1990년 병역거부로 안양교도소에 수감되면서 은사인 이수호 전 민주노총 위원장과 인연을 맺기도 했다.

"양심적 병역거부는 우리사회 민주주의와 다양성의 스펙트럼입니다. 대체복무도 없이 실형을 선고하는 것은 우리 사회가 획일, 집단, 형식적 민주주의 사회임을 반증하는 것입니다." 홍 대표는 기자와의 만남에서 논리정연하고 차분하게 병역거부 논리를 펼쳐나갔다.

"모두가 병역거부를 하면 어떻게 하느냐, 나라가 무너진다고 걱정하지만 소수(자)의 문제입니다. 이기적인 면피 가능성도 우려하지만 군 면제가 아닌 5년이고, 10년이고 대체복무를 하겠다는 것이죠."

70년대부터 시작된 강제입영은 2000년까지 지속되었다. 군으로 끌려간 여호와의 증인들은 집총을 거부했고, 김종식, 이춘길씨처럼 군부대 내에서 구타로 사망하는 사건이 생겨나게 됐다. 1994년부터는 항명죄가 커져 교도소에 수감되는 기간도 2년에서 3년으로 외려 무거워지기도 했다. 이후 2001년부터는 1년 6월형으로 굳어졌지만, 병역거부자는 형량의 증감과 관계없이 증가하고 있다. 해마다 급증해 온 병역거부자수는 2002년 828명을 정점으로 2003년 대폭 줄

여호와의 증인 신자들의 교도소 내 종교집회 모습.
인권위 진정을 통해 2003년에야 교도소 내에서 종교집회를 허용받을 수 있었다.

었으나 2004년 755명으로 또다시 증가하고 있다.〈그래프 참조〉

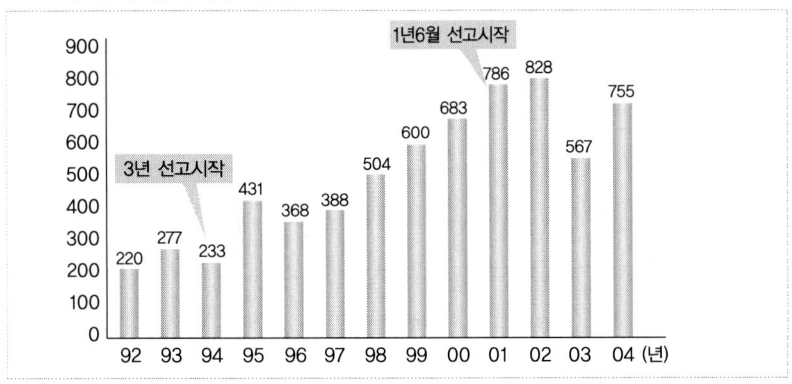

출처 : 병무청, 국가인권위청문회 제출(2005.10.13)

2005년 9월 15일 현재 우리나라의 병역거부자는 1,186명이다. 이 가운데 여호와의 증인 신도는 1,174명에 이른다. 아제르바이잔, 앙골라, 아르메니아, 싱가포르, 터키 등 7개국에 총 72명이 수감되어 있는 것에 견줘 엄청난 숫자다. 전 세계 수감 중인 양심적 병역거부자의 94%가 한국에 있는 셈이다.

"병역거부가 여호와의 증인 전유물로 인식되었으나 양심적 병역거부가 꾸준히 생기는 것은 긍정적입니다. 국가주의, 획일화에서 다양성의 사회로 건강해지고 있다는 지표죠."

전국시대 반전평화 주장한 묵가처럼

무엇이 이들을 병역거부로 이끌고 있을까? '원수를 사랑하라', '사해동포', '정치적 중립' 등 이들의 핵심 교리는 타협을 불허했

다. 복학의 어려움, 대기업의 취직제한, 국가공무원 5년간 응시제
한, 회계사 등 출소 후 3년간 시험제한 등등의 불이익도 이들의 종
교적 신념을 꺾지는 못했다.

"세계 노동자여 단결하라는 노동운동의 가르침이 있듯 우리는
'국경 없는 사랑'을 강조합니다. 메시아로 삼으려는 무리에 대해
'내 나라는 이 세상에 속한 것이 아니다'라고 예수께서 말하셨듯이
우리는 초기 기독교 삶을 중시합니다."

그들은 정치나 군인, 경찰, 고위공무원 등의 직업은 피하고 있다.
교단의 강요나 출소 이후 지원이나 후원도 없다. 철저히 개인의 결
단과 신념의 문제였다.

"무심한 측면도 있지만 돈 문제는 교회 내에서 금기시하기 때문
에 직업알선 등은 공식적으로 하지 않습니다."

이들의 교회규모는 대형화를 피하기 위해 100여 명의 신도 수준
을 유지한다. 장로도 신도들의 헌금으로 생활하지 않고 자원봉사 개
념이다. 십일조라는 강제적인 헌금도 지양한다. 왼손이 하는 일을
오른손이 모르게 하라는 가르침에 충실하기 때문이다.

● **병역거부 연대기**

1939년	일제, 병역거부를 이유로 38명 체포
1953년	한국전쟁 중 3년 선고
1961년	병역거부자를 병역기피자와 구분하여 8월 선고
1974년	강제입영 조치 이후 항명죄로 2년 이상 선고
1994년	항명죄 최고형을 2년에서 3년으로 개정
2001년 10월	고등군사법원에서 2년 6월로 감형

2001년	12월	오태양씨 병역거부
2002년	1월	서울남부지원 여호와의증인 이아무개 신도(21살) 병역거부
2002년	2월	병역거부권 실현 연대회의 결성
2002년	3월	UN인권위에 첫 문제제기
2003년	7월	병역거부자 교도소 내 집회 허용, 강철민 이병 병역거부
2004년	5월	서울남부지법 종교이유 병역거부 3명 첫 무죄선고
2004년	7월	대법원 양심적병역거부 유죄 선고
2004년	8월	헌법재판소 양심적병역거부 처벌 합헌 결정
2004년	9월	병역법개정법률안 국회 상정
2004년	10월	UN인권이사회에 제소
2005년	3월	국회국방위원회 공청회

이들의 종교적 신념에서 우러난 병역거부를 반전평화운동 차원으로 보기는 어렵다. 국회와 인권위 등에 청원하는 정도에 머물고 있기 때문이다. 정치적 중립의 애매성도 존재한다. 하지만 오늘날의 여호와의 증인 신자들은 병역거부 1만여 명의 누적치가 보여주듯 종교적 신념과 무저항의 방식으로 반전평화를 실천하고 있다. 중국의 전국시대, 반전평화를 올곧게 주장한 최초의 좌파집단이란 평가를 받고 있는 묵가처럼. 이러한 여호와의 증인 앞에서 '나는 평화를 사랑한다'고 감히 외칠 수 있는 우리 사회의 좌파가 과연 몇이나 될까?

"남자가 군에는 가야지. 군대에 좋은 것도 많은데."

노동운동가조차 병역거부 서명을 찜찜해하던 기억을 떠올리는 나동혁씨. 그의 마지막 말이다.

"세상을 바꾸기 위해서는 현실이 고단하더라도 안주하지 말자."

부국강병, 전체주의, 국가주의, 민족주의 이데올로기에 오염되지 않기 위해. 노동자의 성찰과 연대의 정신이 또 한번 절실하게 느껴지는 대목이다.

2005년 11월 8일

양심에 따른 병역거부, 언제까지 방치할 건가?

최정민 (양심에 따른 병역거부권 실현과 대체복무제도개선을 위한 연대회의 집행위원장)

2001년, 병역거부라는 새로운 인권 문제가 대두되면서 우리 사회는 열병을 앓듯 커다란 찬반 논란에 휩싸였다. 어느 정도 민주주의의 성숙을 이뤘다고 자부했던 우리 사회에 아직도 해결해야 할 많은 인권문제가 산적해 있음을, 전체주의와 국가주의가 아직까지 사회 밑바닥에 강고하게 자리 잡고 있음을 보여주는 사건이었다.

같은 해 12월에는 불교신자이자 평화주의자인 오태양씨가 병역거부 선언을 하였는데 이는 당시까지만 해도 기독교 소수파(이단으로 취급되었던)의 특이한 행동이고, '한번 우리가 아량을 베풀자' 식의 토론이 무성했던 논의의 지형을 국가와 개인 간의 합리적인 공존, 더 나아가 우리 사회의 징병제와 군사문화의 측면으로까지 논의를 삽시간에 확장시켰다.

1만여 명에 달하는 병역거부 전과자들, 심지어 죽음으로까지 몰아

병역거부자에게 감옥 대신 대체복무를 인정하라는 목소리가 높다.
그러나 헌법재판소는 병역거부자를 감옥에 보내는 것은 위헌이 아
니라는 판결을 내렸다.

갔던 가혹했던 국가주의, 지금도 매일 2명꼴로 구속되고 있는 병역거
부의 행렬……. 그 뒤 5년이 지난 지금까지도 이 문제는 여전히 한국
사회의 뜨거운 이슈이며 해결되지 않은 과제다.

2004년엔 7월과 8월, 대법원과 헌법재판소가 각각 병역거부 관련
사건에 대해 이를 인정하지 않는 결정들을 내렸다. 이로서 헌법재판
소 결정 뒤로 미뤄졌던 병역거부자들의 재판이 속개되어 9월 15일 현
재 전국 각지의 교도소에 1,186명의 병역거부자들이 수감 중이다.

이러한 사법부의 결정에 따라 이제 병역거부자들의 문제를 해결할
수 있는 공은 국회로 넘어간 셈인데 2004년 9월과 11월에 열린우리
당 임종인 의원을 비롯한 22명의 국회의원과 민주노동당 노회찬 의원
을 비롯한 10명의 국회의원이 병역거부자들에 대한 대체복무 허용을
골자로 하는 병역법 개정안을 발의하기도 하였다.

징병제가 어느 날 아침 갑자기 사라질 수 없는 시스템이라 한다면
다양성을 존중하고 소수자를 보호한다는 측면에서 대체복무제도는

아주 훌륭하고 게다가 수십 년간의 검증을 거친 지혜로운 제도이다. 서구에서는 평화에의 신념이 개념조차 모호한 국가적 이익을 이유로 철창에 갇힌다는 것에 꾸준한 문제제기를 한 인권운동가들의 노력으로 1900년대 초 · 중반 병역을 거부할 수 있는 권리를 헌법 및 각종 하위법을 통해서 인정함과 동시에 대체복무제도를 도입하여 이들의 인권을 보장하면서 국가와 개인이 함께 공존할 수 있는 방법들을 마련하였다.

우리 사회는 대체복무제도를 말하면 늘 남북분단을 이유로 시기상조라고 하지만 영국은 홀로 독일과 세계대전을 치르던 1916년에 대체복무법을 도입하였고, 미국은 2차 세계대전 때 병역을 거부한 사람들에게 대체복무를 시행하였다. 독일은 냉전구도가 강화되고 동서로 분단되어 있었던 1961년에 대체복무제도를 시행하였다. 과연 시기상조인가?

지금 국회에서는 정기국회가 한창이다. 병역법 개정안은 1년째 국회에 계류 중이며 그 1년 동안 700명의 청년들이 감옥에 갔다. 언제까지 이런 악순환을 되풀이 할 것인가.

● 2005년 연말 한동안 잠잠하던 양심적 병역거부 선언이 있었다. 김태훈(24), 김영진(25), 이용석(25)씨는 12월 1일 서울 안국동 느티나무카페에서 양심적 병역거부를 선언했다. 김태훈씨와 이용석씨는 '전쟁없는세상'의 활동가로서 평화를 위해 총을 거부했다. 민주노동당 당원인 김영진씨는 병역거부 이유가 이전의 경우와는 확연히 달랐다. '자본과 지배층의 이데올로기를 재생산하고 복무하는 군대를 반대한다'고 밝힌 것이다.

한편, 국가인권위원회는 12월 26일 양심적 병역 거부 인정과 대체복무제를 마련을 정부에 권고했다.

이 땅에서 성소수자로 살아가기

_일곱 색깔 무지개만큼이나 다양한 사랑의 형태

〈해피투게더〉, 〈크라잉게임〉, 〈토탈 이클립스〉, 〈프리스트〉, 〈필라델피아〉, 〈소년은 울지 않는다〉, 〈바운드〉, 〈두 여자의 사랑〉, 〈결혼피로연〉 등등. 남녀의 사랑을 다룬 영화만큼이나 동성 사이의 사랑을 그린 작품들이 많다. 그러나 현실은 영화와 다를 뿐이라는 인식이 팽배하다.

도착, 변태, 정신장애, 방탕한 성, 도덕적 일탈, 에이즈의 주범 등으로 낙인찍히며 혐오의 대상이 되기 일쑤니 말이다. 동성애는 이미 정신질환 항목에서 삭제되었고, 에이즈는 동성애자, 이성애자 누구나 걸릴 수 있는 바이러스 질병이다. 그런데도 심지어 진보정당 일각에서 조차 동성애를 자본주의 파행현상으로 바라보는 시각도 있다.

동성애를 바라보는 일그러진 이중 잣대

낼 모레면 환갑인 영국의 팝스타 엘튼 존과 동성애 연인인 캐나다 출신 영화제작자 데이비드 퍼니시(42)의 결혼을 알리는 최근 뉴스

들. 지난 12년간 동성애 커플을 유지해온 그들은 영국에서 동성간 결혼을 허용하는 '시민 파트너십 법'이 발효되는 첫 날인 2005년 12월 21일 결혼식을 올리기로 했다. 수십억 원에 달하는 개런티의 방송촬영 요청에도 엘튼 존은 이를 거부했다고 한다. 사람들의 눈요기 감이 되기보다 그들의 사랑이 방해받지 않는 것이 중요하다는 판단이었을 것이다.

그런데 어찌 된 일일까? 전 세계 언론의 호들갑과 한국 언론의 받아쓰기 기사 외에 동성애에 대해 진지한 접근은 애초에 관심조차 없는 모양이다. 세계적으로 성소수자들은 이미 더 이상 비정상적인 부류가 아닌 일반적 경향으로 인정받고 있다. 벨기에, 네덜란드, 캐나다, 스페인은 동성 결혼을 법적으로 인정하고 있고, 2000년 유럽연합(EU)의회가 동성 부부에게도 이성 부부와 같은 권리를 부여하도록 15개 회원국에게 촉구하는 결의안을 채택했다. 그 뒤 유럽의 많은 국가에서 동성결혼 및 동성 간 파트너십이 보장되고 있다.

우리 사회는 동성애 나아가 '성 소수자'에 대해 얼마나 이해하고 있을까? 성전환자(트랜스젠더)인 하리수씨가 여자보다 예쁜 얼굴과 몸매를 과시할 때나 언론에 부각되고 사람들도 '예쁜' 트랜스젠더라는 하에서 이를 용납한다. 게이로서 정체성을 커밍아웃한 연예인 홍석천씨가 그 뒤 방송출연에서 어떤 불이익을 받고 있는지, 주류언론은 관심이 없다.

"동성애자만이 아닌 연예인으로 봐 달라"는 그의 호소는 "재수 없어." "호모xx"라는 싸늘한 답변으로 되돌아올 뿐이다.

'자연스럽게 구축된 성'을 만고불변의 진리로 믿고 있는 이들에게 인류의 동성애 역사를 들이밀면 아마도 까무러칠 것이다. 고대 그리스, 로마까지 가지 않더라도 신라 혜공왕, 고려 공민왕이 동성애자였다는 사실은 유명하다. 향가의 기록 속에 은근히 배어 나오는 화랑들간의 사랑, 임꺽정 소설 속의 머슴들끼리의 남색 행위 등 각종 기록은 우리 사회도 예외가 아니었음을 보여준다.

에이즈와 청소년, 동성애 공격의 두 축

우리 사회의 성소수자들은 얼마나 될까? 어떻게 생활할까? 그리고 그들이 사회에 요구하는 바는 무엇일까? 여러 궁금증을 안고 동성애자인권연대(이하 동인련) 사무실을 찾았다. 서울역 맞은편 한 허름한 건물의 옥탑방을 개조한 사무실에는 4명의 활동가들이 분주

"선생님! 저 동성애자인 것 같아요." 선생님들은 과연 성정체성을 고민하는 청소년을 잘 감싸 안고 보호해 줄 수 있을까?

하게 움직이고 있었다. 동성애자 억압에 반대하는 게이, 레즈비언, 트랜스젠더, 양성애자 그리고 이성애자가 함께하는 단체인 동인련의 회원은 약 180여 명이다. 청소년에서부터 40대 후반까지 연령층도 다양하다.

11월 20일부터 27일까지 '청소년 성소수자와 함께하는 프라이드 파티'를 진행 중인 동인련. 성정체성을 고민하고 있거나 성소수자로 살아가고 있는 청소년들을 대상으로 한 인권의 중요성과 자긍심을 고취하는 교육이었다. 청소년들의 사생활 보호가 중요하기에 강의와 토론을 직접 취재할 수는 없었다.

"청소년과 에이즈는 동성애를 공격하는 두 축입니다."

동인련의 정욜 사무국장은 우리 사회의 동성애 공격 기제를 설명했다.

"청소년들에게 성에 대한 정보접근이 차단되어 있어요. 성정체성에 대한 고민(동성애)을 일시적이고 비정상적인 것으로 가르치기 때문에 자살 등 더 큰 위험에 빠뜨리는 경우가 종종 있습니다."

한국청소년상담원이 '청소년의 동성애에 대한 생각 및 현황 분석(2003년)' 연구 결과, 설문조사에 참여한 2,280명의 청소년 중 '스스로 동성애 성향이 있지 않을까 고민해 본적이 있다'는 응답이 전체의 11%를 차지했다. '주위에 동성애 성향을 나타내는 친구가 있느냐'는 질문에는 100명당 2.7명 정도가 '그렇다'고 답했다. 동성애 정체성에 대한 고민을 하는 청소년이 이렇듯 많음에도 교과서는 많은 문제를 안고 있다.

"서구문화의 유입으로 인해 성도덕의 금기 사항이 무너지고, 동성애, 혼전 성교, 포르노그래피, 성 매매 등 다양한 성문화가 범람하고 있어서 성윤리의 역할에 대해 의문을 제기하는 사람도 있다.(고등학교 시민윤리 103쪽)"

"급진적인 자유주의자는 사랑이 없어도 자발적인 동의만 있으면 동성애, 성매매, 근친상간 등 어떤 유형의 성관계도 도덕적으로 허용될 수 있다고 주장한다.(같은 책 105쪽)"

이에 대해 민주노동당 성소수자위원회(준) 등 동성애자 단체들은 "동성애는 성관계만을 의미하는 것이 아니다"라며 "동성애자의 총체적인 삶의 모습과 정체성의 문제를 성관계로 완전히 대체해 버리는 잘못을 범하는 것"이라고 지적했다.

고등학교 체육 교과서(지학사) 294쪽에서 기술한 에이즈에 대한 설명을 보자.

"감염자와의 성행위, 동성애, 소독하지 않은 주사기에 의한 투약 등이 중요한 감염 원인이 된다."

위 단체들은 "동성애는 성행위의 범주에 포함되지 않는 정체성의 한 부분이다"라며 "동성애=에이즈라는 오랜 편견을 답습한 것이고, 에이즈 감염인 및 동성애자의 인권을 침해하는 근거 없는 설명이므로, 에이즈의 감염원인 중 동성애는 삭제되어야 할 것"이라고 주장했다. 2005년 민주노동당 최순영 의원의 이 같은 국감질의에 대해 교육부는 시민윤리 교과서의 동성애 문구 삭제와 함께 체육 교과서는 '검토하여 수정하겠다' 고 답변했다. 지켜볼 일이다.

●가까운 친구, 동료, 이웃이 커밍아웃할 때 어떻게 할까?

- 무조건적으로 수용하고, 축하한다는 말을 해줍시다!
- 당신을 신뢰하고 있다는 점에 대해 고맙다는 말을 합시다!
- 사랑하고 있는 사람에 대해 물어보는 것도 좋습니다!
- 최대한 듣도록 노력하세요!
- 예전과 다름없이 서로 계속 연락을 하는 것이 좋습니다!
- 이 사회에서 동성애자로 살아간다는 것이 어떤 것일까.
  상상해보는 것도 좋습니다.
- '날 사랑하는 것은 아닌가'와 같은 의심이나 '날 사랑한 적은
  있어?'와 같은 질문은 삼가는 것이 좋습니다.
- 반드시 비밀을 지켜야 합니다.
- 모르는 것이 있다면 숨기는 것보다 솔직해지는 것이 좋습니다.
- 유머감각과 친근한 표현은 상대를 편하게 해 줄 수 있습니다.

출처 : 성소수자 인권 바로알기, 동인련

죽음과도 같은 커밍아웃에 대한 반응 - 당황, 착각

자신의 성 정체성을 고민하던 한 청소년. 전교조에 가입한 선생님에게 상담을 요청했다. 그러나 중3 학생은 믿는 도끼에 발등을 찍혀야 했다.

"내가 도움 줄 수 있는 게 없다."

그 선생님은 부모에게 아이의 동성애 사실을 알렸다. 따뜻한 관심을 촉구하기 위한 것이었고, 선의였다. 그러나 그것은 효과적인 방법이 아니었고, 커밍아웃할 준비가 안 된 학생을 위험에 빠뜨렸다.

"내가 어떻게 낳아서 길렀는데."

"아이고, 이 못난 놈아."

부모는 아이를 닦달했고, 학교에도 소문이 퍼지면서 그 학생은 따돌림의 대상이 되었다. 결국 그 학생은 가출했다.

동인련의 성소수자 인권지침서에 따르면 가까운 이웃, 친척, 동료에 대한 커밍아웃은 신뢰감의 표시다.

"당신을 그만큼 믿는다"는 표현을 일반인들은 "나를 좋아하는 거야?"로 착각하는 경우가 많다고 한다. 설령 좋아한들 아니라고 하면 그만인 걸.

"커밍아웃은 한마디로 죽음이죠. 우리 사회의 편견과 불이익을 잘 알고 있는데 주변에 알리기란 쉽지 않아요. 솔직하게 예의를 갖춰주면 되는 거죠."

정욜 사무국장은 그가 다니는 직장에는 아직 커밍아웃을 하지 못했다.

"솔직히 겁나요. 활동하면서 가끔 두려운 것은 직장에서 알았을 때 나는 어떻게 대응할까 고민을 많이 하죠."

가족, 동료들에게 커밍아웃하기도 어렵지만 생계와 직결된 직장에서는 더욱 어려울 수밖에 없다는 설명이었다.

동성애 동거커플의 말 못할 고민

동성간 동거를 하고 있는 경우, 다른 직장동료들과는 엄청난 차별에 직면한다. 가족수당, 육아수당 등 기혼자들에게 돌아가는 혜택은 없다. 집안의 경조사 때 비용도 없고, 배우자가 아팠을 때 조퇴도 허용되지 않는다. 성소수자는 그저 또 한 명의 독신으로 보일 뿐이다. 보이지 않고, 말하지 않을 뿐 성소수자의 애환은 사회생활 곳곳에 배어있다.

그래서 성소수자들은 회사보다는 아무래도 자유로운 자영업을 선택하는 경우가 많다. 외국계 부동산 업체에서 다녀간 일했던 레즈비언 박아무개(35)씨. 그는 서울시내에서 한 치킨 집을 가족들과 함께 운영하고 있다. 여성, 성소수자 단체들에서 활동하고 있는 박씨는 10년여 손위 여성 활동가와 동거하고 있다. 그 파트너는 결혼해 낳은 아이들도 있고, 나이 들어 성정체성을 깨달아 현재 이혼하려는 상황이다.

"성정체성을 뒤늦게 알게 된 경우죠. 이혼청구소송이 벌어지면 위자료 등을 제가 물 수도 있기 때문에 머리가 아파요."

더 이상 복잡한 얘기는 꺼내지 않았다. 그래도 같이 사는 이유는 사랑하기 때문이다.

"나이와 성별을 떠나 존경하니까요."

반지하 생활이지만 불편함은 없다. 위층에는 또 다른 동성커플이 살고 있다.

이성을 사귀어 봐도 안 되고, 군대를 갔다 와도 안 되고, 결혼을 해도, 아이를 낳고 살다가 뒤늦게 아는 경우 등등. 성 정체성은 보통 청소년기에 알게 되는 것이 일반적이지만 인식 시기는 다양하다.

동성애자 인권 · 노동권 침해 왜 사과하지 않나

"한 번은 예순이 넘은 퇴역장성이 찾아와 상담을 했어요. 자식들

아펙회의와 조지부시 방한에 반대하는 성소수자들의 피켓. 그들은 97년 노동자 총파업 연대집회를 시작으로 본격적으로 거리로 나오기 시작했다.

은 결혼하고, 아내가 죽은 뒤 뒤늦게 자신의 성정체성을 깨닫는 경우가 종종 있어요.”

성소수자를 정신질환자로 판정하는 징병당국의 차별에 반대하며 양심적 병역거부를 선언한 임태훈(31)씨. 그는 일찌감치 공개적으로 게이임을 선언하면서 가족과 이웃, 사회에 자신의 정체성을 분명히 드러냈다.

“집안 망신 다 시켰다.”

가까운 친척들과는 아무래도 불편하다. 제사, 결혼 등 집안 경조사에 잘 참여하지 않는다.

“태훈이 언제 결혼(장가)하나.”

집안 친척들의 무심한 말에 상처받을 부모님을 생각하면 마음이 편치 않다.

"죄를 짓지 않았는데도 굉장히 미안하고, 의기소침해지고 그럴 때가 많죠."

그래도 어머니는 자식을 이해한다.

"요즘 독신도 많다더라. 스님, 신부들도 있잖아."

다독거리는 어머니의 말을 들을라치면 복받치는 설움에 가슴속은 미어진다.

"커밍아웃을 하면 두들겨 맞거나 쫓겨나기 일쑤에요. 심지어 정신병원으로 보내지기도 하고요."

가족관계에서도 이럴진대 군대나 사회는 더하다. 동성애가 정신질환이 아닌데도 정신병동에 수용하거나 부모에게 알려 도덕적 단죄를 행하기 때문이다.

혼자 살고 있는 임씨.

"동성애 결혼 합법화는 이성애자와 동등한 시민권을 획득한다는 의미가 있지만 결혼제도 틀을 답습할 필요는 없는 것 같아요. 핵심은 친권이죠."

동거인의 사망시 재산분할의 문제, 가족수당, 출산, 육아휴직, 병원 응급환자 치료시 보호자 여부 등 신분상·재산상의 권리와 의무의 보장이 중요하다는 설명이었다. 임씨는 프랑스의 시민연대협약처럼 동성, 이성에 관계없이 상속, 의료, 보험, 수당 등 법적보장이 중요하다고 강조한다.

"동성애자 교사들의 해고에 맞서 투쟁하는 나라도 있는데, 우리나라 노조는 동성애에 대한 입장 자체가 없잖아요."

이야기는 노조로 향했다.

"홍석천씨 방송출연 정지에 대해 방송사의 공개사과나 반성이 없어요. 동성애자 인권과 노동권을 침해한 것에 대해 언론노조 위원장 출신인 최문순 MBC 사장은 사과해야죠."

1986년 독재정권에 의한 권인숙 성고문 사건을 취재하고도 쓰지 못했던 기자 최문순은 뒤에 이렇게 자신을 반성했다.

"부끄럽고 부끄럽습니다. 저는 기자가 아닌 것은 물론 인간이 아니었습니다."

그러나 뒤늦게 또 후회할 일을 만들고 있지는 않는가? X파일 특종보도를 취재하고도 낙종한 것과 함께 홍씨에 대해 함구하는 것 말이다.

다양한 인간의 삶 존중해야

홍석천은 인정해도 내 친구는 용납 못 한다는 태도, 남은 되어도 내 가족만은 안 된다는 이중 잣대. 게이룩을 입고 다니면서도 동성애혐오증(호모포비아) 경향을 보이는 사람들과 사회. 동료가 동성애자라는 이유로 해고되었을 때 당신과 노조는 어떻게 할 것인가?

"이해는 바라지도 않는다. 오해만 안 받고 살아도 좋겠다."

"장애인 활동가들을 만나면 거리에 나가 캠페인하는 것 자체가 부럽다고 얘기해요."

성소수자 활동가들의 말은 별난 성적 집단, 에이즈의 주범 등 온갖 편견과 차별의 굴레에서 벗어났으면 하는 이 땅 성소수자들의 한결같은 목소리이리라. 일곱 색깔 무지개 깃발을 들고 거리로 나서는 성소수자들. 그들은 동성애가 성행위가 아닌 다양한 인간의 모습임을 보여주고 있다.

2005년 12월 1일

성소수자가 노동자에게 띄우는 편지

정숙 동성애자인권연대 활동가

영화 〈빌리 엘리어트〉의 감동, 노동자 · 성소수자의 연대를 위해

사람은 그 많은 수만큼이나 다르고 누구나 다른 취향과 기호를 가지고 있다. 그런데도 서로 어울려 살아갈 수가 있고 서로의 관심사에 대해서 얘기할 수 있다. 우리는 사회에서 장애인, 동성애자, 이주노동자 등 많은 소외된 사람들과 함께 살아가고 있다.

나 또한 동성애자로 이 사회에서 함께 살아가고 있다. 동성애자들은 한 구역에 모여 살거나, 특정한 직업을 가지고 있는 특별한 존재가 아니다. 어디에나 동성애자들은 존재하고 다양한 직업에 종사하며 연령도 다양하다.

그러나 우리 사회의 지배자들은 동성애자에 대한 끊임없는 혐오와 불신을 조장하는 이데올로기를 강조한다. 동성애자들이 에이즈의 주범이며, 문란한 동성연애로 이 사회의 성도덕을 문란하게 하고 이것이 사회 문제를 야기 시킨다고. 그래서 남녀가 결혼해 아이가 있는 가정만이 정상적인 것이라고 강요하고 있다.

사람들의 성 생활은 그 자신의 문제이다. 같은 성을 사랑한다는 이유로 억압받거나 심지어 살해당하는 일은 분명히 옳지 않은 일이다. 세계 곳곳에서 동성애자들은 '반 동성애자 법률' 들과 억압에 맞서 싸웠고, 모든 형태의 동성애자 억압을 끝장내기 위해 싸우고 있다. 우리나라 동성애자들의 투쟁의 역사는 10년 남짓하다. 1997년 노동법 날치기 통과에 반대하는 파업투쟁에 힘입어 동성애자들도 거리로 나섰다.

그러자 1998년 1월 언론은 동성애자가 에이즈의 주범이라며 동성애자들을 공격했다. 같은 작업장에서 일하는 이성애자와 동성애자를 분리시킨다. 여성들 때문에 남성들의 일자리가 줄어들고, 이주노동자들이 우리나라의 노동자들의 일자리를 뺏으며, 정규직이 철밥통을 쥐고 놓지 않아서 비정규직 문제를 해결할 수 없다는 논리처럼 끊임없이 지배자들은 분열을 조장하며 단결을 어렵게 만든다. 이 분열로 이득을 보는 자들은 분명 지배자들이다.

동성애자들은 처음으로 거리에 무지개 깃발을 띄우고 노동자 운동에 참가한 이래 많은 노동자 운동과 억압에 반대하는 투쟁에 참가해 오고 있다. 〈빌리 엘리어트〉는 내가 굉장히 좋아하는 영화다. 몇 번을 다시 봐도 감동적이고 기분 좋은 이 영화는 80년대 영국 광산 노동자들의 파업모습과 아픔을 고스란히 담아내고 있다.

　80년대 영국 광부파업은 동성애자 해방과 노동자 투쟁이 서로 연결될 수 있음을 보여준다. 파업 전 광산에서는 동성애자 혐오증과 성 차별주의가 만연했다. 그러나 동성애자에 대한 편견이 많았던 광부들은 광부 파업을 적극 지지한 동성애자와 여성들 때문에 나중에는 런던에서 동성애자 퍼레이드에 주도적인 기여를 한다. 전국광부노조 대표들은 전국노동조합회의와 노동당대회에서 동성애자들의 권리에 대한 정책을 채택하도록 압력을 넣었다.

　비록 광부파업은 실패로 끝났지만, 난 실패했다고 생각하지 않는다. 이 파업의 경험으로 사회가 강조해온 온갖 분열들을 극복하게 만들고, 노동자들을 단결시키는 모습은 우리가 가야할 길을 보여주는 좋은 모범이다. 영화의 마지막 장면에서 무대에 선 아들이 힘차게 도약하는 모습은 이 파업의 경험이 실패가 아니고 새로운 운동의 도약임을 보여준다.

　우리 사회에서 소외되고 별로 중요하지 않은 취급을 받는 사람들. 그러나 마음속에는 자기만의 꿈이 있고 역사가 있는 사람들. 그런 사람들이 이 사회에서 억압을 당하고 있다. 이 억압에 반대해 성소수자는 모든 억압받는 계급들과 함께 연대해 우리 자신을 지키기 위해 싸울 것이다.

고통 속에 살아가는 희귀, 난치병 환자들

_나는 아프다. 나는 살고 싶다

황우석 때문에 웃고, 황우석 때문에 울어야 했던 사람들이 있다. 온 국민을 상대로 한 스펙터클한 거짓말의 충격은 컸다. 황우석 파동에 누구보다 공황상태에 빠진 이들은 바로 희귀·난치성 질환을 앓고 있는 환자들이다.

"이제 우리도 희망이 보입니다. 그 희망이 곧 실현될 수 있기를 바래봅니다. 오늘은 아프고 힘들지만 내일은 웃으며 살 수 있겠지요."

황우석 박사의 줄기세포 연구는 희귀·난치병을 앓고 있는 환자들에게 유일한 희망이었다. 그러나 희망은 곧 절망으로 바뀌었다.

"황우석 박사님께 희망을 걸고 줄기세포허브에 신청했는데……. 실망했어요."

"척수손상으로 하반신이 마비되었는데, 줄기세포 연구로 저 혼자 걷는 상상을 많이 했어요. 그런데 정말 속상하네요."

한 희귀난치 환자모임의 게시판에 쓰여 있는 내용이다.

결정성경화증, 다카야수동맥염, 러셀실버증후군, 베체트, 말단비

대증, 부신백질이영양증, 페닐케톤뇨증 등등. 한센병 정도 대략 알고 있는 일반인들에게 5천여 종에 이르는 희귀·난치 질환을 열거하면 생전 듣도 보도 못한 병명에 놀라게 된다. 국내 추정 환자 수는 무려 80여만 명이나 된다. 또 한번 놀라게 되는 대목이다.

2005년 10월 종영된 〈병원 24시〉라는 텔레비전 프로그램과 각종 뉴스에서 사형수의 처지처럼 천형을 받고 있는 이들은 어렵지 않게 찾을 수 있다. 태어날 때부터, 아니면 정상인으로 생활을 하다가 갑자기 희귀병에 걸리는 경우도 있다. 라디오 〈윤선아의 노래선물〉을 진행하고 있는 윤선아씨는 태어날 때부터 골형성부전증을 앓고 있다. 그는 최근 〈나에게는 55cm 사랑이 있다〉는 책을 통해 남편과의 결혼, 그 뒤 아이를 갖기 위한 희망을 보여주고 있다. 개그맨이자 방송인인 김구라씨는 최근 아버지를 여의었다. 아버지는 8년 동안 근위축성측삭경화증인 루게릭병으로 고생했던 터였다.

단지 손목을 다쳤을 뿐인데 희귀병이라니

이용우씨는 버스의 급정차로 손목을 다친 뒤 복합부위통증증후군 판정을 받았다. 가슴에 부착된 척수신경기는 끊어질 듯한 통증을 완화하는 생명선이다.

"아이가 한 번씩 안아달라고 보챌 때가 제일 힘들어요."

사랑하는 아이의 '안아줘, 놀아줘' 응석을 받아주지 못하는 아빠. 어깨 골다골증 합병증세까지 겹쳐 팔을 제대로 들 수도 없다. 무심코 내지르는 아이의 손에 맞아 참을 수 없는 고통을 당한 몇 번의 경험 때문이다.

2005년 말, 경기도 안산시 고잔동의 한 아파트 단지에서 복합부위통증증후군(CRPS)을 앓고 있는 이용우(36)씨를 만났다. 복합부위통증증후군은 뼈를 깎는 통증이 불시에 찾아오는 병이다. 그가 이런 희귀병을 앓게 된 사연은 기가 막힌다. 버스가 급정차해 손목을 다쳤을 뿐이었는데, 통증이 온몸으로 번진 것이다. 짧게는 몇 분에서 길게는 몇 시간까지 통증으로 온몸이 굳어지고, 심한 경우 기절까지 하게 되었다.

"산모가 아이를 낳는 통증이 6이라면 환자들은 7~9정도 됩니다."

이용우씨는 미국까지 가서야 그의 병명이 복합부위통증증후군이란 것을 알았다. 마른하늘에 날벼락이었다. 통증을 완화시키기 위해 그는 사고가 난 해인 2002년 말 척수신경자극기를 몸 안에 삽입했다. 척수에 미세한 전류를 흘려보내 그 자극으로 통증을 완화시키는 방법이었다. 수술비로 1,600여만 원이 들어갔다. 통증완화제 등 한 달 약값만 30~40만 원, 한달에 한번 꼴로 병원치료를 받으면 100만 원 이상이 치료비로 들어간다. 잘나가던 컴퓨터 엔지니어로 벌어놨던 돈은 바닥이 났다.

겉으론 너무나 멀쩡해서 가족들에게조차 병으로 이해 받기 힘든 병. 그래서 가족들조차 처음에는 꾀병, 엄살 정도로 치부한다.

"별 것 아닌 것 같은데 자꾸 아프다고 하니까, 처음에는 남자가 뭘 그리도 못 참나 싶었죠."

이씨의 아내도 처음에는 꾀병으로 생각할 정도였다.

"CRPS 진단을 받고서야 그 때 처음 위험한 병이란 걸 알게 되었어요."

의료비 경감이나 신약 개발 등으로 병세가 현상유지만이라도 되길 바라는 아내다. 간호사인 아내가 든든한 동반자로 있음이 이씨에게는 큰 힘이고, 위안이다.

"이렇게 살아서 뭐하나."

옥상에서 뛰어내리고, 약을 먹고 자살하려는 충동도 여러 번이었다. 그러나 아내와 아이에게 빚을 질 수는 없다는 생각에 이씨는 마음을 다잡았다. 2002년에는 환우회를 만들어 병 알리기에 주력했다. 환자와 가족을 위한 자료집도 펴내고, 70여 명의 회원들과 함께 권리를 찾기 위해 동분서주했다. 2003년 1월 그는 국가인권위에 법정장애 인정 진정을 냈고, 지난해 '법정장애 제도개선 방안'에 관한 토론회도 이끌어냈다. 지난해 자극기 수술비는 270만 원대로 낮아졌다.

드러나지 않는 고통, 칼로 긋는 느낌

"장애 등급을 받는 것이 중요합니다. 미국의사협회는 장애를 인정하는데 왜 우리는 안 된다고만 합니까. 더 이상 장애제도의 사각지대에 (희귀병 환자들을) 방치해선 안 됩니다."

그는 2005년 11월 버스회사를 상대로 한 소송에서 승소했다. 희귀질환에 대한 법원의 획기적인 판단이었다. 그러나 버스회사는 항소를 준비 중이다. 교통사고 뒤에 찾아온 불시의 통증을 꾀병과 예전부터 앓아 온 기왕증으로 치부하는 보험회사와도 싸워야 한다. 또 있다. 난치 질환에 대해 장애 등급조차 내주지 않는 보건복지부, 고통을 호소해도 군대로 끌고 가고, 제대로 치료조차 해주지 않는 국방부 등 싸움은 끝이 없다.

이씨에게는 4가지 소원이 있다고 했다. 그 중 의료비 경감, 척수자극기 보험화는 지난해 일정한 성과를 이루어냈다. 이제 남은 것은 장애인정과 통증센터 건립이다.

"워낙 새로운 병들이 많이 생기고 있고, 누구나 걸릴 수 있는 겁니다. 그것은 또 온전히 정부가 책임을 다해야 할 몫이죠."

2005년 전역 뒤 보름 만에 암으로 사망한 노충국씨 사건은 군 의료체계의 문제를 단적으로 드러내 주었다. 복합부위통증증후군 환자들 가운데는 군 입대를 앞둔 이들과 군 입대 후 의병제대한 경우도 있다. 엄살 부린다며 몽둥이를 들이대고, 따돌림까지 당해야 하는 고통.

오승현(29)씨는 의경으로 군 입대 후 발이 삐끗했다. 대수롭지 않게 여겼다. 그러나 가볍게만 여겼던 통증은 시시때때로 칼로 긋는 듯한 통증을 안겨 주었다. 의병제대 후 집에서 쉬고 있는 오씨는 보이지 않는 고통과 매일같이 전쟁을 벌이고 있다. 식은땀을 줄줄 흘리며 마약 성분의 진통제인 모르핀을 황급히 찾는 오씨의 고통. 그때마다 무언가에 데인 듯 펄쩍펄쩍 뛴다. 본인은 말할 것도 없이 옆에서 지켜보는 이의 마음도 아프기만 하다.

같은 질환인 또 다른 여성 환자는 2년 전 수영장에서 외상을 당한 뒤 계속되는 통증과 약물 부작용으로 우울증 치료까지 받고 있다. 약 먹는 것 외에는 아무 것도 하는 일 없이 무기력한 나날을 보내고 있는 딸을 지켜보는 어머니의 마음은 천 갈래 만 갈래로 찢어진다. 만지지도 대신 아플 수도 없는 심정은 아릴 수밖에 없다. 같은 병을 앓고 있는 한 산재환자는 지난해 이맘 때 쇼크로 사망했다. 생활고를 비관해 자살한 아들 때문이었다.

차라리 암이었으면 죽든 살든 치료비는 안 들지

환자의 고통은 환자에 머물지 않고 가족으로 고스란히 이어진다. 잘사는 이들은 중산층으로, 중산층은 극빈층으로 전락하고, 끝내 자살로 이어지는 삶. 한국희귀·난치성질환연합회를 찾아 환자들의 육체적, 정신적, 경제적 어려움을 더 들을 수 있었다. 연합회는 2001년 설립 이래 57개 희귀난치 회원단체 35만여 명이 가입되어 있다.

연임을 계속하고 있는 신현민 회장은 그 자신 희귀병인 다발성경

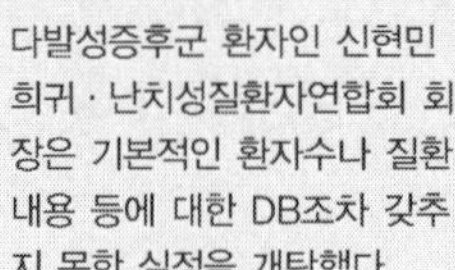

다발성증후군 환자인 신현민 희귀·난치성질환자연합회 회장은 기본적인 환자수나 질환 내용 등에 대한 DB조차 갖추지 못한 실정을 개탄했다.

화증 환자이다. 다발성경화증은 뇌, 척수 등 중추신경계의 손상으로 발생하는 면역체계 이상 질환이다. 시력 상실, 평행 및 운동 장애, 언어 및 감각 장애, 하지 마비, 성기능 및 배뇨·배변 장애 등이 주요 증상이다. 심하면 전신마비가 오기도 한다.

"처음에는 오진으로 인해 뇌종양, 중풍 치료를 받았죠. 희귀질환인지조차 몰라 미국만 세 번을 갔다 왔어요."

거동조차 못하는 상황에서 비행기 좌석도 한 번에 4석을 예약해야 했다. 누워서 가야했기 때문이었다. 발병한 지 8년, 총 3억여 원의 치료비로 인해 신 회장의 살림형편도 말이 아니다. 그나마 회사를 운영하고 있었기에 가정파탄에 이르지 않았다는 설명이다.

식약청이 지난해 국회 전재희 의원에게 제출한 자료에 따르면 지난해 한국희귀약품센터가 공급한 의약품 110개 품목 가운데 건강보험이 적용되는 품목은 31개(28.2%)에 그쳤다. 72%가 비보험인 것이다. 환자들의 부담이 클 수밖에 없다. 안명옥 한나라당 의원이 지난해 희귀·난치성 질환자 969명을 대상으로 설문조사한 결과에 따르면 연간의료비 300만 원 이상 지출이 270명으로 28%에 이르렀다. 전체 응답자의 51.6%인 498명은 의료비 과잉지출로 가정해체 위기를 경험했다고 답했다.

상황이 이런데도 정부는 71개 질환에 대해서만 의료비 지원을 해주고 있는 형편이다. 지난해 말 정부는 12개 희귀난치 질환 의약품, 103개 품목에 대해 건강보험 급여를 확대했다. 160억 원을 지원하는 셈이다. 하지만 관련단체들은 생색내기에 지나지 않으며 새발의 피라고 주장한다. 오히려 적용받지 못하는 소수의 환자들은 더 큰 상실감에 빠지기 때문이다.

2조 원에 이르는 일본의 희귀난치질환 예산. 그러나 우리나라는 전체 705억 원에 불과하다. 환자들의 외래 택시비까지 지원하는 외국에 견줘 환자부담이 클 수밖에 없다. 희귀약품센터에서 조달하는 약품도 80%는 조달이 안 된다는 설명이다.

암 환자에 대한 본인부담률은 지난해 9월부터 50%에서 10%로 줄어들었다. 그러나 희귀질환자들은 2001년 이후 20%에 묶여있다.

"평생 병원신세를 져야하는 희귀난치 환자들은 사보험도 안 받아주고 전액 본인이 부담해야 합니다."

차라리 암이었으면 살든, 죽든 치료비는 적게 들어가지 않느냐는 항변이 나올 정도다. 무엇보다 문제인 것은 희귀난치 환자 수치조차 정확한 파악이 되어 있지 않다는 점이다. 정부에서는 110개 질환, 50만 명 희귀난치 환자가 있다고 발표하고 있다.

"정책의 일관성을 위한 환자 데이터베이스(DB)조차 갖추지 못하고 있는 실정입니다. 2000년도 과거 통계를 가지고, 언제까지 보건복지부는 110개 질환이라고 할 건가요."

신 회장의 불만은 높았다. 미국에서는 5천여 종으로 상향조정했고, 국내에 조사된 희귀난치병만 300여 가지가 넘는 상황이다. 만성신부전, 류마티스 등을 포함하면 국내에 100만 명에 육박할 것이란 설명이었다.

오아시스를 찾는 이들에게 물을

"결혼 한 번 해보고 죽는 게 소원"이라는 40대 미혼 환자. "처방전이라도 한 번 받아보았으면 좋겠다"는 희귀병 환자들.

"대물림되는 유전병을 비관해 아들을 목 졸라 죽이고, 집안에 폐 끼칠 것을 걱정해 굶어 죽는 길을 선택하고 있지 않습니까." 신 회장은 '나는 살고 싶다' 는 희귀난치병 환자들의 절규와 낮은 목소리에 귀 기울여 줄 것을 거듭 강조했다.

"황우석 사건으로 환자들은 한마디로 공황상태입니다. 맞춤형 줄기세포 연구 지속도 중요하지만 성체줄기세포, 제대혈 등 여러 방면의 연구가 진행되어야 합니다."

도와준다고 말은 하면서 수박 겉핥기식의 대책 아닌 대책으로 일관하는 정부.

"정부가 이쯤되면 줄기세포 허브 대책 등 무엇인가를 발표해야지요."

정부에 대한 비판과 요구의 수위는 높았다. 암센터 수준의 희귀질환센터도 그 가운데 하나지만 아직은 그림의 떡이다. 올해 10억 원의 정부예산을 지원받아 추진하는 복지관 개념의 케어센터가 그나마 위안이다. 환자들의 정보공유와 함께 기본적인 DB를 구축할 수 있는 기반은 생긴 셈이다.

"근골격, 신경, 호흡계 등 분야별 사회복지사와 의료진 등 기본적인 인력과 최소 운영비용은 따로 또 만들어야죠."

건물임대만 간신히 할 수 있고 관리비가 책정되지 않아 신 회장의 고민은 깊어간다. 구리가 몸 밖으로 배출되지 않고 간이나 뇌에 축적돼 간경화와 뇌손상을 일으키는 윌슨병 환자 동생의 편지를 조용히 읽고 있는 신 회장. 사막에 홀로 떨어진 듯 힘든 나날을 보내던 이에게 고통을 함께 나누는 것에 대한 감사의 편지였다.

아파서 병원을 가도 병의 원인조차 모르거나 병명을 알았더라도 치료방법이 없어 쩔쩔매야 하는 상황이다. 치료법을 알았더라도 천문학적인 치료비에 애태우는 상황을 언제까지 못 본 채할 것인가? 소리 없이 죽어가는 희귀난치병 질환자들의 신음소리. "나는 살고 싶다"는 소리 없는 아우성에 이제는 두 귀를 열어야 할 시점이다. 복지사회는 성장 뒤 내일의 문제가 아닌 오늘의 문제이기에…….

2006년 1월 5일

희귀·난치성 질환자에 주거·의료·재활 등 포괄 지원책 절실

홍춘택 민주노동당 보건의료분야 정책연구원

대한민국 최고과학자이자 희귀·난치성 질환자의 희망이라 불리던 황우석의 맞춤형 줄기세포 연구가 모두 허위로 드러나고 있다. 모든 사람들의 관심이 진위논란으로 쏠려있는 동안 정작 황우석 연구에 정당성을 부여하는 근거로 회자되었던 희귀·난치성 질환자들은 다시 사회로부터 소외당하고 있다.

잠시 동안이나마 치료받을 수 있다는 희망을 품었던 희귀·난치성 질환자들의 고통과 절망은 더욱 깊어지고 있다. 우리 사회의 무관심과 냉대 속에 힘겨운 삶을 버텨가던 희귀·난치성 질환자들에게 황우석의 거짓말을 '한 여름 밤의 꿈'이라고 마치 아무 일도 없었던 것처럼 살아가자는 말은 너무나 잔인할 것이다.

그러나 황우석의 줄기세포 연구가 진정 희귀·난치성 질환자의 희망은 아니었고, 황우석의 몰락이 희귀·난치성 질환자의 절망은 아니다. 희귀·난치성 질환의 종류는 5천여 종이 넘고 이 중 80%는 유전적 질환이다. 즉, 황우석 연구가 진짜라서 당장 치료에 쓸 수 있다 하여도 80%의 희귀·난치성 질환자에게는 치료적인 의미가 없다. 줄기세포 연구의 핵심에 있는 황우석 교수, 노성일 원장, 박기영 청와대 보좌관 등 세 사람이 공동으로 속해있는 '의료산업 선진화위원회'는 줄기세포 치료와 같은 의료 기술을 이용해 주식회사 병원들이 아무 거리낌 없이 돈 벌이에 나설 수 있는 방안을 마련하는 곳이다. 이렇게 상업화된 첨단기술은 부자만을 위한 명품 서비스의 길을 걸을 수밖에 없다.

"난치병 환자에게 꿈의 성배를 찾아줄 것으로 믿어왔던 이 기술에는 의료의, 생명의 상업화 같은 감당할 수 없는 어두움이 짙게 깔려 있습니다."

안규리 교수의 고백은 황우석이 그간 수 차례 밝혀 왔던 숭고한 목표가 애초부터 접대성 발언으로 전락할 운명이었음을 보여준다.

이제 우리는 희귀·난치성 질환자를 비롯한 치료가 어려운 질병으로 고통 받는 환자들을 위한 새로운 길을 찾아야 한다. 다행히도 황우석 사태는 우리가 가야 할 길은 명확하게 보여주었다. 우선 눈앞의 문제부터 해결하자. 제대로 된 희귀·난치성 질환자 지원 대책을 구축하는 것이 먼저다. 정부는 아직 희귀·난치성 질환에 대한 분명한 규정조차 없다. 당연히 희귀·난치성 질환자에 대한 지원을 원활하게 하기 위한 기초 통계도 부실하다.

조기 진단을 위한 의료체계가 구축되어 있지도 않다. 진단을 받아도 그 후에 치료 및 관리와 요양·자활을 위한 체계가 거의 없다. 대도시 전문종합병원에서만 처치가 가능한 경우가 대부분이라 간접비용 부담이 만만치 않다. 따라서 부분적인 의료비 보조만이 아니라, 주거·의료·재활 등을 포함한 포괄적인 지원을 시행해야 한다.

다음으로 희귀·난치성 질환자를 위한 신 의료기술 개발은 공공특허와 국제연대를 기본 방향으로 하자. 신 의료기술은 공공적 개발과 활용을 전제로 공적 자금을 투입해야 한다. 희귀·난치성 질환에 대한 연구는 높은 개발비용에 비해 성공이 불확실하고 오랜 연구개발 기간 등으로 민간 투자가 어렵다. 민간 주도로 개발에 성공하여도, 사적 특허는 비싼 대가를 요구할 뿐이다. 다국적 제약사의 백혈병 치료제인 글리벡이 높은 가격 때문에 백혈병 환자의 절망이었던 때를 잊어서는 안 된다.

또한 희귀·난치성 질환은 말 그대로 소수라서 한 국가 중심의 기술 개발로는 한계가 있다. 먼저 우리나라에서 확보된 줄기세포 연구 성과를 국제 공용특허로 하자. 그래서 앞으로 어떤 나라에서 어떤 줄기세포 성과가 나오더라도 이를 인류 공통의 것으로 할 수 있는 기반을 만들자. 줄기세포뿐만 아니라 희귀·난치성질환 연구를 위한 국제 기금을 조성할 필요가 있다. 막대한 비용과 시간이 걸리는 이런 연구를 한 국가나 한 기업이 수행하면 과다한 보상에 대한 욕구가 발생할 수밖에 없기 때문이다.

비용은 어느 정도 필요할 것이다. 그러나 참여정부는 그동안 아무런 검증 없이 오로지 황우석 신화 만들기에 앞장서며 658억 원을 연구비로 지원하였다. 논문 조작이 드러나지 않았다면 천억 원이 넘는 돈이 아무 의심 없이 지원되었을 것이다.

이에 비한다면 다음과 같은 현실적인 대안을 위한 대가는 너무나 작다. 불과 수십억이면 이들에게 필요한 희귀 의약품을 무상에 가깝게 공급할 수 있다. 백혈병 치료에 필수적인 기반인 골수기증자를 현재 10만 명 수준에서 30만 명 수준으로 높이면 25%에 불과한 조직적합률을 80% 이상으로 올릴 수 있다. 이에 필요한 비용은 200~300억 원이면 충분하다. 정부가 지원하는 약간의 보조장비만 있으면 충분히 사회생활을 영위하며 우리와 삶을 함께 나눌 수 있는 희귀·난치성 질환자의 수는 적지 않다.

이제 하나의 희망이 거짓으로 밝혀져 헛되이 사라지고 있다. 희귀·난치성 질환자에게는 언젠가 치료가 가능할 것이라는 희망뿐만 아니라, 현재의 삶을 보다 즐겁게 보다 행복하게 살 수 있다는 또 다른 희망이 필요하다.

늙고 병든 것만도 서러운 독거노인들의 삶

초라한 단칸 셋방, 4남매, 6남매가 한 이불에 엉겨 붙어 추위를 잘도 피했다. 형제들의 이불 한 쪽 당기기 몸싸움은 치열했다. 우애를 강조하던 어머니는 형제들 사이의 다툼에는 빗자루 몽둥이를 들이댔다. 그런데도 형제들은 식사 때면 한 숟가락이라도 더 먹기 위해 허겁지겁 밥그릇을 비웠다. 마치 어미 새에게 먹이 더 달라고 입을 쫙 벌리던 아기 새들처럼.

"배고파, 밥 더 줘."

더 달라는 눈치에 당신의 그릇에서 늘 덜어주곤 하던 어머니. 쫑알대는 새끼들을 위해 어머니는 쌀 한말에 쑥을 버무렸다. 밥인지, 쑥인지 알 수 없는 정체 모를 밥도 금방 동이 났다. 밀가루 한 포대를 가져다 수제비 한 솥을 끓여도 무쇠 솥을 삼킬 듯한 아이들의 먹성은 당해낼 재간이 없었다.

"가난했지만 그래도 그 때는 잘만 살았는데."

지독한 가난 속에서도 아이들은 용케 잘도 컸다. 결혼하고 애 낳고 대견하게 자라난 자식들과 손주들의 재롱을 보며 미소를 지을 나

폐지를 주워 몸을 움직여야 먹고 살수 있는 노인들.
골목길 하얀 재로 남은 연탄이 쓸쓸하다. 방안 한 가득
자리 잡은 약봉지와 빨간 버튼의 119전화는
위태로운 독거노인의 삶을 단적으로 보여준다.

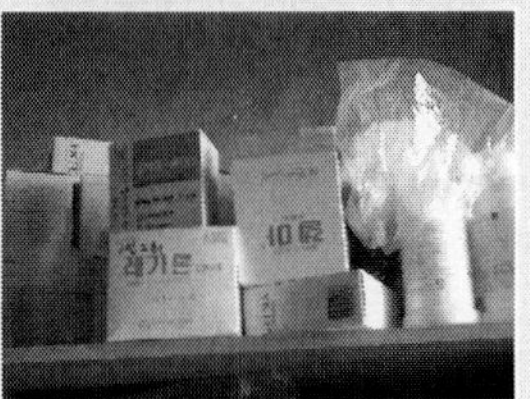

이. 그러나 자식들은 부모를 모실 형편이 못되거나 외면했고, 자식을 위해 다 바친 부모의 생은 날개 꺾인 신세가 되었다. 노동력을 상실한 채 의탁할 곳이 없어진 홀로된 부모의 삶은 전국에 78만여 명에 이른다.

이렇게 살다가 아프면 죽는 기지

서울 성북구 보문동 독거노인 김분기(65) 할머니는 꼭 1년 만에 다시 찾은 기자에게 "자식 키워봐야 소용없다"면서도 "애는 꼭 낳아야 돼"라며 질책했다. 지하철 6호선 보문역에서 내려 가파른 길을 따라 10분여 올라가면 만날 수 있는 산동네. 누군가 주워놓았을 박스 뭉치와 장판이 이름모를 주인의 현관 앞에 가지런히 놓여 있다.

"할머니, 계세요."

문을 두드렸다. 인기척이 없다. 다시 창문을 두드렸다.

"누군교."

다행히 집에 계신다. 안부를 물었다. 1년 전과 달라진 것은 사회단체 '작은 손길'에서 해준 도배와 문짝 새시. 삐걱거리는 마룻바닥과 외풍을 조금 잠재웠을 뿐 크게 달라진 것은 없었다. 방안으로 들어가는 좁은 길에 놓인 먼지 쌓인 가스렌지와 양철냄비는 그대로였고, 연탄불에 올려놓은 큰 솥의 물로 간신히 세수만 할 수 있는 처지였다. 퇴행성관절염 치료는 여전히 진척이 없었고, 동사무소에서 받는 17만 원이 수입의 전부였다. 시집간 딸은 살림살이가 더욱 안 좋아지는지 최근에는 연락도 뜸하고 잘 찾아오지도 않는다.

"사위가 잘 돼야 되는데 요즘 일거리가 계속 없나봐."

용돈받기는커녕 당신이 오히려 딸에게 줘야 할 판이라며 한숨짓는 할머니다.

"(딸이) 보고 싶을 때 가끔 공원 나가 보긴 해요."

지척 거리의 동망봉 공원. 단종의 왕비인 정순왕후 송씨가 날마다 그 봉우리에서 동쪽의 영월을 바라보며 단종의 명복을 빌었다는 곳이다. 자나 깨나 자식을 걱정하는 부모의 마음이 그 봉우리에 또 깊게 배이리라.

이웃에서 홀로 살고 있는 80대 한 할머니가 마실 나와 있다. 좁은 방에 이불하나 나눠덮고 도란도란 이야기꽃을 피우고 있는 할머니들.

"자식들 키워봐야 아무 소용없어."

"지금 세상에 누가 부모를 모셔. 아프지만 않으면 혼자 사는 게 편해."

마흔이 채 되기도 전에 남편과 사별하고 상경해 5남매를 키우느라 갖은 풍상을 다 겪었다는 팔순의 할머니. 올라오는 길에 모아 놓은 박스의 주인이었다. 자식들은 모실 형편이 되지 않고, 부양가족이 있다는 이유로 생계비 지원을 받지 못하는 처지다. 할머니는 한 달에 열흘 정도 공공근로를 해서 버는 돈 20여만 원으로 생활을 한다.

"몸 부지런히 움직여야지, 누가 먹여 살려주나. 이렇게 살다가 아프면 죽는 기지. 뭐 있노."

가난한 독거노인 복지대책은 그림의 떡

"저는 에로운 80십 독거노인임니다. 90십년도부터 당요와 농내장을 알어왔습니다. 이재는 실명단계에 왔습니다. 더 견딜 수 없어 이 길을 택한겁니다. 집주인 아줌마와 2동에 사회담당보조 아가시와 너무나 고마워슴니다. 죽어도 잊지못할겁니다.(중략)”

지난 7월 지하철에서 투신자살한 한 노인의 품에서 발견된 유서의 내용이다. 병원진단서 뒷면에 어지러운 맞춤법과 삐뚤빼뚤 휘갈겨 쓴 유서 한 장에 담긴 노인의 절망이 묻어난다.

‘70대 독거노인 숨진 지 열흘 지나 발견’, ‘주거용 비닐하우스불, 독거노인 숨져’, ‘독거노인 대상 사기범죄 판쳐’ 등등.

독거노인의 삶은 구석으로 내몰린 채 외면당하고 있다. 초고속 성장을 향해 내달리려는 대한민국호. 고령사회로 접어드는 것도 초고속이다. 젊어서는 아이들 뒷바라지 하느라 자신을 돌보지 않았고, 늙어서는 홀로 생계걱정에 외로움과 씨름해야 하는 처지다. 독거노

폐암, 위궤양, 당뇨. 온갖 병마와의 싸움도 모자라
이제는 30여년 살았던 터전에서 쫓겨나야 한다.
또 어디로 가야할지, 모질고 모진 삶은 홀로된 노인에게
버겁기만 하다.

인들의 삶은 위태롭기만 하다.

독거노인은 전국에 78만여 명으로 전체 노인인구의 18%를 차지하고 있다. 최근 서울시가 시의회에 제출한 자료에 따르면 서울시내 독거노인은 6월말 현재 12만 4,879명으로 서울시 전체 노인인구의 17.5%에 달했다. 독거노인 숫자는 2001년 8만 3,875명, 2002년 9만 769명, 2003년 9만 9,901명, 2004년 11만 1,555명으로 해마다 급증하고 있다.

평균수명이 78세를 넘어선 상황에서 노인복지 대책이 시급함을 보여주는 지표다. 그러나 정부의 2007년까지 30만 개 노인일자리 창출 계획에 기업들이 얼마나 호응을 보일지는 의문이다. 또 2008년 7월 시행을 목표로 한 노인수발보장법은 돈 없는 독거노인에게는 그야말로 그림의 떡이라는 지적을 받고 있다.

수급자격을 '6개월 이상 타인의 지속적인 도움이 필요한 자'로 제한하고 있는 점이나, 15~20만 원의 식비나 4인 이하 병실료를 본인이 부담하도록 했기 때문이다. 이와 관련 보건복지부는 수급자격은 외국의 사례를 보더라도 6개월이 일반적이며, 저소득층에 대해서는 본인부담을 경감(기초수급자 본인부담 없음, 저소득층 10%)할 예정이라고 밝혔다. 또 수발급여의 적정수가와 급여범위를 개발하기 위한 연구용역을 진행 중이라고 했다. 지켜볼 일이다.

점심 도시락 하나로 세끼 식사 해결

정부의 노인수발보장법과 노인일자리창출 등 복지대책이 얼마나 현실과 동떨어져 있는지를 확인하는 것은 어렵지 않았다.

외벽은 시멘트 칠도 안 된 채 벽돌 그 모양 그대로 드러나 있고, 슬레트 지붕은 그저 하늘만 막아놓았을 뿐인 집. 현관문은 나무판자를 엉성하게 이어 붙여 놓았다. 삐거덕거리는 방문을 열자, 살림살이와 가재도구가 어지러이 널려있다. 부엌 가스렌지에는 음식물 찌꺼기가 덕지덕지 눌러 붙어있고, 싱크대에는 한참이나 그곳에 담겨 있었을 설거지 거리들이 널려있다. 수도조차 없는데 어디서 물을 끌어다 오는지, 언제 반찬을 해 먹었는지 알 수 없을 지경이다.

스멀스멀 기어 다니는 바퀴벌레들. '탁' 손으로 아무렇지도 않게 잡는 할머니. 그걸 지켜보는 눈은 멀뚱멀뚱 그 장면을 쳐다볼 뿐이다. 서울 은평구 진관내동. 3호선 구파발역 인근의 이금선(67) 할머니는 35년간을 이곳에서 홀로 살아왔다. 젊어서도 건강이 좋지 못했지만 지금은 더하다. 폐암에 위궤양, 당뇨 등 각종 질환들에 시달리고 있는 이 할머니. 남편과는 이혼한 지 오래고, 돌봐줄 자식들도 없다.

"거의 나가질 못하고, 하루 종일 누워 있어요."

지역 복지관의 도움으로 다행히 폐암수술과 통원치료를 하고 있다. 하지만 병원치료가 모두 보험이 되는 것도 아니고, 초음파, 자기공명영상(MRI) 검사나 일부 약 등은 개인부담이다. 30여만 원 생계보조금 가운데 방세 7만 원(보증금 400만 원)과 치료비로 20여만 원이 나가고, 10만 원 정도로 한달 생활비를 써야한다. 그러다보니 쌀, 반찬 등은 사먹을 처지도 못된다.

"(나물을 좋아하지만)먹고 싶다고 사먹을 처지가 못 되죠."

지역 복지관에서 주5일 제공하는 점심 도시락이 유일한 끼니 해결책이다.

"복지관에서 점심 도시락이 매일 와요. 김치도 거기서 주지 않으면 구경도 못하죠."

당뇨라 음식물 조절도 잘 해야 하지만 그럴 처지가 못 된다. 연탄 100장에 3만 7천 원. 할머니의 생활비 가운데 큰 몫을 차지한다. 그런데 영세민 등에 지원되는 연탄 200장을 작년에는 받지를 못했다. 할머니의 나이가 적다는 이유에서였다.

은평노인종합복지관의 강경원 사회복지사는 "수색, 구파발 등 은평구가 다른 서울지역보다 수급자와 독거노인이 많다보니 순위에서 밀린 것 같다"며 아쉬워한다. 아침은 드셨냐는 질문에 주섬주섬 일어서는 할머니.

"아침은 건너뛰고 점심은 죽이라도 끓여 먹을까 해요."

그러나 부엌에는 음식을 한 지 꽤 오래된 흔적들로 가득하다. 음식물 찌꺼기가 덕지덕지 눌러 붙어 있는 가스렌지, 설거지를 기다리고 있는 그릇들로 가득한 싱크대…….

병마 · 외로움 · 가난에 이어 재개발로 집 비워야

병마와 지독한 가난과의 싸움은 또 다른 독거노인의 집도 마찬가지였다. 인근의 옥탑방 박영자(65) 할머니의 집에 들어서자 매캐한 연탄가스와 약 냄새가 뒤엉켜 머리가 띵할 정도다. 각종 약 봉지와 상자가 가득한 방안. 거동조차 불편한 할머니의 안색이 한 눈에 중증 환자임을 알 수 있다. 고단한 육신은 쉬이 병마의 침입을 허용했다. 몇 년 전 심장판막수술과 위 수술을 한 할머니는 간경화까지 겹쳐 고생하고 있었다.

"시도 때도 없이 숨이 막히고, 정신을 잃을 때가 많아요."

40대 중반의 나이에 간암으로 사망한 오빠에 이어 최근에는 동생까지 간암으로 사망했다. 대물림되는 가난과 함께 질병마저 피해가지 않는다. 낼 모레면 동생의 49제인데, 어떻게 챙길지, 세상살이가 그저 어지러울 뿐이다. 119에서 설치해 준 전화기의 빨간 버튼이 꼼짝할 수 없는 노인의 생명줄인 셈이다. 병원비도 보험이 되지 않는 부분이 많아서 한번 병원신세를 지면 10여만 원이 깨진다. 엎친 데 덮친 격으로 '은평뉴타운' 재개발로 인해 내년 봄에는 집을 비워야 한다. 인근 불광동, 연신내 등으로 이사를 가려면 최소 1,200만~1,300만 원 정도는 있어야 하는데 엄두를 낼 수가 없다. 보증금 500만 원에 월세 20만 원으로 살아왔는데 어디서 돈을 구한단 말인가? 서울시에서 방세가 싸다는 구파발로 5년 전 이사를 왔는데 또 어디로 가야할지 막막할 따름이다.

"늙고 병든 이에게 누가 돈을 빌려주며, 세를 놓으려 하겠어요."

임대아파트에 들어가려면 생계비 40여만 원(장애수당 9만 원 포함)을 포기해야 한다. 임대료를 낼 돈도 없는 이에게 생계비를 포기하라는 법에는 눈물이 없었다. 요양시설이라도 들어가려니 강아지를 데리고는 갈 수가 없다.

"강아지가 불쌍해서, 너하고 같이 죽자. 살면 뭐하나 이런 생각도 해요."

배고프면 밥 달라고 손등을 가볍게 긁고, 방안에서는 똥, 오줌을 싸지도 않는 신통한 강아지. 주인의 아픔을 헤아리는 오래되고, 유일한 말벗인 강아지가 할머니는 자꾸만 눈에 밟힌다. 부실한 식사는 사태를 더욱 악화시킨다. 은평노인종합복지관에서 제공해 주는 점심 도시락이 하루 식사의 전부다.

"해 먹을 기력도 없어서, 그냥 세끼 나눠 먹어요."

쌀, 반찬, 연탄 등 동사무소나 사회단체에서 온정의 손길도 많을 터인데.

"안나왔어요. 쌀은 싸게 구입하는 거고, 연탄은 전화는 받았지만 아직……."

왜 안나오는지 창피해서 물어볼 수도 없다는 할머니. 동행한 복지사 표정이 밝을 수가 없다.

"동사무소와 복지단체 등이 협조체계를 갖추고는 있지만 일일이 다 말할 수 없는 부분이 있어요."

월권이라 조심스러울 수밖에 없다는 복지사의 설명이었다.

'마지막 잎새' 처럼 남은 한 장의 달력

방세가 싼 곳을 찾아 달동네로, 변두리로 찾아든 독거노인들. 그러나 재개발은 여지없이 찾아와 등을 떠민다. 내년에는 집을 비워야 한다. 또 어디로 밀려가야 하나. 여기저기서 살기 힘들다고 아우성이다. 개발지역 상인들과 집주인은 보상금을 더 받기 위해 투쟁하지만 가진 것 없는 독거노인들은 항변할 힘조차 없다. 독거노인들은 외로움과 병마와 씨름하며 한숨짓는 나날을 보내고 있다. 마지막 잎새처럼 위태롭게 달려있는 한 장의 달력. 2006년 독거노인의 새해는 철거와 함께 시작될 것이다.

2005년 12월 6일

독거노인 정부 수발제도의 사각지대 놓여선 안돼

국회의원 현애자 의원실

노인성 질환으로 인해 일상생활이 어려운 국민들에게 수발, 일상생활의 지원 등을 지원하는 제도를 마련하기 위한 논의가 무르익고 있다. 그동안 치매, 중풍 환자에게 필요한 장기적인 요양과 수발은 며느리로 대표되는 가족에게만 맡겨져 있었고, 주변의 가족이 없는 경우는 죽음으로 내몰려 왔다.

사실, 치매, 중풍 환자들과 이 분들을 외롭게 수발해야 했던 가족의 피폐함은 익히 알려져 왔고, 그나마 돌봐줄 가족이 없는 독거노인의 삶의 현실은 더 이상 말할 나위가 없는 것이다. 따라서 노인수발보장법, 장기요양보험 등에 대한 논의가 앞서 말한 부담을 국가가 나누려는 것이라는 점은 환영할 만하다.

그러나 2005년 9월 15일 공청회를 통해 공개된 정부의 노인수발보장법의 내용은 그 취지의 바람직함과는 달리 여러 가지 우려를 낳게 하고 있다. 무엇보다 수발서비스를 제공하는 공공 인프라 구축 방안이 허술하다. 보건복지부가 국회에 제출한 업무보고서에 따르면 민간 자본과 기관의 참여를 적극 독려한다는 입장이다.

그러나 민간 기관의 참여율이 높아지면 영리 활동의 동기가 강해진다는 점에서 매우 신중해야 할 지점이다. 현행 건강보험제도 역시 10%에 불과한 공공의료 인프라에 의해 과도한 진료비를 제대로 억제하지 못하고 있으며, 이는 국민들에게 고스란히 부담되고 있는 현실을 반면교사로 삼아야 한다. 또한 과잉이용을 억제한다는 이유로 설정한 20%의 본인부담과 급여 제외 대상들은 국민들에게 과도한 경제적 부담이 될 것이다.

정부의 안에 따르면 수발서비스를 받기 전에 의사 소견을 받도록 하고 있어, 불필요한 이용을 억제할 장치는 마련되었다고 보는 것이 타당하다. 따라서 수발서비스를 필요로 하는 국민들이 경제적 이유로 이용할 수 없는 일이 없도록 최대한 그 문턱을 낮추어야 할 것이다.

두 가지 문제점에서 유추할 수 있듯이, 현행 보건복지부의 안을 그대로 적용할 경우 독거 노인 등 수발제도의 사각지대가 발생할 수밖에 없다. 사회 양극화에 따른 빈곤의 확대에 대해 모든 정당과 사회단체가 우려하고 있지만 현실의 제도 설계에서는 그 우려가 반영되고 있지 않음을 확인하게 된다.

돈이 없어도 치매와 중풍 환자들이 그대로 방치되지 않도록 하자는 것이 본 제도의 핵심적인 취지임에도 불구하고, 이미 그 취지는 반영되지 않을 것이 불 보듯 뻔하다.

기초생활보장제도, 건강보험제도 등에서 도덕적 해이, 과도한 국가 재정 부담에 대한 우려, 민간 참여의 효율성 등이 공공성의 논리를 뛰어넘는 사례를 수차례 보아왔다. 많은 국민들이 기대하는 수발 서비스 지원에 대해 노인수발보장법만큼은 따뜻한 대한민국임을 확인하는 기회가 되어야 할 것이다.

학습 노동에 시달리는 우리 청소년들

_자나 깨나 공부, 우리는 입시기계 아니다

전통과 질서의 존중이라는 미명하에 획일화를 강요받는 명문고교 생들. 그들에게 야외수업과 책의 서문을 찢게 하고, 교탁 위에 올라가 다른 관점으로 사물을 보게 하는 등의 새 수업법으로 학생들의 눈을 뜨게 해준 키팅 선생의 등장은 파격이었다.

"현재의 삶을 즐겨라. 우린 자유를 찾아 숲 속으로 떠난다."

학생들은 '죽은 시인의 사회'라는 동아리를 만들었다. 자신의 신념으로 자신의 인생을 개척해 나가겠다는 학생 닐. 그는 연극무대에서 강제로 아버지에게 끌려나와 집으로 가게 된다. 그의 꿈과 이상을 채워줄 수 있는 선택의 길은 죽음이었다.

이상과 정열을 상실한 채 부모의 대리 삶을 살아야 하는 고통, 그것으로부터 해방을 갈구하는 선택은 어쩌면 죽음밖에 없었는지도 모른다. 청소년의 죽음과 좌절에는 사회가 그 방조자일 수밖에 없다. 하지만 학교 측은 키팅 선생을 희생양으로 삼는다. 해직된 키팅 선생이 문밖을 나설 때 학생들은 누가 먼저랄 것도 없이 한명 두명 책상 위에 올라선다. 떠나는 선생님을 아쉬워하며 학생들은 '권위에 대한 도전' 인사를 보냈다.

"앉아. 앉지 못해!"

그러나 교장 선생님의 권위에 찬 말은 갈수록 힘을 잃은 채 사그라질 뿐이다.

영화 〈죽은 시인의 사회〉는 황폐화된 학교교육의 현실을 적나라하게 보여준다. 지난 1989년 전교조 결성과 함께 선생님과 학생들을 갈라놓은 뼈아픈 경험이 우리에게도 있다. 입시경쟁, 체벌, 두발규제, 학생회 불인정, 종교의 자유 박탈 등 청소년들을 옭죄는 사슬은 예나 지금이나 비슷하다.

황폐화된 학교교육, 희망을 찾아서

2005년 11월 3일, '학생의 날'이 76돌을 맞는다. 1929년 일제치하에서 광주의 학생들이 식민지배 반대, 조선어교육 실시, 학생자치 보장, 비인간적 대우 철폐 등을 요구하며 싸웠듯 2005년 학생들도 그들의 목소리를 사회에 호소하고 있다.

서울 용산구 중앙대병원 인근에 자리 잡은 청소년공동체 '희망'. 후줄근한 건물 3층의 사무실로 접어들자 바깥 풍경과는 사뭇 다른 또랑또랑한 눈망울과 재잘거리는 학생들의 말들로 활기에 넘쳐 있다. 연극공연을 준비 중인 학생들, 영상화면을 편집 중인 학생들, 토론에 여념 없는 학생들······.

곧이어 학교수업을 마치고 하나둘씩 모여드는 고등학생들. 교육문제의 대안을 찾아가는 청소년 모임 '더하기'의 구성원들이다. 서울 시내 각기 다른 학교의 고1부터 고3 수험생까지 골고루 모여 있

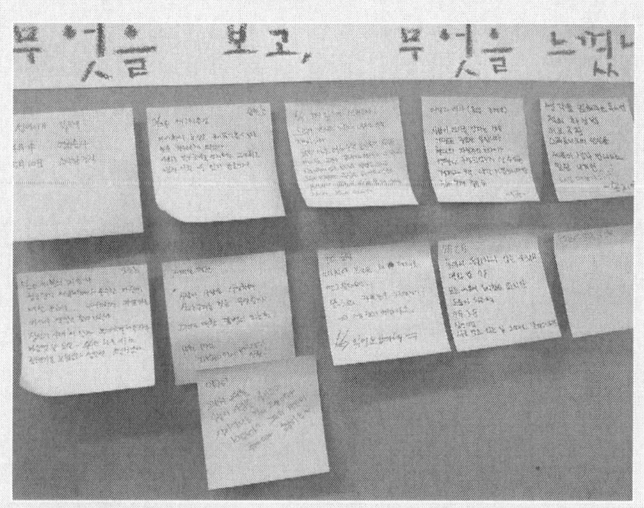

한쪽 벽에 붙어 있는 '무엇을 보고, 무엇을 느꼈나' 게시판.
책을 읽고 적은 짧은 평은 '진실'에 대한
학생들의 목마름을 느끼게 한다.

다. 학생의 날을 맞이해 청소년들의 요구 발표와 퍼레이드를 준비하기 위한 자리다. 두발, 체벌, 입시문제 등에 대한 토론이 먼저 이루어졌다.

"야자(야간자율학습) 빠진다고 교장 선생님이 애들, 죽여 버리겠다고 말하더라고요. 정나미 떨어지고, 분개했죠."

"시험문제 많이 틀렸다고 허벅지에 피 나도록 맞았어요. 그런데도 선생님은 다 너희들 위해서라고 하더군요. 참나."

"학교급식 문제제기 했다고 퇴학시키겠다는 상황에 화가 났어요."

고등학생들이 '희망'의 소모임인 '더하기'에 들어온 이유들이다.

학생들이 공분하는 주제는 우선 두발 문제였다. 옆머리, 뒷머리, 앞머리 몇 센티미터. 교복깃에 닿으면 안 되고, 여학생들은 어깨를 덮지 않아야 한다. 이를 어기면 고속도로, 까까, 몽실이, 쥐 파먹은 머리 등이 된다. 일률적이지도 않은 잣대로 학생들의 머리가 수시로 수난을 당하다 보니 반감도 그만큼 컸다.

학교폭력 근절 외치며 교사는 체벌과 폭력

"선생님. 왜 자꾸 자르라고만 하세요."

"학업에 지장주기 때문이야."

"다른 학교는 머리 찰랑거리면서도 공부 잘도 하던데요."

"외고 애들과 니들이 수준이 같냐? 니들은 인문계 애들과 달라."

체벌을 넘어선 선생의 폭력을 이야기하는 학생들의 표정은 일그러졌다. 직·간접적으로 경험한 고통스런 기억들에 학생들은 치를 떨었다. 성적이 1점만 떨어져도 무조건 매타작이다. 물론 사랑의 매라는 명목이다. 머리가 길어서, 지각해서, 성적 떨어져서, 실내화 신지 않아서, 스승의 날 꽃 안 드린 죄(?) 등 맞는 이유도 다양했다.

"몽둥이로 반 학생 전원을 풀스윙으로 20대씩 때릴 때 선생님이라기보다는 악마처럼 보였어요. 진짜 무서웠어요."

"모든 학교 선생님들이 다 저런가. 절대 권력의 폭력처럼 느껴져요."

"선생님 차타이어 펑크 내고, 백미러에 락카칠하며 복수하기도 해요.”

이유 여하를 떠나 없어져야 할 폭력이, 학교에서 아직도 버젓이 자행되고 있는 현실이다. 선생님들에 의해 저질러지는 폭력과 체벌은 상상을 초월했다. 실내화를 착용하지 않았다고 옆차기가 날라 오고, 그것이 오리걸음으로 운동장을 몇 바퀴나 돌아야 하는 그렇게 큰 죄인지 학생들은 이유를 알 수가 없다.

“쟤, 오늘도 꼴등했냐.”

공부 못하는 학생을 소외시키는 선생님의 상습적인 언어폭력. 3년 내내 지속이 되다보니 그 아이는 “그래 난 어쩔 수 없는 꼴찌야”를 되뇌며 자괴감에 빠져 들어야 했다.

이유 같지 않은 이유로 일방적인 모욕과 폭력을 당하는, 그것을 지켜본 학생들에게 더 이상 선생님은 존경의 대상이 아니었다.

“애들은 패야 한다는 선생님을 보면 시대흐름에 적응을 못하는 것 같아요.”

“학교폭력을 근절하자고 캠페인을 벌이지만 정작 선생님들이 더한 걸요.”

“학교에서 뭘 배웠냐고 물어보면 선생님들이 때리는 것 배웠다고 얘기하고 싶어요.”

체벌과 폭력은 반감만 부를 뿐이다.

선생님은 말하셨죠. 대학뿐이라고

두발제한과 체벌 등이 아직도 횡행하는 이유를 학생들은 입시문제에서 비롯된다고 판단했다.

"모든 것이 대학을 가기 위한 공부잖아요. 대학 못가면 너희에게 미래는 없다고 말하죠."

"이 세상은 승리자와 패배자만 있어요. 일류대학 나오면 좋은 놈이고 나머진 다 나쁜 놈이에요."

"공고에 들어가 기술을 배우고, 자격증 따고 싶었는데 부모님 때문에 할 수 없이 인문계로 왔어요."

"대학 안 가고 사회복지사의 길을 찾고 싶은데 부모님이 '어느 대학 출신이냐고 물으면 넌 어떻게 할래' 라며 반대하시더라고요."

시인이나 사회복지사의 꿈을 키우고 있는 고2 학생에게 주변에서 해주는 말은 실망스러울 뿐이다.

"둘 다 돈벌이가 되겠니?"

실업계 고등학교에 다니는 학생들의 불만은 더욱 높았다.

"맨날 대학, 대학 하면서 수업도 별로 안 해요. 단축 수업하는 이유도 안 가르쳐주고 선생님들은 탁구치고 계시더라고요."

"국·영·수 위주의 수업인데 왜 도덕을 안 가르치는지 모르겠어요."

"4년제 대학 중에 직탐(직업탐구) 보는 학교 별로 없잖아요."

"실업계는 노는 애들 간다는 (기성세대의) 차별의 시선이 크죠."

과연 교육은 뭔가 의문을 가질 수밖에 없는 학생들이다.

"좀 제대로 가르쳐봐."

선생님들에게 따지고픈 마음이라는 실업계 고등학교 3학년 한 학생의 이야기가 머리 속을 내내 맴돈다.

정치 무관심 조장, 아직 어리다 편견

2005년 10월 26일 국회의원 재선거에서 처음으로 선거연령이 20세에서 19세로 낮춰졌다. 그러나 이 나이는 대학1년생에 해당한다. 아직도 선거권과 정치참여는 성인의 권리와 동일시되고 있는 것이다. 18세 선거권 문제와 정치에 대한 고등학생들의 인식을 들어봤다.

"생각해 본 적 없어요."

"정치에 관심 없는 아이들이 많아요."

"개나 소나 다 똑같고, 거짓말쟁이로 인식되니까요."

"지루하고, 고리타분하고 어려워하죠. 정치를 접할 계기가 없는데, 쉽게 받아들이도록 교육할 필요가 있어요."

학생은 학생일까? 아직 영글지 않은 생각의 파편들이다. 만약 투표권이 주어지면 어떤 공약을 내세우는 정치인에 투표할 건지 희망의 임선재(24) 활동가가 물었다. 어려운 이들을 도와주는 사람, 투명사회 만드는 사람, 국토의 균형발전과 통일을 이룰 수 있는 사람, 말만 하지 않고 차근차근 공약을 풀어나가는 사람 등 다양했다. 학생들 사이에 제일 호응이 좋았던 말은 단연 교육문제였다.

"대학평준화요."

"오~오. 와."

일제히 환호성이다.

"프랑스처럼 1, 2대학 번호를 붙였으면 좋겠어요."

"수업시간도 줄이고요."

"대학 진입은 쉽고, 졸업은 어렵게 그런 제도……."

국민의 4대 의무를 지게 되는 나이 18세. 그러나 성인이 아니라는 이유로 권리는 멀리 있다.

"고3 일부에 투표권이 주어지면 정치인들이 두발제한 폐지 등을 공약하지 않을까하는 긍정적인 기대도 합니다."

인문계 고등학교 3학년인 한 학생의 고민이 깊어 보였다. 1학년 때의 기억이라며 말을 꺼냈다. 수업시간에 쌀 개방의 당위성을 주장하던 선생님의 말에 '쌀 개방이 좋지 않은 결과를 가져올 수도 있다'며 반대의견을 피력했다. 돌아오는 답은 면박이었다.

"넌 공부나 하지, 왜 쓸데없는 곳에 관심을 쏟냐."

이 학생은 올해 한 정당에 가입해 활동하고 있었다.

자유를 찾아 숲 속으로 떠나는 학생들

다음날 저녁 한 정당 지역위원회에서 이 학생을 다시 만났다. 수능시험이 한 달도 채 남지 않았는데 불안하지 않느냐고 물었다.

"중상위권은 유지하고 있어요. 성공회대 NGO대학에 갈 생각하고 있고요. 앞으로 대안교육 관련한 연구자나 사회활동가가 되고 싶어요."

지역위에서 만난 또 다른 학생 당원. 고등학교 2학년인 이 학생도 자신의 생각을 키우고, 실천하고 있었다.

"고등학교 마치면 청소년인권운동이나, 비정규운동을 하고 싶어요."

학교에서 배우는 사회과목은 특히 노동자 중심이 아닌 사용자 중심이라며 문제의식을 펼친다.

"근로자는 일하는 사람, 노동자는 시위하는 사람 정도로 인식하고 있어요. 청소년 노동인권교육에서도 인권위 강사께서 '근로자'와 '노동자'의 차이에 대해 설명을 잘 못 하시더라고요."

독서량도 꽤 많아 보였다. 자본론 1-1권. 손에 들고 있는 책도 예사롭지 않다. 어떤 계기가 있었을까? 그는 중학교 때 집안사정으로 학원 공부를 중도에 포기해야 했다. 아버지는 건설현장에서, 어머니는 식당에서 일하고 있는 비정규직이었다.

"사고 싶은 것 못 사고, 말을 해도 안 되고, 부모님 원망 많이 했죠. 왜 이리 돈도 못 벌고 그러실까, 그러다가 문득문득 사회구조의 문제를 느꼈죠."

올해 초 최순영 의원실에서 주최한 '청소년 입시제도 문제' 토론회를 통해 입당하게 된 이 학생은 여러 청소년단체에도 가입해 왕성한 활동을 하고 있다. 부모님은 처음에 정당에 가입해서 활동하고 있는 것을 달가워하지 않으셨다. 그러나 이제는 (당에 가면) "잘 갔다 오라"고 말씀하실 정도다.

고등학생들의 정치참여, 당 활동에 대해 30~40대의 당원들조차 '기대반 우려반'이다. 그러나 고등학생들은 이제 자신의 머리로 판단하고, 행동하는 데 이른 나이가 아님을 보여주고 있었다. 입시교육, 실업계차별, 체벌 및 학생인권, 급식 등 환경문제, 학생회 법제화 등등. 그들의 목소리를 내기 위해 청소년들은 기자회견도 갖고 '청소년 자유선언 퍼레이드' 등 각종 행사를 준비하고 있다. '자유

를 찾아 숲 속으로 떠나는' 학생들의 발걸음은 당당하고 아름다워
보였다.

2005년 11월 1일

선거연령 18세, 젊은 생각 · 신선한 선택 존중해야

김대유 교육개혁시민운동연대 공동대표(서문여중 교사)

유엔에서 1989년에 제정하고 우리나라가 1991년에 비준한 '어린이 청소년 권리조약'을 한마디로 요약하면 '청소년은 사랑의 대상이자 권리의 주체'라고 할 수 있다. 청소년은 이 사회의 그린벨트이며 동시에 공동체의 당당한 일원으로서 권리를 행사할 수 있어야 한다는 뜻이다.

이 정신에 입각하여 서구의 경제개발협력기구(OECD) 국가들은 일찌감치 청소년의 권리에 대해 그 통로를 열어놓고 있다. 스웨덴은 학생들이 학칙 제정 등 학교운영과 지역사회 교육구조에 이르기까지 참여할 수 있는 길을 확보하고 있고, 미국은 학생대표가 주교육위원으로 활동하며 청소년의 교육 · 복지 · 인권에 대한 정책을 제출할 수 있도록 보장하고 있다.

고등학생이 선거에 참여하고 운전면허를 획득하는 등 사회활동에 참여하도록 하는 것은 일상적인 일이다. 이들 국가에서 청소년의 주체적 활동을 장려하는 또 다른 측면은 국가경쟁력에 있다. 청

소년은 정서적으로 민감한 시기다. 열정과 상상력이 넘치는 시기이기도 하다. 청소년들의 주체성은 창의적인 교육력 창출, 문화선택권으로 이어진다.

교복을 입지 않고 사복을 입게 되면 자신에게 맞는 옷을 고르면서 컬러와 패션에 대한 안목이 생긴다. 그 선택의 안목은 곧바로 21세기 문화산업의 자산으로 이어진다. 학생회를 법제화하여 학생들이 자신의 두발, 신체, 인권, 복지에 대해 학칙 제·개정에 참여하게 한다면 그 즉시 정치적 판단력과 공동체성 확립이라는 두 개의 주제를 덤으로 얻을 수 있게 된다.

OECD 국가들이 학교자치를 도입하고 청소년 인권을 보장하는 것은 바로 이 문제가 미래 국가경쟁력의 핵심코드이기 때문이기도 하다. 우리나라의 청소년들이라고 해서 예외일 수 없다. 영상세대(TV age)라 불리는 지금의 청소년들은 옛날의 청소년들과 적어도 두 가지 측면에서 뚜렷한 획을 긋고 있다.

먼저 경제적 측면에서 신세대들은 어느새 우리 사회의 주요 소비자 계층으로 부상된 '소비에 대한 헤게모니'를 장악한 집단이다. 문화적 측면에서도 대중문화의 소비자이자 향유자로서 자리매김 하고 있다. 이러한 현상은 특히 매스미디어의 여러 징후들을 통해 반추해 볼 수가 있다. 가요 프로그램의 인기 분포도, 차별적인 TV 광고 전략, 드라마의 급격한 전개 속도와 감각적인 화면은 청소년들의 민감한 문화적 감수성과 밀접한 관련성을 갖는다. 청소년을 대상화시키면 소비의 노예로 전락할 뿐더러 소비 선택권 등 미래산업의 실종을 자초하게 된다. 청소년들의 자율성은 그만큼 쉽게 생각할 문제가 아니다.

　한 사회의 권력분점은 여러 가지 형태로 나타난다. 그 중 가장 선명한 것은 아무래도 선거권이다. 선거권의 확보는 정치적으로는 왕정과 민주정의 분기점이며, 사회적으로는 성(Zender)과 연령을 가르고 나누는 금기(taboo)를 얼마만큼 불식시키는가를 판가름하는 잣대다. 선거권이 만19세로 낮춰지기까지 걸린 세월은 자그마치 반세기다. 사실 19세 선거권은 정치권의 아전인수(我田引水)격 황금분할일 뿐 상식적인 수준과는 거리가 멀다. 19세의 의미는 단순히 대학생 연령을 겨우 포함시키는 수치에 불과하다. 그 의미를 제외하고는 다른 의미가 있을 수 없다.

　그러나 우리가 만18세를 주장하는 동기(motive)는 명징하다. 18세는 초·중·고의 청소년을 대표하는 고등학교 3학년 연령대를 포괄한다. 청소년을 모두 선거연령에 포함시킬 수는 없지만 초·중·고 연령대별 청소년의 의견과 미래에 대한 선택을 부분적으로나마 수용할 수 있는 통로는 그들을 대표하는 연령대인 고등학교 3학년 시기를 선거에 참여하게 하는 방법이 가장 원칙적이고 효율적이라고 생각하고 있기 때문이다.

　청소년의 시선과 선택을 통해 본 정치권력의 확보는 우리 민족의 미래상을 예측하는 중요한 요소다. 그들의 젊은 생각과 신선한 선택을 존중하고, 그 코드를 반영할 수 있는 사회는 건강하다. 선거권을 18세로 낮추는 문제는 저출산 노령화 시대를 극복하고 국가경쟁력을 확보하는 일이다. 단순히 여당과 야당의 표심을 가르는 용도로 치부되는 현실이 안타까울 뿐이다.

주거의 소외, 끝없이 쫓겨나는 삶

노숙이냐, 쉼터냐, 쪽방이냐. 겨울의 문턱에서 노숙인들은 삶의 위기에 놓인다. 되풀이되는 악순환의 고리를 끊기 위해 일부 노숙인들이 주인 없이 방치된 집을 찾아 점거에 나섰다. 스캇(점거, Squat)이다. 예술가들이 서울 목동 예술인회관을 점거하면서 공공건물을 놀리지 말고 예술가와 시민의 품으로 돌려달라고 외치듯 노숙인들도 안정적인 잠자리를 제공해 줄 것을 요구하고 있다. 정부에서는 쉼터나 자활의 집 등 시설에 수용해 보려 하지만 노숙인들은 돼지우리라며 거부하고 있다.

빈 집 점거에 나선 노숙인들의 반란

몸을 누일 곳이 없어 한뎃잠을 자는 사람들. 이슬을 맞고 잔다고 해서 노숙자(露宿者)로 불린다. 88올림픽 때처럼 부산 APEC 회의 준비 과정에서도 노숙인은 흉물스런 존재로 우리 사회의 보여선 안 되는 치부처럼 감추기에 급급하다. 그러나 주변의 노숙인들을 시설에 수용해 보려 하지만 노숙인들은 다시 거리로 나올 뿐이다. 청계천 물길이 흐르는 다리 아래로 노숙인이 또다시 자리를 잡듯이.

노숙이냐, 쉼터냐, 쪽방이냐. 겨울의 문턱에서 노숙인들은 삶의 위기에 놓인다. 되풀이되는 악순환의 고리를 끊기 위해 일부 노숙인들이 주인 없이 방치된 집을 찾아 점거에 나섰다. 스캇(점거, Squat)이다. 예술가들이 서울 목동 예술인회관을 점거하면서 공공 건물을 놀리지 말고 예술가와 시민의 품으로 돌려달라고 외치듯 노숙인들도 안정적인 잠자리를 제공해 줄 것을 요구하고 있다. 정부에서는 쉼터나 자활의 집 등 시설에 수용해 보려 하지만 노숙인들은 돼지우리라며 거부하고 있다.

노숙인들이 서울시청 앞에서 주거권 보장을 요구하며
시위를 벌이고 있다. 노숙인들은 주택이 재산증식 수단이
아닌 주거의 목적임을 환기시키고 있다.

방치된 공공주택, 월세내고 쓰겠다

2005년 9월 29일 노숙인들이 서울 성북구 정릉동에 위치한 서울
도시개발(SH)공사 소유의 다가구 주택에 둥지를 틀었다. 노숙인 생
산공동체 '더불어 사는 집' 소속 20여 명의 노숙인들은 이미 지난
해 7월부터 종로구 삼일아파트에서 1년 2개월여 거주해 왔다. 9월
삼일아파트 철거가 시작되자 새로운 보금자리인 정릉의 빈집을 찾
아 점유한 것이다.

10월 5일 오후 서울시청 정문 앞. 허름한 옷차림의 노숙인 여러
명이 피켓을 들고 시위를 하고 있었다.

"노숙인 빈집점거는 정당하다"

"주거는 소유가 아니라 생존의 권리이다"

"노숙인에게 잠자리를 보장하라"

노숙인 생산공동체 '더불어 사는 집' 소속 노숙인들의 시위였다. 피켓을 든 노숙인들은 무슨 이유로 시위를 하느냐는 기자의 질문에 또박또박 답을 했다.

"정부에서 매입하고도 1년째 방치된 집에서 우리가 살겠다는 겁니다. (빈집) 놀리지 말고, 그것도 월세 내고 살겠다는 거예요. 그런데도 도시개발공사와 서울시는 무조건 안 된다고만 하잖아요."

빈집, 그것도 정부와 서울시가 집 없는 서민들을 위해 주거를 제공해 주겠다고 매입한 다가구주택이다. 정부와 서울시의 서민주거 안정 대책은 허점투성이였다.

서울시는 정부보다 앞서 다가구 매입 임대주택 사업을 펼쳤지만, 접는 것도 정부보다 앞섰다. 서울시는 2002년 6월과 2003년 2월 두 차례에 걸쳐 175채 1,251가구를 800억 원을 들여 사들였다. 그러나 서울시가 임대한 가구는 584가구에 머물렀고 667가구는 빈집으로 방치되고 있었다. 서울시의회로부터 문제를 지적받자 서울시는 사업 시행 2년 만에 "오래된 주택이라 관리가 쉽지 않고, 유지보수가 힘들다"며 이 사업을 접었다. 되파는 것도 여의치 않았다. 상습 침수, 노후 등으로 사람이 살기 힘든 집이 많았기 때문으로 보인다.

"구들장도 없지만 우리에게는 궁전과도 같아요."

노숙인들은 몇 년째 방치되어 쓰지 않는 집을 놀리느니 그들이 이용하겠다는 입장이다.

"보증금까지 낼 형편은 되지 않지만 월세를 내겠다는데도 당장 나가라며 단전·단수는 물론 퇴거하라고 위압적으로 나오는 게 이해가 되지 않아요."

더불어 사는 집 박충석 대표의 말이다.

집안에서는 술병 뒹굴게 하지 마라

10월 14일 다시 찾은 정릉의 점거주택은 노숙인들의 활기로 가득 차 있었다. 전기를 끌어다 다시 잇는가 하면, 파헤쳐진 구들장을 반듯이 다시 놓고 있었다. 벽 한 쪽에 붙어 있는 공동체 자율요강도 눈에 띤다. 모든 사안은 민주적 토론과 의결을 거친다. 또 식사, 청소 등은 순번제로 하고, 기증물품은 목록작성 후 공동체 재산으로 한다. 공동체 일원은 한 가지 구체적 사업에 종사해야 한다. 이들은 서로의 약속을 정하고 규약에 따라 움직이고 있었다.

빠져선 안 되는 또 한 가지. 주거지 안에서 술 먹는 것이다. 부랑

끊어진 전기는 다시 잇고, 동파이프도 없는 구들장은 평평하게 다져 놓았다. 노숙인들은 스스로 규율을 정해 지역민들과 어울려 살기를 원하고 있다.

아, 알콜중독자로 낙인찍힌 노숙인들이기에 조심성은 더욱 커질 수밖에 없다.

"집안에서는 술병 뒹굴게 하지 마라."

서로 수칙을 지키기 위해 토론 때도 물이나 커피를 마신다. 동네 주민들의 좋지 않은 시선까지 받는다면 빈집 점거의 의미가 퇴색하기 때문이다.

다시 노숙자로 돌아가지 않겠다는 다부진 결심이며, 자활해 가겠다는 더불어 사는 집 공동체의 의지가 읽혀졌다. 구성원들은 하나같이 삶의 의욕으로 넘쳐 있었다. 자율적이고 자발적인 노숙인 공동체의 훈기는 서로의 밝은 얼굴 표정을 통해서도 나타났다. 가족과 친척들이 외면했던 마음 속 빈자리를 서로가 채워 주고 있기 때문이다. 그러나 그들은 서로의 과거를 굳이 알려고도, 애써 묻지도 않았다. 그것은 불문율이었다. 과거보다는 현재와 미래가 중요하기 때문이다. 쉼터에 입소하면 나이와 학력, 경력 등을 빼곡히 적는 것을 노숙인들이 싫어하는 것을 알면서도 실례를 무릅쓰고 몇몇 사람들의 과거를 물었다.

자활의지 꺾는 돼지우리, 쉼터보다 공동체가 낫다

이름 밝히기를 꺼려하는 40대 초반의 한 남자. 그는 부잣집 큰아들로 태어나 어려서 버릇없이 자랐다고 자신을 소개했다. 도박, 술, 여자 등 세상에서 좋지 않다는 것은 다하고 살았다는 그는 노숙생활 5년째였다.

"넌 이 세상에 있어서는 안 되는 존재야."

방탕한 생활 때문에 이혼은 물론 일가친척으로부터도 외면당했다. 전세에서 월세로, 월세에서 사글세로, 사글세에서 고시원으로, 고시원에서 노숙으로. 그리고는 용산역에서 하루, 서울역에서 하루. 노숙 생활은 그렇게 찾아왔다. 젊어서 음지를 쫓아 생활했다는 그는 공동체를 통해 자활의 꿈을 키우고 있었다.

"한 사람이 여럿을 위해 힘쓰는 것. 인간존중이죠. 쉼터에서는 찾아볼 수 없는 온기가 이곳에는 있어요. 밥 먹으라고 깨우는 마음 하나가 사람을 얼마나 감동시키는데요."

젊어서부터 청계천 주변에서 노점상을 했던 차아무개(59)씨. 개발의 뒤안길에 밀려난 도시빈민들이 그렇듯 차씨도 고시원과 노숙을 전전해야 했다. 설상가상 암 투병은 절망을 더욱 가속화했다.

"너무 힘들어서 한강에 뛰어내릴 생각도 숱하게 했죠."

기적적으로 수술에 성공해 살아난 차씨는 공동체를 만나 희망을

없는 사람들에 대한 터부(금기)가 너무 강한 우리 사회. 자활하려는 노숙인들의 의지를 더 이상 짓밟지 말라는 것이 차노인의 항변이다.

발견했다.

"세끼 밥만 먹고 살려면 개, 돼지나 똑같지요. 지금은 살아간다는 희망과 목적, 보람이 있어요."

더불어 살아간다는 것의 의미는 무엇일까? 어디를 가더라도 손 꼭 잡고 붙어 다니는 50대 초반의 장애인 부부는 이를 잘 보여준다. 이날도 부부는 병원에 같이 다녀오는 길이었다. 점거 당일 퇴거반원들과의 작은(?) 충돌에 놀라 경기를 일으킨 아내다.

"병원에서 약 먹으면 괜찮대요."

손을 맞잡는 모습이 자연스럽다. 손을 통해 전달되는 사랑의 온기다. 40대 초반, 늦은 나이에 길에서 우연히 마주친 그들은 첫눈에 반했다. 집에서조차 불구자 취급받고 귀찮은 존재가 되어버리기 일쑤인 같은 처지였기에 서로에 대한 이해와 존중은 자연스러웠다. 서로의 생채기를 핥아 줄 수 있었음은 물론이다. 이들은 주변에서 잉꼬부부로 소문이 나있었다.

"두 분은 서로의 어디가 그렇게 좋으세요."

"모든 게 좋죠."

서로를 바라보는 그윽한 눈빛은 굳이 더 설명이 필요 없었다.

노숙인의 주거보장, 주거권

노숙인에 대한 거리지원과 쉼터지원체계의 한계가 크다는 지적은 이곳저곳에서 나오고 있다. 특히 응급구호 성격의 쉼터는 쉼터퇴소 뒤 일시주거에서 다시 노숙으로 이어지는 악순환의 고리에서 벗어나지 못하고 있다.

"쉼터에서 자활한 노숙인은 백 명에 한두 명 나올까 말까 해요. 돼지우리와도 같은 쉼터는 노숙인의 자율성도 인정하지 않고 장기적인 일거리도 주어지지 않아요."

더불어 사는 집 박충석 대표의 설명이다. 노숙인들에게 물어 본 쉼터는 더욱 원색적인 비난 일색이었다.

"그곳은 개, 돼지 기르는 수용소에 불과해요."

"쉼터로 가라고 하지만 거기가면 오히려 병들어요."

2000년 서울지역을 중심으로 한 20개의 자활의 집 시범사업도 전세권 설정, 임대 기간, 사후관리 등 운영상의 여러 가지 문제점이 대두되었다. 2000년부터 2004년까지 전국에 지원된 자활의 집의 수는 90여 개에 달했으나 지방자치단체와의 마찰, 열악한 재정난과 운영의 문제 등으로 현재는 전국적으로 50여 개의 자활의 집만 운영되고 있다. 자활의 집이 가진 한계를 극복하고자 단신 남성을 위한 월세지원(다시서기 지원센터 운영), 유료쉼터(노실사 운영) 등의 사업이 진행되었다. 그러나 월세지원 사업의 경우 지원 금액 및 기간 등의 문제로 활성화되지 못했다. 유료쉼터의 경우도 아직 미흡한 상황이다.

부동산 투기 열풍에서 보듯 우리 사회의 주택은 주거 목적이 아닌 재산증식 수단으로 왜곡되어 있다. 따라서 노숙인에게 안정적인 주거를 제공하자는 주장은 공허한 메아리에 그칠 뿐이다. 양극화 심화 속에 노숙인의 문제는 사회구조적 문제다. '자활에서 주거로' 정책은 이미 실패했다고 해도 과언이 아니다. 노숙인들과 관련단체는 주거가 안정이 되어야 진정한 자활이 이뤄진다고 강조한다.

"주거만 안정이 되면 중고물품, 재활용품 등을 판매하고, 노숙인들을 위한 무료급식도 확대할 수 있지요.”

더불어 사는 집 노숙인들은 법인화 준비와 함께 공동체 발전모델을 착착 진행시켜 나가고 있다. 무단점거, 주거침입 등 법 규정만 앵무새처럼 들먹이는 행정당국에 노숙인들은 분명히 대답하고 있다. 주택은 거주의 공간이지, 투기의 공간이 아니라고. 그래서 방치된 공공주택의 점거는 정당하다고.

2005년 10월 18일

노숙인들에게 안정적인 주거권 보장을

조성준 전국실직자노숙자대책 종교시민단체협의회 간사

2000년 이후 재연되고 있는 부동산 투기현상에서 보듯이 아직 한국사회에서 ‘집’은 주거로서의 기능 이외에 재산으로서의 기능을 빼 놓을 수 없다. 이러한 상황에서 노숙인에게 안정적인 주거를 제공해야 한다는 말은 늘 ‘소리 없는 메아리’였다. 일부에서는 주거의 권리를 주장하고 있으나 이러한 주장은 더욱 낯설게 느껴지고 있는 상황이다. 오히려 주거의 문제는 부차적인 것이고 개인이 해결해야 되는 것이라는 생각이 보편적이다.

짧게는 몇 개월에서 길게는 1~2년 정도 열심히 자활을 꿈꾸다 월세방이라도 구해 나가셨던 분이 몇 개월 뒤, 거리에서 혹은 쉼터

재입소를 위한 문의를 하는 경험은 노숙인복지의 실무자들에게는 그리 낯선 경험이 아니다. 이러한 경험은 그동안 우리가 무엇을 했는지, 무엇을 하고 있는지에 대해 심각한 의문을 던지게 한다.

이것은 현재 정부가 지원하고 있는 노숙인지원체계가 여전히 응급구호를 벗어나지 못하고 있는 것에 기인한다. 정부의 노숙인 정책이 응급구호에 치중되다보니 '노숙→쉼터입소→쉼터퇴소 이후 일시주거→재노숙' 으로 이어지는 노숙의 악순환이 반복되고 있다. 이러한 과정을 거치며 몸과 마음은 더욱 황폐화되고, 노숙은 결코 벗어날 수 없는 깊은 늪이 되어버리는 것이다.

우리는 1998년 노숙인 지원사업이 시작된 초기부터 쉼터 이후 안정적인 주거의 필요성을 주장했다. 이러한 주장은 2000년 서울 지역을 중심으로 한 20개의 자활의 집 시범사업을 통해 나름의 성과를 보였다. 그러나 자활의 집 사업은 전세권설정, 생활기간, 사후관리 등 여러 가지 개선해야할 점이 대두되었다. 그런데도 자활의 집은 확대의 필요성이 더욱 컸다.

그것은 쉼터 이후에 대한 대안이 없었기 때문이다. 문제점을 그대로 안고 있는 상태에서 자활의 집은 확대되었다. 2000년부터 2004년까지 전국에 지원된 자활의 집의 수는 90여 개에 달한다. 이 가운데 지방자치단체와의 마찰로 사업을 시작도 하지 못한 채 포기한 경우, 기관 자체 사정으로 반납하는 등 현재는 전국적으로 50여 개의 자활의 집이 운영되고 있다.

자활의 집이 가진 한계를 극복하고자 단신 남성을 위한 월세지원, 유료쉼터 등의 사업을 민간에서 주도했다. 월세지원사업의 경우 지원 금액 및 기간 등의 문제로 활성화되지는 못했다. 유료쉼터의 경우 나름의 성과를 보였으며 새로운 모델로서 더욱 확대되기를 기대하고 있으나 아직까지는 미흡한 상황이다.

이러한 상황에서 건교부는 2005년 8월 3일 작년부터 시범사업으로 진행해 왔던 '기존주택(다가구주택) 매입임대사업'의 확대를 위한 업무처리지침을 개정하며 '노숙인·쪽방거주자 등 단신계층을 포함하는 매입임대사업(이하 300호 매입임대사업이라 칭함)'을 시범사업으로 확정했다.

아직 임대주택으로 활용할 주택매입이 미흡하고, 운영주체 선정 등 주요한 현안이 매듭지어지진 않고 있으나 이번 시범사업은 노숙인의 주거보장이라는, 노숙인의 주거권에 대한 새로운 전기가 될 것이다. 세부적으로 따져 보면 아직 미흡한 면이 많이 있어 보완해야 할 것이 많다.

아직 시행되지는 않았으나 일단 300호 매입임대사업이 가지는 한계는 기존 자활의 집이 가졌던 한계 중 전세권 설정을 제외한 나머지 문제를 그대로 안고 갈 가능성이 높다. 노숙인 관련기관에 위탁한다고는 하고 있으나 위탁기관에 대한 인력지원 등이 전혀 고려되지 않고 있으며, 이러한 부분은 사업진행시 사후관리 등의 문제점이 야기될 것이다.

단신 남성 노숙인을 대상으로 했던 그동안의 자활의 집 사례를 보면 가장 커다란 문제점이 사후관리였다. 또한 기본적인 생활(식사, 청소, 세탁 등)에서 발생하는 문제점도 무시할 수 없다. 여기서 위탁기관의 선정과 역할이 매우 중요해진다. 자칫하면 다른 형태의 쉼터가 될 가능성을 배제할 수 없다.

300호 매입임대 위탁기관이 단순한 관리기관으로 전락해서는 안 될 것이다. 입주자에게 복지서비스뿐만 아니라 생활, 문화 등 다양한 형태의 지원을 전제로 해야 한다. 또한 300호 매입임대사업의 경우 철저하게 지역사회와의 융화를 전제로 해야 할 것이다. 이를 위해서는 위탁기관의 명확한 목표와 입주자에 대한 다양한 지원이 전제되어야 그 성과를 기대할 수 있다. 이러한 성과는 노숙인의 주거권을 확보하는데 있어 주요한 요인이 될 것이다.

그동안 노숙인의 주거지원에 대한 다양한 시도가 있었다. 아직까지는 성과보다는 아쉬움과 한계를 더욱 절감하고 있다. 노숙인은 살 곳을 잃은 사람들이다. 이들에게는 무엇보다 우선적으로 안정적인 주거공간이 필요하다. 정부는 이들에게 안정적인 주거를 보장할 의무가 있다.

이러한 주장은 너무나 당연한 말임에도 불구하고 그동안 철모르는 아이의 치기어린 말로 치부되곤 했다. 노숙인뿐만 아니라 가난한 사람들의 주거권이 당연히 인정받는 사회가 되기 위해 우리가 가야할 길은 아직도 너무나 멀다.

● 노숙인들은 서울도시개발공사의 양해를 받아 2006년 2월 28일까지 정릉의 빈집에서 생활했다. 그 뒤 '더불어 사는 집' 식구들은 인근에 저렴한 방을 구해 숙식하며, 장사를 지속하는 등 노숙인공동체를 실천하고 있다.

소외된 사람들의 마지막 거처, 쪽방

_독거노인, 장애인, 노숙인 등 쪽방에 의탁한 삶

맑고 푸르른 가을 하늘은 잠시. 곧 닥칠 기나긴 겨울은 가난한 이들의 몸과 마음을 벌써부터 움츠러들게 한다. 스산한 바람은 옷 섬 속으로 파고들고, 옷깃을 여미게 한다. 독감예방주사를 맞기 위해 하나둘씩 쪽방상담소로 몰려드는 쪽방촌 사람들.

없는 사람들에게 겨울은 빨리 찾아오나 보다. 외풍을 막기 위해 문풍지를 바르지만 어디론가 흘러 들어오는 바람의 심술은 피할 길이 없다. 계단 한쪽 쌓아놓은 연탄은 마파람에 게 눈 감추듯 사라진다. 연탄보일러라도 땔 수 있는 방은 행복하다. 난방시설이 없는 쪽방에선 두터운 이불과 전기매트를 준비한다. 외투도 꺼내 입고, 양말도 두세 겹 챙겨 신고서야 안심할 수 있다. 그러나 새우잠을 자다 이불 밖으로 나간 발은 냉골의 한기에 소스라친다.

한 송이 국화꽃을 바라보며 여생을

서울역 맞은편 거대한 빌딩 뒤편 초라한 쪽방촌이 드러난다. 겉보

남대문 쪽방 200여 세대가 철거운명에 놓였다. 이곳에는 빌딩이 들어설 예정이다. 쪽방주민들은 인근의 쪽방과 도심외곽의 비닐 촌으로 찾아들어갈 수밖에 없다.

기엔 그냥 다세대 연립주택이다. 하지만 한발 짝만 내디디면 0.5평에서 1평 남짓 쪽방들이 벌집처럼 다닥다닥 붙어있다. 벽산빌딩에서 힐튼호텔을 바라보면 왼쪽이 남대문 쪽방촌이고, 오른쪽이 용산구 동자동 쪽방촌이다. 용산이 1천여 세대로 전국 11곳의 쪽방촌 가운데 최대규모다.

규모가 큰 만큼 그 형성도 제일 빠르다. 남대문, 용산의 쪽방촌은 쪽방의 원조라 불리기도 한다. 서울역 주변의 노숙인들은 겨울이

되면 7천 원 정도의 일세를 주고 하루를 나기도 한다. 하지만 이들은 뜨내기일 뿐이다. 이곳에서 10년 이상 장기 거주하고 있는 원주민들은 18만 원 내외의 월세를 내고 산다. 주로 독거노인들과 장애인 그리고 사업실패로 가족이 1평 남짓 쪽방에 사는 경우가 대부분이다.

남대문로 5가 622번지 회현동. 조수남(85) 할아버지가 홀로 살아온 지도 십 수 년이 훌쩍 넘었다. 월세 15만 원은 기초생활수급 34만 원으로 충당한다. 버너에 냄비 하나, 전기밥솥, 전기주전자, 간단한 취사도구와 전기이불, 두꺼운 외투가 좁은 방을 채우고 있다. 여느 쪽방 사람들처럼 단출한 살림살이다. 방 한 켠 창가에 놓인 노란 국화꽃이 화사하다. 맥주병을 화병 삼아 꽂아 놓은 몇 송이 국화꽃.

"할아버지, 꽃 좋아 하시나 봐요."
"그냥 산책 나갔다가 몇 송이 꺾어 오곤 해."

팔순의 나이. 0.5평 좁은 쪽방은 여생을 정리할 거처이다. 비록 대각선으로 몸을 누일 좁은 방이지만.

　내 누님 같고, 내 어머니 같은 국화꽃을 바라보며 노인은 눈물지으리라.

　"저런 미물도 꽃을 피우며 화사한 생명력을 자랑하잖아. 그러곤 또 이내 시들지."

　몸은 바짝 마르고, 주름은 깊어지고, 허리는 휘듯이 노인은 오늘 내일 찾아올 죽음을 그렇게 준비하고 있는 지도 모를 일이다.

　"이렇게 살다가 조용히 이곳에서 죽어야지."

　팔순의 할아버지는 대각선으로 뻗어야만 몸을 누일 수 있는 쪽방의 삶을 탓하지 않는다. 0.5평 좁은 쪽방에서 인생은 마무리되리라. 자식들이 보고 싶지는 않을까?

　"이 나이에 자식들, 일가친척 찾아봐야 이제 무슨 소용이요."

　누추한 몸으로 짐만 될 뿐이고, 다 부질없다는 생각 때문이다. 일제시대 징용을 피해 만주로 피신한 얘기며, 해방되고 공사판을 전전하며 다녔던 이야기들. 그러나 자세한 이야기는 없었다. 구구한 이야기들이 이제와 무슨 소용이 있을까? 정갈하게 씻고 다소곳이 정좌해 있는 노인. 그의 삶은 우리의 현대사처럼 굴곡졌겠지만 죽음 앞에 당당하고자 하는 모습은 숙연한 아름다움이 묻어났다. 마치 피고 또 지는 국화꽃처럼.

　바깥 공사장에서 들려오는 요란한 소리들.

　"노동일 하면서 돈 모은다는 건 거짓말이야. 저 노동자들 사정 내가 잘 알지."

　할아버지의 반응은 그의 고된 삶을 웅변해주고 있었다.

현대판 고려장, 쪽방의 쓸쓸한 초상

쪽방 부근을 산책 중인 정문녀(82) 할머니. 30여 년을 이곳 쪽방에서 살아온 할머니에 대해 동행한 '나사로의 집' 김홍용 소장이 칭찬을 아끼지 않는다.

"그 어려운 살림에도 명절이면 꼬박꼬박 2만 원씩 봉투에 넣어 헌금해요. 자신보다 더 소외된 이웃을 도우려는 마음 씀씀이가 얼마나 소중해요."

남대문, 용산 지역 쪽방 주민 가운데 절반 이상이 이렇듯 몸 가눌 곳 없고, 의지할 곳 없는 노인들이다. 쪽방의 겨울은 현대판 고려장이 성행하는 을씨년스런 풍경이 연출된다. 늙은 부모를 지게에 지고 가 산이나 동굴에 버리듯 도심 속 외로운 섬에 버린다. 노인들 스스로 쪽방을 찾는 경우도 점점 늘어나는 추세다. 어렵고 힘들게 사는 자식들에 짐되기 싫어 스스로 찾아드는 것이다. 조용하게 여생을 마무리하며 죽음을 맞이할 준비가 되어 있는 노인들이 있다면 대다수 노인들은 추위와 굶주림에 시달리다 비참한 생을 마무리하게 된다.

"먹을 것이 없어서, 몸이 아파도 약을 쓰지 못해서, 연탄 한 장이 없어서, 그렇게 죽는 겁니다."

이들의 죽음은 며칠이 지나 발견되는 경우가 허다하다. 주인이 방세 받으려 왔다가, 시신이 부패해 썩는 냄새가 나서야. 장례식도 어렵다. 장례비가 없을 뿐만 아니라 연고자가 나서지 않기 때문이다.

"지문을 찍어 신원조회를 하고 가까스로 연고자를 찾아 전화해도 오는 사람은 거의 없어요."

김 소장은 그들을 위해 장례를 치르고 있다고 했다. 한 많은 인생이다. 쓸쓸하게 죽어간 쪽방촌 이들의 삶을 기록한 양지교회 소식지를 넘겨봤다. 지난해 세상을 떠난 이두재씨. 객사였다. 그는 3년 동안 나사로의 집을 드나들던 걸인이었다. 10년 이상 서울역 등지에서 걸인생활을 하다보니 연고자도 찾을 수 없었다. 김 소장의 도움으로 어렵사리 장례를 치르던 날 묘지까지 따라온 쪽방촌 사람들은 '하늘나라에서는 행복하게 살라' 며 뜨거운 눈물을 쏟아냈다.

지난해 취로현장에서 현기증에 쓰러졌던 구상봉씨. 영양실조였다. 끼니를 때울 것이 없어 거의 매일 설탕물이나 라면으로 연명했기 때문이었다. 기초생활 수급 혜택도 받지 못한 구씨는 일하며 번 돈에서 방세를 내고나면 수중에 돈은 몇 푼 남지 않았다고 했다.

손녀를 돌보는 할머니의 애틋함

어둠은 금방 찾아왔다. 시간에 쫓겨 또 다른 할머니 집으로 발걸음을 재촉했다. 장점덕(65) 할머니는 동자동 쪽방에서 10년여를 생활하다가 지난해 나사로의 집과 교회의 도움으로 전세금을 마련해 인근에 2층 방을 구해서 살고 있다. 할머니는 3살 난 손녀를 키우고 있다. 엄마는 아이를 밴 몸으로 쪽방을 찾았고 아이를 낳았다. 그리고 일주일 만에 도망을 쳤다. 원치 않는 아이였고, 남편도 사랑하는 사람이 아니었다.

그 뒤로 나간 아들도 연락이 끊겼다. 할머니의 아들은 20여 년 전 장사할 때부터 벌어놓으면 그 돈 가져가서 탕진하기를 반복했던 철부지였다. 할머니가 손녀를 키울 수밖에 없었다.

"어떻게 하든 손녀 고등학교까지는 키워야 하는데……."

할머니는 백내장, 관절염 등 자신의 성치 않은 몸이 걱정이다. 교회 선생님이 아이를 가르치기 위해 집을 찾았다.

"선생님, 안녕하세요."

아이는 신나서 맨발로 뛰어 나간다. 경계의 눈빛을 보내던 기자와는 달리 낯익은 사람에 대한 살가운 표정이다. 일주일에 한 번 들러 잠깐 가르쳐주는 공부지만 아이는 선생님을 무척 따랐다. 그 시간만 기다려지는 모양이다.

장 할머니는 아직 보증금 500만 원을 내지 못했다. 그래서 기초생활 수급금에서 월세 10만 5천 원을 내고 있다. 교회에서 쌀이며, 옷가지, 반찬 등을 제공해 주지 않으면 생활하기가 어렵다. 어려운 살림에도 할머니가 빼먹지 않는 것이 있다. 그것은 손녀의 앞날을 위해 매달 붓고 있는 2만 원짜리 보험이다.

● 남대문 지역 쪽방 현황 (2005.8.31 현재)

분류		건물수	쪽방수	이용자	고정	일일기초생활수급자
계	51동	943	863	735	128	152
남대문뒤	35동	689	643	561	82	135
연세빌딩뒤	16동	254	220	174	46	17

● 용산 지역 쪽방 현황 (2005.7.31 현재)

분류		건물수	쪽방수	이용자	고정	일일수급자	장애등록자
계	50	1,042	1,131	1,108	23	291	102
동자동	49	955	1,022	999	23	268	94
갈월동	1	87	109	109		23	8

자료 : 남대문 · 용산 쪽방상담소

계속되는 쪽방 철거 대책은?

극빈층의 마지막 삶의 터전 쪽방의 철거도 가속화되고 있다. 도심의 금싸라기 땅이 개발의 손아귀를 벗어날 수는 없었다. 서울역 맞은편 게이트웨이 타워 뒤편. 남대문 지역 회현동 일대도 200여 세대가 나갔고, 곧 철거를 앞두고 있다. 쪽방 주민들은 철거에 따른 아무런 보상도 없이 또 다른 인근의 쪽방과 도심 외곽의 비닐천막으로 거처를 옮겨야 했다.

영등포 쪽방지역 철거에서 보듯 철거대상 주민 80%는 관내 쪽방지역을 벗어나지 못하고 있다. 특히 몇몇 주민들은 재차 노숙으로 흘러들어가기도 한다. 개발에 밀린 도시 극빈층의 마지막 보루 쪽방의 철거는 신중을 기해야 한다. 영구임대주택 등 현실적인 대책을 세우면 좋으련만, 기대는 기대일 뿐이었다.

김홍용 나사로의 집 소장이 철거될 쪽방지역에 나붙은 개발공고를 가리키며 대책 없는 철거를 비판하고 있다.

60년대에는 걸인, 노숙생활을 했고, 한국은행 퇴직금을 털어 지난 97년 '나사로의 집'을 설립하면서부터 활발한 구제활동을 하고 있는 김 소장. 소외된 이웃의 자립, 자활을 위해 '죽을 시간도 여가도 없다'는 김 소장은 영구임대주택 얘기가 나오자 말을 쏟아냈다. 극빈층의 마지막 삶의 터전을 대책 없이 철거하고 있는 것에 그는 분개했다.

"이 곳 2천여 세대, 막말로 방 2천 개면 해결돼요. 정치인, 기업인들이 매년 겨울철이면 찾아와 생색내기나 하지 말고, 자활해서 전세라도 나갈 수 있도록 더 근원적 해결책을 생각해야 합니다."

밥 퍼주고, 점퍼 나눠주고, 연탄 몇 장 보내고는 신문, 방송에 대문짝만하게 사회공헌 활동을 홍보하는 세태다. 김 소장이 달가울 리가 없다.

"시골의 200여 평 집을 개조해 쪽방사람들이 살 수 있도록 하겠다."

나름의 이주대책을 제시하고 개조에 필요한 물품과 비용 지원을 부탁해도 묵묵부답일 뿐이다. 자립과 자활을 위해 안정적인 주거만큼 근원적 해법이 있을까? 어둠이 내린 쪽방촌에는 그 흔한 개 짖는 소리도 들리지 않고 적막이 흐른다. 누군가 길가에 널어놓은 빨래도 내년에는 찾아볼 수 없을 것이다. 무심한 빌딩 뒤에 가려진 쪽방. 빌딩의 그림자는 그곳을 삼키고 있었다.

2005년 10월 25일

대책 없는 쪽방 철거 또 다른 도시 극빈층 양산

김형옥 영등포쪽방상담소 간사

현재 서울시 여러 지역에서 재개발이 한창이다. 그로 인해 철거가 여러 곳에서 이루어지고 있다. 그 속을 들여다보면 철거로 인해 아주 극과 극의 상황이 연출되고 있음을 볼 수 있다. 철거로 인해 더욱 이익을 보는 사람과 피해를 보는 사람이 있다는 것이다. 현재 쪽방지역 안에 거주하는 사람 가운데에서도 동일한 현상을 볼 수 있다.

이번 철거로 인해 토지, 건물주인은 상당한 혜택을 받았다. 그 지역이 설령 상업지역이라 해도 토지주인과 건물주인은 토지보상과 건물보상 등을 받았다. 그러나 그 안에서 살던 주민들은 철거보상비 한 푼도 받지 못하는 아주 기이한 현상이 벌어졌다. 철거로 인해 있는 사람만 더 배를 채우고, 없는 사람은 더 배를 곯아야 하는 극과 극의 상황이 연출되고 있다는 점에서 마음이 상당히 아프다.

영등포1동 쪽방지역은 2003년에 철거가 끝나 현재 나무가 옛 영등포1동 주민을 대신하고 있다. 현재 영등포1동 지역엔 쪽방 12개가 잔존해 있고, 영등포1동 쪽방지역에서 살다가 대우 드림아파트 근처로 이사해 사는 주민 5명이 있다. 옛 영등포1동 주민 180여 세대가 옹기종기 모여 살던 곳이었고, 하루하루 모질게 살아가면서도 인간냄새가 났던 곳. 이제 기억 저편으로 사라질 즈음에 다시 영등포2동 일부 주민들은 철거로 다시 한번 아픔을 겪어야 할 시점에 서 있다.

조만간 영등포2동 80여 쪽방일부지역도 철거에 들어간다. 철거예정지역에는 광야교회도 포함되어 있다. 철거는 삶의 터전을 송두리째 앗아가는 것이기 때문에 상담소는 이에 대해 촉각을 곤두세우고 있다. 하지만 뚜렷한 방안이 없어 애만 태우고 있는 실정이다.

특히 철거예상지역에 수십 년째 살아왔으면서도 그 지역이 여관, 숙박시설 등 상업지역으로 되어 있다는 것만으로 철거보상비를 한 푼도 받지 못하고 삶의 터전을 비워주어야 하는 주민들의 얼굴을 대면할 때에는 너무나 가슴이 아프다. 쪽방이라는 특수성을 감안하지 않은 담당 공무원의 획일적인 행정처리에 분노마저 느낀다.

철거가 유일한 대안이라면, 현재의 획일적인 기준에 따라 보상대상자를 선정하지 말고 쪽방이라는 특수성을 감안했으면 한다. 예컨대 그 지역이 상업지역이라는 이유 하나만으로 수십 년째 주민등록을 갖고 살아온 주민들에 대해 철거보상비를 한 푼도 지급하지 않는 것은 너무나 가혹한 처사다. 또한 보상비 책정 시점으로부터 1년 전에 전입신고를 마친 사람이어야 하는 조건도 보상비 책정 시점에서 전입신고를 필한 기간을 참작해 보상해주는 방안도 고려해야 한다. 사실조사를 하는데 인원이나 비용이 소요되겠지만, 철거로 인해 피해를 보는 주민이 없어야 한다.

보상비도 상당히 낮게 책정되어 있다는 점도 지적할 수 있다. 획일적인 기준에 따라 일률적으로 보상비를 책정했다. 세입자는 또 철거보상비와 임대아파트 가운데 하나를 선택할 수 있다. 하지만, 영등포1동 철거주민 세입자(쪽방주인이나 관리자 제외) 90% 정도는 임대아파트 입주비용을 마련하지 못해 철거보상비를 받았다. 그런데 그 보상비 420만 원으로는 물가가 높은 서울에서는 도저히 1년 이상 생활할 수 없을 정도로 낮다. 그래서 옛 영등포1동 철거이주민 가운데 거의 대부분이 방이 저렴한 곳인 영등포2동 쪽방과 문래1동 쪽방으로 이주를 해왔다.

철거보상비가 너무나 낮아, 삶의 터전을 송두리째 잃어버린 사람들이 다른 곳에 새로운 삶의 터전을 일구는데 턱도 없다. 방을 구입하면 의식주를 해결하는데 소요되는 돈이 거의 남아 있지 않을 수준이다. 그 사람이 기초생활수급자라면 그나마 다행이지만 아니면 그야말로 난관의 연속이다. 특히 영등포1동 철거주민 80% 정도는 영등포지역 관내 쪽방지역을 벗어나지 못하고 있고, 힘겹게 살아가는 모습은 이를 잘 반증한다. 몇몇 주민은 영등포역 앞에서 노숙을 하기도 한다.

역 중심으로 형성되어 있는 쪽방은 도시 최극빈층에게 나름대로의 완충역할을 해왔다. 서울 어디에도 쪽방을 제외한 곳에서 보증금이 없는 월세를 찾아보기란 쉽지 않다. 또 일세는 거의 쪽방에서만 볼 수 있는 풍경이다. 이렇듯 쪽방은 수입이 뻔한 일용직 근로자, 기초생활수급자, 독거노인, 중증장애우, 노숙인들에게 작은 안식처를 제공하고 있다. 이런 완충적인 역할을 외부에서는 낮게 평가할 수도 있겠지만, 도시 최극빈층에게는 기댈 수 있는 작은 버팀목 구실을 하는 삶의 터전이라 할 수 있다. 아무런 대안도 없이 현실적이지 못한 철거보상비로 이런 쪽방을 철거하는 것은, 빈민층을 구석으로 내모는 것이다.

더 나은 주거 환경을 위해선 재개발과 철거가 불가피하다. 그러나 도시빈민층의 삶의 터전이라 할 수 있는 쪽방을 현실적이지 못한 대책으로 구석으로 몰아가서는 안 될 것이다. 또 경제적인 여건에 따라 인간으로서 향유하는 최소한의 생존권마저 가지지 못하는 상황이 연출되어서는 안 된다. 외환위기 이후 나타나는 중산층 붕괴와 극심한 소득격차 현상이 부에 따라 인권의 고하가 가려지는 것 같아 마음이 씁쓸하다.

시유지에 불법적으로 건물을 짓고 살아간다고, 도시 환경을 개선한다고, 녹화사업을 한다며 부실한 대책으로 철거하는 행위는 쪽방 주민들의 생존권은 아예 생각하지도 않는 무심한 조처이다. 쪽방은 협소하지만 그래도 삶의 작은 안식처이다. 그 어떤 것도 사람보다 우선할 수는 없는 것이다.

충남지역 부도 임대아파트를 가다

__보증금 돌려주지 않는 악덕 사업주 왜 가만두나

전국의 임대아파트 입주민들이 몸살을 앓고 있다. 주택공사가 시공한 임대아파트에서는 해마다 5%씩 오르는 임대료 인상과 함께 가압류라도 걸리면 재계약을 하지 않는 횡포에 시달린다. 그러나 이마저도 민간건설사에서 지은 임대아파트에 살고 있는 입주민들에 견주면 사정이 좀 낫다고 해야 하는 형편이다.

임대아파트 50만 세대 가운데 전국의 부도아파트는 40만 세대에 이른다. 3인 가족을 기준으로 무려 120만 명이 사업자의 부도로 보증금을 돌려받지 못하고 쫓겨날 처지이다. 이미 양산, 장백 등 전국 12만 가구가 사업자의 부도로 살던 집에서 쫓겨나 거리로 내몰렸다. 그런데 이 부도난 아파트는 43조 원에 달하는 국민주택기금의 지원을 받아 지어졌다.

민간건설사는 이 기금과 입주민의 보증금으로 아파트 건설과 운영자금을 충당하고도 만기 뒤 돌려줘야 할 보증금은 주지도 않는다. 국민은행은 대출이자 연체를 아파트 가압류 후 경매에 넘기니 서민들은 눈뜨고 당할 뿐이다. 정부의 정책실패로 주거안정은커녕 서민들은 졸지에 길거리로 나앉게 될 판이다. 정부는 2005년 6월 7일 '부도임대아파트 조치방안'으로 막아보려 하지만 미봉책에 불과하다는 지적이다. 이미 쫓겨난 서민들과 부도가 나지 않은 채 경매 중인 세입자들은 보호대상에서 제외되고 있기 때문이다.

기자가 4일 찾아간 충남지역은 3만 5천여 세대가 부도로 신음하고 있었다. 천안 병천, 아산, 당진 등 부도아파트 입주민들은 그들의 전 재산과 다름없는 보증금 반환과 분양 전환을 요구하고 있었다.

곳곳에 물새고, 곰팡이… 부도 후 주민자치관리

충남 천안시 병천면 가전리에 위치한 신한아파트. 외관은 최근에 페인트칠을 다시 한 흔적이 역력했다. 주민들은 분양가를 높게 받으려는 건설사인 신한의 꼼수라며 비난했다.

"실 분양가가 평당 186만 원으로 나왔어요. 그런데 업주측은 평당 380만 원을 얘기해요. 우리는 분양받을 여력도 없을 뿐만 아니라 분양받고 싶지도 않아요."

"평당 170만 원이면 떡을 치고도 남아요."

낮은 가격으로 분양받으면 좋으련만 주민들은 아파트 분양을 원하지 않고 있었다. 이유는 간단했다. 옆집 휴대폰 울리는 소리와 코를 고는 소리, 화장실 물 내려가는 소리까지 들릴 정도인 이 아파트에 정나미가 떨어질 대로 떨어졌기 때문이다. 집안 곳곳에 곰팡이가 피어 눅눅하고, 장맛비에 천정이 뚫려 자다가 물세례를 받아야 했던 주민들에게 이곳은 오래 살고 싶은 삶의 둥지가 아니었다. 도시가스는 들어오지도 않고, 지하실은 물이 가득 차있고, 놀이터 아래 지하에는 변전소가 설치된 아찔한 아파트.

그나마 주민들은 70~80만 원 하는 베란다 섀시를 끼워 넣을 돈이 없어 비닐로 막아놓은 집들이 많았다. 주차장에 흉물스레 버려져 있는 차량들은 신용불량으로 채권추심을 피해 도망 다니는 서민들의 고단한 삶을 그대로 말해주고 있었다.

"채권독촉, 주민등록 말소를 의뢰하기 위해 소재파악을 요청하는 경우가 한 달에도 여러 건이에요. 집에 들어오지 않는 가구가 100여 세대는 될 걸요."

농사와 화물트럭 운전을 병행하고 있는 정화진(54) 이장은 "심각한 생존의 위기"라며 "자신도 보증금이 나올 때까지 어떻게든 버티

70~80만원 가량의 발코니 섀시 설치비용이 없어 비닐로 가려놓았다. 부잣집 아파트에나 어울릴 위성안테나가 즐비하다. 이유는 난시청지역이기 때문. 케이블(유선)을 설치해도 공중파 방송이 잡히지 않아 주민들은 어쩔 수 없이 비싼 비용을 지불하고 있다.

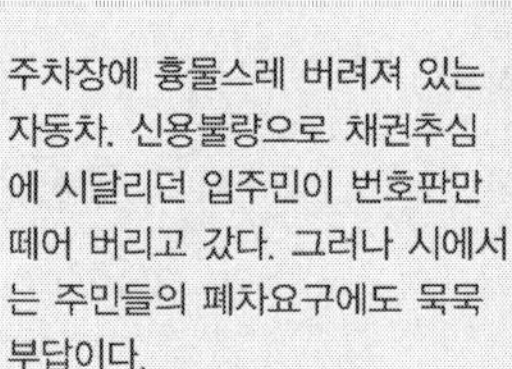

주차장에 흉물스레 버려져 있는 자동차. 신용불량으로 채권추심에 시달리던 입주민이 번호판만 떼어 버리고 갔다. 그러나 시에서는 주민들의 폐차요구에도 묵묵부답이다.

고 있는 상황"이라고 말했다. 그런데 희한한 것은 한 집 건너 한 대 꼴로 설치된 즐비한 위성안테나였다. 한달 수신료만 2만 5천원. 주민들은 어떻게 감당을 할까?

"이 지역이 난시청지역이래요. 케이블을 설치해도 지상파방송이 나오지 않으니까 아이들 있는 집들은 어쩔 수 없이 설치하는 거죠."

임대보증금 묶여 신용불량, 자살 늪으로

신한아파트는 지난 1997년 3월 입주가 시작돼 총 474세대가 15, 16, 19평에서 1,470만 원에서 1,890만 원의 임대보증금을 내고 살고 있다. 2002년 2월, 5년 동안의 임대기간이 만료되었지만 임대사업자인 신한은 분양 또는 재임대 계약을 하지 않았다. 신한은 아파트 건축 당시 대출한 국민주택기금 이자는 물론 원금 78억여 원도 상환하지 못하며 자금악화에 빠졌고 사실상 부도 상태인 부실기업이었다.

채권자인 국민은행은 지난해 6월 경매를 통한 강제매각을 신청했고 올해 주민들은 배당 신청을 했으나 정부의 부도아파트 대책발표로 3개월간 경매가 중단된 상태다. 그러나 '세입자 우선매수제'를 골자로 한 7월 임대주택법 개정안에는 우선매수제 대상으로 '민간 임대사업자의 부도로 인해 경매중인 세입자'로 한정하고 있다. 부도가 나지 않은 채 경매가 진행 중인 세입자들은 보호대상에서 제외되는 실정인 것이다. 사정이 이렇다 보니 주민들의 불안과 불만은 가득 차 있었다.

"임대사업자는 부실아파트를 지어 서민들을 골탕 먹이고, 임대보증금도 돌려주지 않고 있어요."

"정부는 서민들 입막음 요량으로 정책을 만들고, 관리감독의 책임이 있는 지자체는 나 몰라라 하니 이게 말이 됩니까?"

임대보증금이 묶여 있다 보니 주민들은 나가고 싶은 마음 굴뚝같지만 울며 겨자 먹기로 살고 있었다. 신한임대아파트의 이안나 입주민 대표는 분통을 터트렸다.

"주민들의 전재산인 임대보증금을 돌려주지 않고 국민은행 대출빚은 고스란히 주민에게 떠넘기는 악덕사업자를 왜 가만두는지 이해할 수가 없어요."

보증금이 몇 년째 묶여 있다 보니 최근 팔순의 노인이 신병을 비관해 자살하는 일도 벌어졌다. 부산으로 직장을 옮긴 아들에게 가려고 했지만 보증금이 묶여 있으니 옴짝달싹 못하는 신세였다.

"생활보호대상도 안 되고 세를 놓지도 못하죠. 돈은 없는데 몸은 아프고 병원신세를 진 며칠 뒤 6층에서 뛰어내렸어요."

주민들은 한 청년의 이야기로 옮겨갔다.

"올 2월경 음독을 한 것을 발견해 겨우 목숨은 건졌는데 아직도 몸은 붓고 얼굴은 새까맣고 후유증에 시달리고 있죠." 그 청년은 IMF때 정리해고당해서 내려왔는데 몇 년간 서울과 병천을 출퇴근하면서 힘들어했다. 보증금이 묶여 있다보니 서울로 올라갈 수도 없었던 것이다.

아산시 배방면의 또 다른 신한아파트의 사정도 마찬가지였다. 총 240여 세대 가운데 22세대는 분양을 받았으나 사업주는 분양과정에서 사실상 부도가 난 상태다. 2003년 양도양수 과정에서 인수업체인 OO부동산 쪽은 91세대에 대해 5~6백만 원의 임대보증금을 올려 받았고, 월세를 놓는 등의 불법을 저질렀다. 9월부터 경매가 재개되면 낙찰되더라도 1,200여만 원 보증금 가운데 800여만 원 정도다. 이 돈으로 시내에서 방 한 칸 얻기란 불가능에 가깝다. 최소 2천만 원에 육박하는 시세 때문이다.

부도임대아파트 경매중단! 보증금 보장!

현수막이 놓인 아파트 입구를 산책중인 노부부. 교사, 공무원으로 평생을 번 돈은 퇴직금까지 모두 자식에게 쏟아 부었다. 자식들이 주는 용돈 등 37만 원으로 한달을 살아가지만 관리비, 세금, 식대, 약값 등 빠듯할 뿐이다.

"분양받을 형편은 안 되고, 생활터전이 없으니 어떻게든 살 수 있도록 해결이 되어야지."

　칠순의 노부부는 얼마 남지 않은 여생을 조용히 지내고 싶을 따름이다.

"부도임대아파트 경매중단! 보증금 보장!"이라고 쓰인 아파트 입구 현수막을 지나는 노부부. 칠순부부는 얼마 남지 않은 여생을 조용히 지내고 싶을 따름이다. 노인, 장애인, 비정규직 등 대부분 극빈층인 임대아파트 주민들의 보증금은 전 재산이라 해도 과언이 아니다.

부실사업자들 '돈 없다' 배째라식

　아산시 건축과는 주민들의 민원과 관련 사업주에게 8월 19일까지 인상보증금의 반환 시정지시를 내렸다. 또 분양전환과 경매 때 세입자들의 우선매수권 부여 법령개정과 분양자금을 지원하도록 할 방침이라고 밝혔다. 그러나 당진군 당진읍 지석빌라트(96세대)의 경우처럼 계약기간이 만료된 세대의 임대보증금 반환청구에 대해 사업주들은 "돈이 없다"는 핑계를 대며 보증금을 반환하지 않고 있다. 분양이라도 받으려고 하면 분양조건을 수시로 변경하는 등 비협조적으로 나온다는 것이 주민들의 설명이다. 회사 측은 가압류를 풀 자금이 없으니 분양금을 선불로 납부해 가압류를 해지하고, 계약기간이 지났어도 임대료는 내야하며, 하자보수도 밀린 임대료로 임차인이 해결하라는 것이다.

"회사가 부도나지 않았다고 우선매수제 대상에서 제외된다면 너무 억울하다."
"회사의 관리부실, 사업실패를 왜 서민의 보증금으로 책임을 져야 하나."
"회사가 자기들 채무를 우리들(세입자)에게 떠안으라고 하니 기가 막힐 따름입니다."
"군청에 분쟁조정위원회 설치를 요구합시다."
"IMF때 부실기업들 공적자금 쏟아 부었잖아요. 그런데 기업들은 해주면서 힘없는 서민들은 그냥 나가 죽으란 말입니까."

대책회의를 진행하던 동 대표들이 너나없이 비판의 말들을 쏟아 냈다.
노인, 장애인, 비정규직 등 대부분 극빈층인 임대아파트 주민들의 전 재산인 보증금 반환에 대해 관리, 감독의 책임이 있는 해당 지자체들은 답을 내놓고 있지 못했다.
"그러길래 누가 서민아파트에 살라고 했냐."
대책을 요구하며 항의하는 천안지역 등 서민들에게 돌아오는 지자체의 답은 가슴에 비수를 꽂는 말이었다.
"국민주택기금과 임대보증금 등으로 집을 지은 민간건설사의 부실과 이를 허가해 준 정부 및 지자체 등 임대아파트 정책의 총체적 실패를 고스란히 보여줍니다."

이민기 충남부도아파트공대위 간사는 "40만 세대에 이르는 부도 아파트 문제를 '무늬만 세입자 매수제'란 미봉책이 아닌 임차보증금 전액보장, 피해구제 등 실질적인 대책을 세워야 할 것"이라고 강조했다.

2005년 8월 16일

부도 피해 계속, 정부의 부실대책도 계속

임동현 민주노동당 경제민주화운동본부 국장

정부의 민간임대주택과 공공임대주택 정책이 부실해 세입자들의 피해가 계속되고 있다. 먼저 민간임대주택에 대해 정부는 지난 6월 민간임대사업자의 부실화가 초래한 세입자 피해에 대해 △분양전환이 가능한 단지는 경매중단 및 분양지원 △임차인 여건에 따라 경매중단, 임차인 우선매수권제 부여 △주공이 부도임대주택 경락을 통해 퇴거자에게 임대주택 공급 △다가구 매입임대, 전세임대 등 주거안정 지원 △부도 예방을 위한 사업장별 독립법인화 및 임대보증금 보증제도 의무화 등을 골자로 한 부도임대아파트 대책을 마련했다.

그러나 이 같은 정부의 대책은 대부분 부실로 드러나고 있다. △우선매수제 적용 범위의 협소화 △부실한 현장 실태조사 △경매 위기에 놓인 세입자에 대한 비현실적 대책 △기존 임대아파트 입주자 보호대책 부재 △퇴거자의 재정상태를 고려한 사후 정책대안의 부재 등 현실성이 부족하기 때문이다.

경매 위기에 놓인 세입자에 대해 정부가 제시한 대책은 분양전환·본인 경락 및 임차인 주거 보장과 보증금 보호제도였다. 그러나 이 대책들은 경매 위기에 놓인 세입자들에게 실효성이 없는 것으로 나타났다.

정부는 민간임대사업자의 채무지급 연체로 인해 경매위기에 놓인 세입자들에게 분양전환을 추진키로 했다. 그러나 이를 민간임대사업자가 악용해 자신의 채무를 임차인에게 전가하기 위해 주변시세보다 높은 분양전환액을 제시하는 등의 부작용이 드러나고 있다. 2005년 7월 15일 국회는 민간 건설임대아파트의 경매로 인한 세입자 주거권 피해 보호를 위해 세입자 우선매수제 도입을 골자로 정부가 제출한 임대주택법 개정안을 통과시켰다.

그러나 법 개정이 졸속으로 이뤄져 사실상 경매 중인 세입자에게 우선매수제의 효력이 미치지 못하고 있다. 왜냐하면 이 법은 우선매수제 적용 대상을 '민간 임대사업자의 부도로 인해 경매 중인 세입자'로만 한정하고 있기 때문이다. 부도가 나지 않은 채 건설업자의 단순한 채무상환 지연 등으로 경매가 진행 중인 주택 세입자들은 보호 대상에서 제외된다.

결국 정부는 다양한 원인으로 발생하는 임대주택의 경매 조치에 대해 눈감고, 오로지 임대아파트 부도에 따른 경매 조치로 세입자가 피해를 볼 경우에만 세입자 우선매수제를 적용하려는 것이다. 임대주택법상의 세입자 우선매수 조항은 사전 예고된 졸속 대책이었다.

경매 중인 일반 임대주택의 세입자, 민간 건설임대주택의 세입자를 실질적으로 보호하기 위해서는 정부 여당이 주도한 임대주택법 개정이 아니라 민주노동당이 발의한 주택임대차보호법 개정을 통해 우선매수제가 이뤄져야 가능하다. 임대주택법은 임대사업자로 등록된 일반임대주택, 민간건설임대주택의 세입자만을 보호대상으로 하고 있다. 따라서 임대주택법상의 보호대상에서 제외되는 연립주택, 다세대주택, 단독 주택 등을 임차한 무주택 서민들은 지금과 마찬가지로 보증금을 빼앗겼음에도 마땅한 구제수단 없이 방치될 것이다.

공공임대주택의 경우도 사정은 마찬가지이다. 대한주택공사(주공)가 주공임대아파트 세입자들의 임대보증금에 대한 채권기관들의 채권 압류나 가압류 결정을 이유로 세입자들에게 임대차 계약갱신을 거부하고 있기 때문이다.

그러나 다행히 지난 2005년 7월 11일 광주 광산구 신가주공아파트 세입자들이 주택공사를 상대로 낸 임차권 확인소송에서 광주지법의 재판 결과는 주목할 만하다. 세입자 보증금에 대한 채권기관의 단순한 채권 (가)압류를 이유로 주공이 임대차 계약갱신을 거부할 수 없음이 확인되었기 때문이다.

그간 주공은 이번 재판 결과와 달리 임대차 계약서 및 관련 법령에 그 근거가 없음에도 불구하고 세입자 보증금에 대한 채권 가압류를 이유로 부당한 행위를 저질렀다. 해당 세입자에게 임대차 계약의 갱신을 거절하거나, 임대차 계약의 갱신 조건으로 채권 압류나 가압류를 해지하도록 하거나, 추가적인 임대보증금을 납부할 것

등을 요구했던 것이다.

주공의 임대차 계약서에 따르면 △입주자의 요건이 유지되고 본인이 희망하는 경우 △현행 임대주택법 제13조 규정을 위반해 임대주택의 임차권을 타인에게 양도하거나 임대주택을 전대한 경우 △임대차 기간 중 다른 주택을 소유하게 된 경우 등 임대차 계약 일반조건 제10조 각 호에 해당되면 계약을 해지하거나 계약의 갱신을 거절할 수 있다고 규정하고 있다. 계약서 어디에도 채권 가압류 결정 등을 이유로 계약갱신을 거부하도록 명시되어 있지도 않다.

전국임대아파트입주자연합회(임대련)에 따르면 2004년 12월 계약갱신을 앞두고 있는 주공임대아파트 입주자 중 임대보증금에 대한 채권금융기관의 가압류 조치를 이유로 주공에게 재계약을 거부당한 세대가 조사대상 3,618세대 중 약 6.7%인 242세대에 이르고 있었다.

세부적으로는 경기 의정부 금오주공9단지 총 1,450세대 가운데 5.7%인 84세대, 대구 칠곡 주공5단지 총 714세대 가운데 9.8%인 70세대, 서울 신림주공2단지 총 818세대 가운데 6.2%인 51세대, 경기 부천 성동 하얀 마을이 총 636세대 가운데 5.8%인 37세대였다.

민간임대주택과 공공임대주택의 문제를 근본적으로 해소할 수 있는 방법은 무엇일까? 정부 여당은 민간 건설업자 '퍼주기' 대책을 포기하고 임대아파트 세입자들의 재산권과 주거권을 보장할 방안을 수립해야 한다. 부도임대아파트 문제와 관련해 △민간 건설 공공임대아파트 정책 폐기 △경매 중인 임대아파트 세입자의 보증금 보호 △실질적인 세입자 우선매수제 도입 △임차인 대표회의에 대한 법적 지위 인정 △피해 세입자에 대한 정부의 전액 보상이 필요하다.

　아울러 민주노동당은 입주민 위주의 임대주택 정책으로 △완전 공영개발제 적용 △국민임대주택 정책 집중 추진 △공정임대차·공정임대료 제도 확립 △임대차분쟁조정위 설치 △민간건설임대아파트에 대한 직접적인 국민주택기금 대출지원 중단 및 민간업자 시공 후에도 이를 국민주택기금으로 매입해 국민임대주택으로 공급 △임대료 보조제도 도입 등을 실현하기 위해 노력할 것이다.

제5장

유전무죄, 무전유죄

허리를 졸라매고, 정신을 차리지 않으면 안 되는 그이지만 몸과 마음은 갈수록 무거워져 간다. 동네 친구들한테 몇 백만 원씩 또 손을 벌리는 자신이 자꾸만 미워질 뿐이다.

"아이들 키우려면 아프면 안 되는데 자꾸 이러네요. 어떻게든 꾸려 나가야 하는데……."

인터뷰를 마치고 뒤돌아가는 그의 어깨는 축 처져 있었고, 발걸음은 천근만근 무거워 보였다. 여성 홀로 아이들을 키우기에 세상은 녹록치 않다. 더욱이 신용불량에 이은 면책 뒤의 삶에 대해 사회는 냉정한 시선으로 바라만 볼 뿐이다.

생활고 때문에 자살하는 사람들

_아이 셋과 함께 목숨을 버린 한 여자의 삶과 죽음

"저 베란다에 널어놓은 애들 옷 좀 치웠으면 좋겠어. 자꾸 애들 생각이 나니까."

세 아이와 함께 가난에 못 이겨 스스로 목숨을 끊은 손모(34)씨가 살고 있던 경기도 부평 가정오거리 부근의 5층짜리 한 서민아파트. 2년여를 근무했다는 아파트 경비 박모(71)씨는 사건 발생 일주일이 지나도록 그대로인 빨래들을 보며 안타까워했다.

"손씨가 아직도 창문으로 애들 부르는 소리가 귓전에 생생해."

손씨는 없는 살림에도 유난히 아이들을 아꼈다. 아파트 현관의 자전거 3대와 킥보드 2대에 아이들 이름이 꼼꼼히 새겨져 있었다. 아이들과 죽음을 선택한 그 날도 집안을 깔끔하게 치워놓고, 빨래도 가지런히 베란다에 널어놓았다.

2003년 7월 17일 제헌절, 부평구청 근처의 ㅅ아파트 15층과 14층 사이의 복도 창문으로 손씨는 두 자녀를 던지고 연이어 자신도 막내 아이를 안고 뛰어 내렸다. 살던 곳에서 20여분 정도 떨어져 있는 이곳을 왜 굳이 택했는지는 아무도 모른다.

세 아이들과 함께 험난한 삶의 고리를 끊어버린 젊은 손씨. 그녀의 바지주머니에서는 "아이들한테 미안하다. 죽고 싶다. 살고 싶지 않다. 안면도에 묻어 달라"는 짧은 유서만이 있었다. 하지만 그녀의 짧은 유언은 지켜지지 못했다. 죽어 고향 땅에 묻히고 싶어 했던 간절한 소망은 어릴 적 자매들과 수영하며, 뛰어 놀던 바닷가에 유골로 뿌려지는 것으로 대신할 수밖에 없었다.

손씨가 그토록 그리워한 고향 안면도. 부평에서 고향으로 가는 길을 따라, 충남 태안을 거쳐 안면도 읍내까지는 3시간 반 정도 걸린다. 손씨의 짧은 삶은 전형적인 빈농의 집안에서 태어나 도시로 유입돼 빈민의 삶을 살아갔던 우리사회의 근대화 여정과 너무나도 닮아있다. 팔순 노모는 7남매의 다섯째로 가난하게 살면서도 활달한 성격의 손씨를 자매들 중에서도 유난히 챙겼다. 다섯째를 가질 때 어머니는 어려운 살림에 아이를 지우려 한 적이 있기 때문이다.

남동생 손아무개(30)씨는 안면도에서 포크레인 기사로 일하며, 셋째 누나가 하는 꽃지 해수욕장 근처 장사 일을 간간이 거들고 있었다. 남동생은 죽은 누나의 죽음이 아직도 믿어지지 않는다.

"가난한 살림살이에도 형제자매들 중에도 성격이 활발하고 낙천적이었던 누나가 조카들과 자살을 하다니······."

남동생은 한동안 말문을 잇지 못했다. 부평의 전세 아파트(1천7백만 원)에 살았던 손씨는 카드빚 독촉에 시달리는 어려운 살림살이에 대해 가족 누구에게도 알리지 않았다. 남동생은 누나의 어려운 형편을 짐작만 하고 있었다.

"작년 초에 집들이 갔을 때, 삼겹살이라도 사야 하지 않느냐"며 장난삼아 누나의 지갑을 열어 보았다. 1만 원짜리 한 장이 있었고,

누나의 표정이 순간 일그러졌다. 쌀도 바닥이었다. 화가 나서 저녁 늦게 들어온 매형과 술 한잔하면서 이런 저런 이야기를 했다.

"술값을 치르려는데 매형의 카드 2개 모두가 지불정지였어요."

남동생은 그 뒤 몇 십만 원씩 돈을 붙여 주기로 했다.

"됐어. 괜찮아."

손씨는 몇 번을 사양하다가 통장 계좌를 적어주었다. 석 달을 그렇게 돈을 보내주고 남동생이 누나를 만난 것은 작년 여름이었다.

"정 그렇게 살기 힘들면 고향에 내려와. 매형에게 트럭 한 대 사 줄 테니까 나랑 같이 일하면 될거야."

남동생의 말에 손씨는 처음에는 자존심이 상했는지 거절하다가 남편에게 말을 건넸다.

"내려가서 살아봅시다."

그러나 결국 낙향은 이뤄지지 않았다.

"병원비가 모자라서 그러는데 10만 원만 빌려 줘."

손씨는 죽기 며칠 전 바로 위의 언니에게 전화를 했다. 손씨가 마지막에 지니고 있었던 돈은 언니가 먼저 부쳐준 5만 원 가운데 1만 5천 원만 남아 있었다. 손씨의 궁핍한 삶은 친구들에게도 손을 벌리게 했다.

"1만 원만 빌려 주라."

주변 친구들에게 자주 하는 말이었다. 초등학교 다니는 큰딸(8)의 급식비와 현장 실습비도 못 내고, 아이들이 아파도 병원에 갈 몇 만 원이 없어 친구와 이웃에 아쉬운 소리를 해야만 했다.

손씨는 탈출구를 찾기 위해 부단히 애를 썼지만 허사였다. 일하려고도 했지만 막내딸(3)이 피부염을 앓고 있어 여의치 않았다고 한

다. 손씨는 관할구청에 찾아가 기초생활보호대상자 신청도 해보았
지만, 남편이 전국의 공사판으로 이동하기 위해 소유하고 있던 중고
차(세피아)가 덜미를 잡았다. 1년 전부터는 카드 빚 독촉이 심해졌
다. 손씨는 전화선을 뽑아 놓기도 했지만, 남편에게는 이 사실을 알
리지 않았다.

"삼성, 국민, 엘지 등 카드 빚 2천만 원과 평화은행 빚 1천만 원을
안고 있었고, 다니던 가구회사가 2000년 부도나면서 최근까지 전
국의 공사판을 떠돌아다니며 일용직으로 막노동을 했다."

손씨의 동향이자 중학교 동창인 남편 조모(34)씨는 경찰 진술에
서 어려웠던 생활을 털어 놓았다.

남동생은 누나가 쌀을 태안까지만 실어다 달라는 걸 매몰차게 거
절했던 지난 6월을 잊지 못했다.

"택시 타고 가. 나 바빠."

힘들게 살았던 누나에게 비수처럼 꽂혔을 그 한마디가 머릿속을
떠나지 않는 듯 했다. 남동생의 눈시울은 빨갛게 달아올랐다. 남동
생과의 대화가 끝날 무렵 팔순 노모의 전화가 왔다.

"막내야. 사돈댁에 같이 좀 가자. 해코지 하자는 게 아니고, 원통
해서 못살겠다. 내가 할 말을 하지 않으면 억장이 무너질 것 같다."

남동생은 몰려드는 취재진 때문에 오늘은 안 되겠으니 내일이나
가자고 했다.

신씨의 남편 조씨는 안면도 읍내에서 15분 거리의 고향집에서 안
정을 취하고 있었다. 아내와 자식을 잃고, 무능하고 무책임한 남편
으로 낙인찍힌 처지의 조씨. 그 누구를 원망도 못하고 그저 죄인이
된 심정이리라. 조씨는 몇 차례 간곡한 부탁에도 만날 수 없었다. 워

낙 기자들이 달라붙어 상처를 덧나게 하니 그럴 만도 했다. 한 방송사 취재팀도 쫓겨난 뒤였다.

문밖에서 조씨의 형을 만났다.

"돌아가 달라. 뭔 할 말이 있겠냐. 동생은 안정을 취하고 있으나 멍한 상태다. 식구들하고도 아무 말도 안 한다. 연로하신 아버지도 몸져누웠다. 제발 돌아가 달라."

발길을 돌리려던 순간, 창문 밖으로 조씨 형의 전화 목소리가 새어 나왔다.

"답답하다. 뭐하냐. 술이나 한잔하자."

손씨가 간절히 바라던 삶은 무엇이었을까? 손씨의 고통은 '살아 있는 자의 슬픔'으로, 가족은 물론 많은 이들의 가슴에 오랫동안 멍울져 남아 있을 것 같다. 손씨가 살던 부평의 집을 정리하는 문제는 시간이 꽤 필요할 듯 보였다.

'예고된 죽음' 카드 빚, 신빈곤 대책 시급

카드 빚 3천만 원 탓 가족 투신자살(2003년 7월 17일 부평). 카드 빚 40대 가장 목매 자살(2003년 6월 16일 서울 노원구). 카드 빚에 벼랑 끝 몰려 20대 2명 동반자살(2003년 5월 21일 부산 금정구). 카드 빚 1억 5000만 원 진 딸 때문에 무직 60대 아버지 자살(2003년 4월 16일 서울 도봉구). 대학생 카드 빚, 자살 잇따라, 15일새 3명 목숨 끊어(2003년 2월 4일 광주 북구).

벼랑 끝에 몰린 사람들의 죽음의 행진이 계속되고 있다. 최근 10년간 자살자 수는 꾸준히 증가해 왔다. 1987년 3천3백여 명에서 2001년 6천9백여 명. 특히 IMF직후인 1998년 8천5백여 명으로 급증한 것으로 알 수 있듯 경기침체의 장기화 조짐을 보이고 있는 작년과 올해의 수치도 상당히 높아질 전망이다.

이들의 죽음을 개개인의 죽음으로 치부하고 도덕성 타령을 하기에 앞서, 심각한 수준에 이른 우리 사회 삶의 위기의 실상을 들여다보자. 사회불평등을 나타내는 도시가구의 지니계수(1에 가까울수록 불평등)가 1997년 0.389에서 2002년 0.427로 높아졌다. 중산층 비율은 1997년 68.5%에서 2001년 65.3%로 줄어들었다. 도시노동자 상위 20% 소득은 하위 20%의 5.36배에 달한다. 비정규직의 증가와 무관하지 않다. 아울러 도농간의 소득격차는 1997년 1.17배에서 2001년 1.32배로 커졌다.

미시적인 통계치를 살펴보면 가정경제의 악화가 확연히 보인다. 2003년 6월 현재 3백22만 명의 신용불량자를 양산하고 있고, 서울지역 단전대상 가구 수는 4월 현재 3만 2천여 가구를 넘어섰다. 건강보험료 체납은 4월 현재 1백70만 명에 이른다.

쪼들리는 생계를 카드 빚으로 메우고, 빚 독촉에 시달리다 각종 범죄와 알코올, 정신질환 등에 빠져들고, 급기야 죽음을 강요받게 되는 것이다. – 2003년 7월 민주노동당 기관지 주간 〈진보정치〉 142호에 실렸던 글입니다.

목사, 불교신자의 신용불량 탈출기

신용회복하려고 하는데 어떤 방법이 좋을까? 워크아웃, 개인회생, 파산 등 어떻게 해야할지 난감해하는 사람들. 과중채무에 허덕이면서도 채무자들은 빚 탕감보다는 우선 "어떻게 하든 빚을 갚겠다"는 의지를 보인다. 그러나 채권기관의 비현실적인 상환요구 앞에 실의와 좌절에 빠지는 경우가 종종 발생한다.

신용불량자 가운데 워크아웃을 신청한 몇 분을 소개받아 휴대폰 번호를 눌렀다. 이윽고 들려오는 전화음이 예사롭지 않다. "할렐루야~ 할렐루야" 역시나 목사님이었다. 또 한 분과 약속을 정하려 전화기를 돌렸다. "아제아제 바라아제……." 이번엔 불경? 신용불량자를 취재하려는데 목사님과 불교신자를 만나야 하다니?

무신론자인 기자를 시험에 들게 하는 것인가? 그러나 종교인들이 어떻게 빚을 지게 되었는지, 왜 갚지 못하고 있는지 궁금증은 더해갔다. 또 하나. 도덕적 해이자로 지탄받기 일쑤인 신용불량자들이기에 성직자와 독실한 신자의 얘기를 듣는다는 것 자체가 흥미로웠다. 먼저 목사님을 만나러 2005년 8월 19일 오후 경기도 한 교회로 향했다.

과다부채, 고난을 이겨내게 해 주시옵소서

교인 한 명 없는 고요하다 못해 적막한 교회. 바깥은 대낮인데 지하 예배당은 어두웠다. 전기를 아끼려고 불을 꺼둔 터였다. 신도들로 북적이고 찬송가가 울려 퍼지는 모습을 상상한 기자로서는 약간은 의외였다.

"하나님! 왜 이런 시련을 나에게 주시나이까?"

불 꺼진 단상 아래 웅크려 기도하고 있는 한 목사가 손님을 맞는다.

환갑을 넘긴 조아무개 목사는 군목을 거쳐 지방에서 20년간 개척교회를 일구었고, 지난 97년경에는 고향인 경기도 모처에서 개척교회를 해 볼 요량으로 올라왔다.

"교회 마련하느라 아파트 담보 등으로 1억여 원을 빌려서 시작했어요."

장로와 집사들이 교회를 마련해서 목사님을 초빙하는 통상적인 사례가 아니었다.

"처음에는 40~50명의 교인들이 모이면서 뭔가 되는가 보다 했어요. 그런데 IMF 이후 서서히 교인들이 떨어져 나갔죠. 직장 잃고 사업이 안 풀리니 그럴 수밖에요."

설상가상으로 교회가 들어선 건물주가 부도나서 도망가고 건물은 경매에 넘겨졌다. 시가 12억 원 가량의 건물이 4억 3천만 원에 낙찰됐고, 은행 등 채권자 순위에 밀리면서 목사는 7천만 원의 보증금을 고스란히 날렸다.

다행히 교단의 무이자 대출로 새 건물주와 보증금 2천만 원에 월 150만 원으로 재계약을 했다. 2000년의 일이었다. 그러나 이자 갚느라 카드 대출받고 현금서비스를 받아 돌려 막기로 버텨보았지만 빚은 더 늘어날 뿐이었다. 교인들은 줄어들고 조 목사는 빚 갚느라 허덕였다.

2003년 말 신용회복위원회를 찾아 워크아웃을 신청했다. 매달 108만 원씩 8년간 갚는다는 조건이었다. 교회 월급 120여만 원, 외부 지원금 70만~80만 원이 수입의 전부인 조 목사에게 이 조건은 처음부터 무리였다. 교인의 감소와 일정치 않은 헌금 때문이다. 하지만 조 목사는 빚은 어떤 일이 있어도 갚아야 한다고 생각하고 9차례 불입을 했지만 석 달 이상 밀리면서 실효(효력 상실) 판정을 받았다.

그동안 부채원금에 밀린 이자를 합산하는 은행의 대환대출도 받았다. 연리 25%의 고리 덤탱이였지만 당장 빚 독촉을 받지 않으니까 울며 겨자 먹기 식으로 할 수밖에 없었다. 성직자라고 해서 빚 독촉의 예외는 있을 수 없었다.

"젊은이들이 딱딱거리고 빚 채근을 하는데 어디 견딜 수가 있나요. 예의 바르게 (독촉)했으면 (양심의 가책으로) 더 고통스러웠을 거예요."

교단도 교인도 외면, 용서 하소서

40~50명의 교인들은 최근 열 댓 명으로 줄어들었다. 교인들은

"큰 교회에 가겠다"며 하나둘씩 떠나갔다. 순복음교회처럼 대형교회는 불황을 모르며 갈수록 비대화 되어가는 반면 작은 교회들은 언제 문 닫을지 모를 위기의 연속이다. 교회의 부익부 빈익빈도 심각한 상황이었다.

"우리도 힘듭니다."

작은 교회들이 큰 교회에 도움을 요청할라 치면 돌아오는 답은 냉랭할 뿐이다.

"저도 아쉬운 소리할 때면 99% 거절당했으니 어려운 사람들의 입장을 이해해요. 집 한 평, 땅 한 평 없는 서민들이 수두룩하잖아요. 그래서 어려운 이가 찾아오면 단돈 천 원이라도 줘서 보냅니다."

조 목사는 회개의 말을 던졌다.

"본인의 인격과 설교가 부족하기도 하지만 목사란 자가 돈에 허덕이고, 교회 운영이 힘든 것을 교인들도 아니까요."

조 목사는 탄식을 쏟아냈다.

"교인들이 돈이 있어 헌금을 척척 할 수도 없고, 교회 월세도 못 내는 판에 목사가 생활비 받아갈 수도 없잖아요."

조 목사는 이미 교회에서 숙식한 지 어언 6년이 지났다. 집에 가면 잠도 편히 자고 나태해지니, 참회의 나날을 보내고 있다는 조 목사.

"내게 왜 이런 시련이 오는가. 못나서, 게을러서 그런가. 하느님한테 벌 받을 일이 있는가."

자문에 자문을 거듭했던 세월이다. 그러나 고난은 고통으로 끝나는 것이 아니라 교만과 자만심이 깨져 나가는 과정은 아니었을까.

조 목사는 신용불량을 통해 오히려 '신앙의 힘'이 커졌음을 강조한
다.

"욥은 7남 3녀를 둔 부자였는데 하루아침에 자식들 모두를 잃고
재산도 잃고 병이 들지만 단 한 번도 신을 원망치 않고 결국 고통과
고난을 극복하게 돼요."

조 목사가 요즘 자주 읽는다는 구약성경 욥기의 내용이다.

이윽고 기도하러 자리를 뜨는 목사. 두 손을 모으고 무릎 꿇고 간
절히 기도하는 노 목사의 어깨 너머 십자가가 눈 속으로 빨려 들어
온다. 사회양극화, 빈곤의 악순환, 신자유주의 고난 속에서도 믿음
을 지키고 간직하려는 많은 이들의 모습이 중첩됐다.

걸망 하나 걸치고 떠나는 인생

갈색 개량한복에 동그란 모자, 걸망 하나 걸치고 뚜벅뚜벅 걸어오
는 중년의 남자. 김아무개(52)씨는 서울, 경기 일대를 돌며 노상에
서 도장 파는 일을 하고 있다. 예전에는 영업용 승용차에서 숙식을
해결했지만 올 4월 폐차한 이후로는 친구 집과 찜질방 등에서 잠을
청한다. 식사도 종로 낙원시장 골목의 1,500원짜리 해장국처럼 싸
고 든든히 먹을 수 있는 곳만을 고른다.

1981년 결혼한 김씨는 음식점 서빙 일을 하면서 92년에는 내 집
마련도 할 만큼 남부럽지 않게 살았다. 그러던 1995년, 전 직장동료
의 소개로 들어간 다단계회사(자석요 판매)에 투자한 5천여만 원을
몽땅 잃으면서 시련은 시작됐다. 지인들에게 입힌 피해는 물론이요,
자책이 밀려왔다.

"너무 괴로워서 한강투신도 생각했어요. 결국 자식과 아내에게 무거운 짐을 얹어 줄까봐 발길을 돌렸지만요."

새롭게 시작해보자며 마음을 추스른 김씨는 1997년 7월 카세트 테이프 판매를 시작으로 도장 영업, 쇼핑몰 영업 등 닥치는 대로 일을 해보았지만 불황의 골에 김씨의 빚은 점차 늘어만 갔다. 2000년 1천4백여만 원의 빚은 2002년 말 4천만 원으로 불어났다.

"능력 없는 사람! 못살겠다! 이혼하자!"

아내의 불만은 더욱 커져갔다. 급기야 2002년 남편의 연대보증을 서주는 대가로 아내는 집 명의를 본인 이름으로 바꿔 줄 것을 요구했고, 이혼 서류도 준비했다. 집을 내준 김씨는 딸의 교육비와 용돈의 책임을 떠맡았다.

"아무것도 가진 게 없는데 어떻게 돈을 벌어 빚을 갚을까. 암담했죠."

2002년 가을, 중고 승용차를 구입한 김씨는 전국 5일장과 행사장, 축제장을 돌며 다시 도장 행상을 시작했다. 다시는 남에게 피해를 주지 않겠다는 다짐으로 아침 9시부터 다음날 새벽까지 코피 터지게 일을 했다. 하지만 1년이 지난 뒤 부채는 5천여만 원으로 늘어났다.

이 많은 죄를 씻을 수만 있다면

지난해 4월 신용회복위에 채무조정 신청을 한 김씨는 66만여 원을 8년 동안 분할상환하는 변제확정을 받았다. 그러나 그해 1월 농협 대출금 2천여만 원이 추가돼 상환액은 89만원으로 상향조정됐다. 1백여만 원 버는 돈으로는 어림없는 일이었다. 결국 김씨는 10개월을 넣고 중도 포기할 수밖에 없었다. 올해 4월 생계용 차량도 폐차되면서 김씨의 수입은 더 줄어들 수밖에 없는 상황이다.

"만성위장질환인데도 병원에 가보지도 못합니다. 무리를 해서라도 빚부터 갚고 싶지만 도저히 수입이 따라가질 못하니까……."

김씨는 사업실패 이후 엎친 데 덮친 격으로 누님이 빚에 눌려 자살하면서 실의와 탄식이 깊어졌다. 그는 더욱 불교에 의지하게 됐고 불교는 마음의 안정을 가져다주었다. 김씨는 속죄하는 마음으로 헌혈도 하고, 생명나눔실천본부를 통해 장기, 시신기증 약속도 이미 한 상태다.

"전생에 죄를 많이 지은 거겠죠. 이 많은 죄를 씻을 수만 있다면……."

김씨는 '아름다운 가게' 며 '서울노인복지센터'에 10원짜리 동전을 모아 후원하는 등 수입의 1%를 어려운 사람들과 나눔의 실천을 위해 노력하고 있다. 지방에 내려갈 때면 어김없이 절을 찾아 부처님께 인사를 하고 일을 시작한다는 김씨. 그는 과연 불교를 통해 마음의 안정을 찾았을까?

"99%가 (파산)서류만 넣으면 된다지만 1% 제외되는 경우에 해당할까봐 불안하죠. 더 이상 빠져 나갈 곳도 없는데."

실패에 실패를 거듭한 김씨이기에 최근 신청한 파산이 받아들여지지 않을까 하는 초조함이 묻어났다. 인터뷰를 마친 김씨의 휴대폰이 울린다. 대학생인 딸의 전화다.

"어제가 대학등록금 마감 날이었는데 못줬어요. 휴우~."

다정하게 받았지만 이내 수화기를 내려놓는 김씨의 표정이 어두

워진다. 답답한 나날이다. 걸망 하나 짊어 매고 어디론가 떠나는 김씨의 뒷모습이 쓸쓸하기만 하다. 오늘 김씨의 무거운 심신을 누일 잠자리는 어디일까? 스스로의 마음을 속이지 말라는 불기자심(不欺自心)을 화두로 삼고 있다는 김씨. 길 없는 길 위에서 그는 한참이고 이 구절을 되뇔 것이다.

2005년 8월 30일

채권기관 워크아웃 또 다른 위기 불러
48만여 명 신청…무리한 변제 요구에 피해사례도 속속

신용회복위원회는 2002년 10월 과중채무자 급증 대책의 일환으로 과중채무자의 조속한 경제적 재기를 지원하기 위해 '금융기관 간 신용회복지원협약'에 따라 출범했다. 그러나 신용회복위는 정부기관이 아니다. 2003년 11월에는 금융감독위원회의 허가를 받아 비영리 사단법인으로 재출발한 신용회복위는 전국은행연합회, 여신전문금융협회, 보험협회 등 채권금융기관이 모여 만든 단체이다.

개인워크아웃 신청은 워크아웃 협약에 가입한 두 개 이상의 채권기관에 총 5억 원 이하의 채무를 가진 신용불량자로서 최저생계비 이상(4인 가족 기준 월 114만 원)의 소득이 있어야 한다. 이자율 연8%대로 조정해 5년에서 8년까지 장기적으로 채무를 갚아야 하며, 협약기관에 가입되지 않은 채무는 따로 빚을 갚아야 한다. 무리한 변제계획으로 인한 피해사례가 문제가 되고 있는 상황이다.

해마다 신용회복위를 통한 워크아웃 신청자는 급증하고 있다. 2005년 7월중 신용회복지원을 신청한 개인채무자는 1만 5,071명으로 2002년 신용회복위원회 설립 이래 7월말까지 총 신청자는 47만 9,151명에 이른다. 이 가운데 채무조정완료자는 44만 2,244명. 2004년도에 위원회에 신용회복지원을 신청한 신용불량자는 28만 7,352명. 2003년도는 6만 2,550명이다.

한편, 2000년 9월 개설한 다음 카페 신용불량자클럽(cafe.daum.net/credit)은 8월 현재 7만 1천여 명의 회원이 가입해 활동하고 있다. 개인파산, 개인회생, 워크아웃 등 신용회복에 관한 정보와 상담을 제공하고 있으며, 워크아웃을 통한 변제의 실패사례 등이 속속 올라오고 있다.

도덕적 해이도 모자라 범죄자 취급

이선근 민주노동당 경제민주화운동본부장

신용대란 자초한 정부 · 공적자금 못 갚은 채권기관 "비난 자격 없다"

2005년 4월 신용불량자 제도가 폐지된 이후에도 이른바 '신용관리대상자'로 등록된 과중채무자(신불자)가 2005년 6월 현재 343만 명, 돌려 막기 중인 예비 연체자가 최고 400만 명으로 추산되는 상태다. 정부가 채무자 구제 노력을 게을리 하는 가운데 법원의 개인파산 · 회생제를 제외하면, 개별 금융기관이나 신용회복위원회 등 민간 채권기관만이 채무조정 프로그램을 운영 중이다.

일부에서는 "신용불량자들에게 일할 기회를 주어도 일하지 않는다”며 과중채무자들에게 비난의 화살을 겨누고 있다. 몇몇 은행은 부채 500만 원 이하의 단독채무자에게 사회봉사나 직업훈련을 통해 채무를 경감하고 있지만, 이용 실적이 저조하다며 푸념이다. “3D업종에 종사하더라도 빚을 갚아야 한다”는 것이 채권기관과 정부 측의 일반적인 시각이다.

하지만 과중채무자들은 빚을 갚거나 일하기 싫어 채권기관의 프로그램을 이용하지 않는 게 아니다. 많은 연체자들은 채권기관의 살인적인 추심 때문에 정규직에서 쫓겨난 상황에서 3D업종 종사는 물론, 가족과 친척, 친구까지 보증을 세우며 빚을 갚아 왔다. 채권기관은 채무자의 직장 방문, 잦은 전화, 가족에게 위협 등 다양한 불법 추심으로 연체자들을 일자리와 가정에서 쫓아냈다.

즉, 대부분의 과중채무자들은 일하기 싫어서가 아니라 채권기관 및 추심원에 의해 일할 수 없는 상황까지 몰렸기 때문에 빚 갚을 능력과 희망을 잃어버린 실정이다. 채권기관이 따로 직업훈련을 시키지 않아도, 조금이라도 희망을 가진 채무자는 비정규직이나 3D업종에서 일하며 밤낮없이 채권기관을 위해 살고 있다.

소액 채무자들에게 사회봉사를 통한 채무조정을 말하고 있는 채권기관의 입장은 신용불량자들을 범죄자 취급하는 것과 다를 바 없다. 사회봉사는 법원이 죄질이 가벼운 사람을 처벌하는 대신 내리는 명령이기 때문이다. 과중채무자들에게는 개인파산·회생제처럼 적극적인 채무조정을 받아 경제활동으로 하루빨리 복귀하는 것이 가정과 이웃과 사회를 위해 가장 올바른 봉사다.

1997년 이후 금융기관은 국민의 혈세로 조성된 공적자금을 167조 원이나 받고도 지금까지 절반조차 상환하지 못한 채 임원의 구속이나 처벌 등 아무런 책임도 지지 않고 있다. 이런 채권기관이 수백만 원의 빚을 진 소액채무자를 비롯해 과중채무자에게 도덕적 해이라는 멍에를 씌우는 것은 그야말로 아이러니다.

마찬가지로 정부는 카드경기 부양책을 통해 수백만 명의 신용불량자를 양산한 원죄가 있지만 과중채무자 구제를 위해 적극적인 노력을 펼친 적이 단 한 번도 없다. 오직 법원만이 원금 탕감 등 적극적인 채무자 구제 노력을 기울이고 있다.

오는 9월에 시행되는 개정 대부업법은 여전히 연 66%의 고금리를 합법화 시켜주고 있다. 이는 곧 서민들의 고혈을 짜내는 대부업체의 폭리행위를 여전히 보호하겠다는 것이다. 연 66%의 이자율은 어느 나라에서도 보장하고 있지 않는 폭리 수준이다.

정부와 채권기관은 과중채무자를 탓하기보다 자신들의 책임을 반성하고 적극적인 채무자 구제에 힘써야 한다. 민주노동당은 정부가 빚 갚을 능력이 없는 연체자들의 재기를 위해 법원 중심인 개인파산제, 개인회생제의 정착과 확산을 위해 정부가 홍보를 강화하고 실무지원 기구를 마련할 것을 촉구하고 있다. 또한 파산선고 등에 따른 신분상의 불이익을 해소하기 위해 민주노동당이 입법 예정인 80여 개 직종에 대한 개정법안 통과에 적극 협력할 것을 요구하고 있다.

이와 함께 미성년자 · 저소득층 · 기초생활수급권자 및 차상위계층 등에 대해 연체채권을 정리할 한시적인 특별법의 제정도 필요하다. 아울러 폭리 수준에 달하는 이자율을 규제하고, 규제 대상을 모든 금전대차 거래에 확대하는 것은 신용불량자 문제 해결의 기본이다.

파산, 면책 여성들 이야기

__면책 받았으니 홀가분하겠다고요?

과중채무자 700만 명의 시대. 이자에 이자는 눈덩이처럼 불어나 부채원금보다 이자 갚느라 허덕이는 인생. 배보다 배꼽이 더 큰 과중 채무로 인해 다년간 고통 받다가 도저히 빚 갚을 능력이 없어 파산을 선고받고 법원으로부터 '빚 갚을 필요가 없다'는 판정인 면책을 받은 사람들. 2004년 1만 2천여 건이었던 파산신청 건수는 2005년 상반기에만 1만 3천여 건을 넘어섰다. 그만큼 과중된 채무로 고통 받고 있는 이들이 많다는 얘기다. 하지만 연간 개인파산자가 170만 명인 미국과 20만 명인 일본에 견줘 우리나라의 파산신청자가 많은 편은 아니다.

정부의 홍보부족으로 잘 알려져 있지 않고, 일반인들이 이 제도에 대해 '인생 종 친다', '자식에게도 빨간 줄이 간다'는 등 편견을 갖고 있기 때문이다. 그러나 어렵게 파산·면책을 받은 이들도 면책 이후의 삶은 그리 녹록치 않다. 도덕적 해이자라는 불성실의 낙인은 각종 자격제한, 차별대우를 통해 실제 나타나기 때문이다. 인생의 재출발을 위해 달려가려는 이들의 발목을 잡는 것은 우선 은행권에 남아있는 소위 특수기록이다.

다음카페 '면책자클럽'에는 은행 등 채권기관의 불합리와 차별에 항의하는 목소리가 높다. '겨울i'란 아이디를 쓰는 한 면책자는 '면책자들과 아예 상종안하겠다는 금융권들'이란 글에서 "지난해 면책을 받았는데 올해 신용조회를 해보니 채무불이행 정보에 등재되어 있었다."고 했다. 부랴부랴 면책결정문과 확정문을 보내고, 전화통화를 통해 항의하면서 채무불이행 기록을 모두 삭제할 수 있었다는 것이다.

"면책기록은 신불 채무로 보지 않는다는 조항이 있는데도 굳이 기록으로 남겨놓아 파산자나 신불로 취급하는 것이 너무 답답하고 화가 납니다 면책기록이 삭제되려면 7년을 기다려야 한다는데, 7년을 이 같은 취급받으며 살아야 하는지."

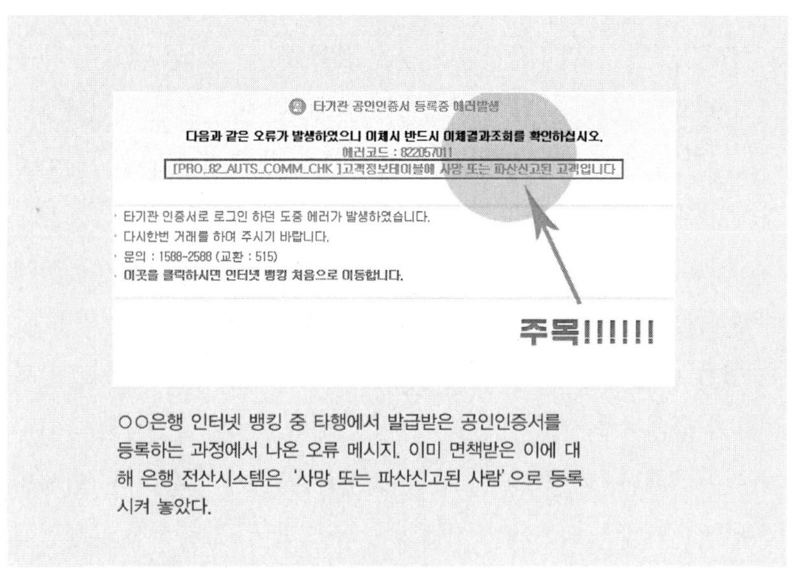

○○은행 인터넷 뱅킹 중 타행에서 발급받은 공인인증서를 등록하는 과정에서 나온 오류 메시지. 이미 면책받은 이에 대해 은행 전산시스템은 '사망 또는 파산신고된 사람'으로 등록시켜 놓았다.

금융권, 7년간 특수기록 정보 보관

신용정보관리규약에 의해 법원으로부터 파산·면책결정을 받은 거래처(면책자)에 대한 정보는 등록사유발생일로부터 7년간 특수기록정보로 남게 된다. 이 기록은 은행연합회 등 신용정보기관에 보존되며, 체크카드(통장 잔고 범위에서 사용가능) 발급 등의 자격요건 심사 때 면책자의 경우, 카드발급의 제한 대상이 되고 있는 실정이다. 대법원이 면책관련 서류를 은행 등 채권자에게 통지해야만 면책 사실이 알려지기 때문이다. 2004년 개정된 통합도산법에는 "면책자에게 또다시 채권추심을 하면 과태료를 부과한다"는 조항이 있지만 이 법은 2006년 4월부터 시행된다.

2005년 8월 8일 민주노동당사에는 변호사나 법무사를 통하지 않고 나 홀로 파산·면책을 진행하고 있는 30여 명이 모였다. 한줄기 희망의 빛을 발견한 듯 그들의 표정은 밝아 보였다. 칠순의 한 할머니와 30대 주부는 파산신청을 하고 면책을 기다리면서 홀가분해 했다. 칠순의 할머니는 생활보호대상자로 빚 갚을 능력은커녕 늙은 몸을 의탁할 곳도 없는 처지다.

"카드에 '카' 자만 나와도 지겨워. 자살하는 사람 이해가 가고도 남아. 얼마나 부대끼면 그러겠나."

"파산 절차를 변호사에게 묻는데 아무나 하는 것 아니라면서 겁을 주더라고."

남편의 사업실패로 부부가 같이 파산을 신청한 30대의 주부는 파산, 그 자체로 마음이 편안한 모양이었다.

"자고 일어나면 돌려막기를 반복해야 하는데 시간이 멈췄으면 하는 생각도 많이 했죠."

"창피하기도 하지만 끙끙 앓으며 숨길 필요는 없다고 생각했죠. 파산은 인생의 끝이 아니니까요."

당장 채권추심의 고통으로부터 벗어난다는 기쁨 때문이리라. 하지만 면책을 먼저 받은 이들의 삶은 녹록치 않았다. 특히 여성 홀로 아이들을 키우는 모자가정의 경우 더욱 그렇다.

모자가정 이끄는 힘겨운 손발

"면책을 받았다고 별로 상쾌하다거나 기분이 좋지는 않아요."

경기도의 한 임대아파트에서 대학 3학년인 외동딸과 함께 살고 있는 조아무개(45)씨를 만났다. 2005년 2월 파산 신청 서류를 접수하고 6개월여 만인 8월초에 법원의 면책 결정을 받았다. 채권추심의 공포와 빚으로부터 해방되었으나 홀가분하다기 보다는 위축된 마음이 더 크다.

"은행대출이나 카드는 이제 꿈도 못 꿀 일이죠. 은행들은 파산면책 등을 특수기록으로 기록하고 있잖아요. 새로운 출발인데 몸으로 때우는 일 외에는 할 게 없으니까요."

조씨는 최근 한 정수기회사 판매원(플래너) 일을 보고 있다.

"다른 직장도 알아 봤지만 일단 나이가 걸리고, 전문직이 아니면 일자리 구하기가 어렵죠."

허리가 좋지 않은 그가 식당, 주방일 등 육체적으로 힘든 일은 하려고 해도 약값이 더 들 뿐이다. 정수기회사 입사하는데 애로사항은 없었는지 물었다.

"도둑질한 것도 아닌 이상 숨기지 않고 당당하게 이야기하기로

민주노동당의 나 홀로 빚 탈출강좌를 통해 파산·면책
을 진행 중인 이들이 지난 8일 모여 '나 홀로 빚 탈출
자원봉사자 모임' 결성을 논의하고 있다.

했죠. 지점장한테 집에 가압류 걸린 거며, 파산중이라는 것도요."

조씨는 다행히 언니의 신원보증과 지점장의 이해 덕분에 일을 할
수 있었다. 5개월여 접어든 그의 수입은 100여만 원 안팎이다. 정수
기 판매와 대여, 필터 정기점검 등을 통해 수수료를 챙긴다. 그러나
개인사업자 신분이라 차량 유지와 통신료 등은 온전히 개인부담이
다. 4대 보험도 되지 않아 실제 수입은 높지 않다. 하지만 조씨는 다
년간 고객을 상대했던 경험을 살려 바지런히 몸을 움직이며 일을 잘
하고 있는 편이다.

조씨의 남편은 아이가 태어난 지 6개월여 만에 교통사고로 유명
을 달리했다. 졸지에 딸과 함께 남게 된 조씨는 이를 악물고 살아야
했다. 다행히 커피숍 등을 운영하며 딸을 잘 키울 수 있었다. 하지만
그가 빚을 지기 시작한 것은 2000년. 종합상가에서 옷 장사를 시작

하면서 불행은 찾아왔다. 물건을 들이고, 시설투자를 하기 위해 몇 백씩 현금서비스를 받아 구매했던 것이 어느새 2,600만 원이란 거금으로 불어났다. 장사는 갈수록 되지 않았고 투자한 금액은 이 카드 저 카드로 돌려막기를 하며 간신히 버텼지만 2년도 안돼 원금이자와 연체이자는 4,300여만 원으로 불어났다. 조씨는 사업 시작 당시 동사무소에서 모자가정에 주어지는 서민대출을 받으려 했다. 1,200여만 원을 연 5% 이자에 5년 거치 상환할 수 있는 좋은 조건이었기 때문이다.

"동사무소에서 2명의 보증인을 세우라는 무리한 조건만 아니었더라도. 카드 빚을 지지는 않았을 텐데……."

후회와 원망은 두고두고 밀려온다. 조씨는 딸이 대학을 마칠 때까지 뒷바라지에 전념할 계획이다. 그런데 고등학교까지는 그나마 교육비 지원이라도 나왔지만 대학이후 모자가정에 대한 등록금 지원이 안돼 조씨의 허리는 휠 지경이다. 어디 그 뿐인가?

"아이가 스무 살이 넘었으니 임대료도 260만 원 정도를 더 내라는 거예요."

세상살이 힘들게 하는 요소는 한둘이 아니다.

"여름인데도 가스비가 10만 원이 나와서 턱없이 많이 나왔다고 항의해도 먹히질 않아요." 조씨가 살고 있는 임대아파트의 임대료는 6만 원이고, 관리비는 17여만 원이다. 여기에 가스, 전기, 수도, 통신요금 등이 포함되지 않음은 물론이다. 없는 사람이 살아보려고 발버둥을 쳐보지만 숨은 턱까지 차오른다.

무너져 내리는 나를 추슬러 보지만

서울의 또 다른 임대아파트에 살고 있는 김아무개(46)씨. 도벽이 있던 남편과 이혼한 그는 중학생 아들과 초등학생 딸을 홀로 키우고 있다. 조씨보다 앞선 지난해 11월 면책을 받았던 김씨는 IMF 시절 6천여만 원의 사기를 당해 매달 2백여만 원씩 빚을 갚느라 허덕였다. 호프집 운영, 옷 제작 등을 통해 버는 족족 빚을 갚아 나갔지만 밑 빠진 독에 물 붓기였다. 채무독촉에 시달리다 신경쇠약, 우울증에 빠졌고, 정신과 치료를 받을 정도였다.

"너무 빚 독촉에 시달리다 보니까 깜짝깜짝 놀래고, 불면증에 시달려요. 지하철 타러 갔다가도 사람들이 몰려 있으면 무서워서 가질 못해요. 숨도 못 쉬겠더라고요."

그의 후유증은 면책 판정 이후에도 지속돼 1년이 다 되도록 변변한 일자리를 찾지 못하고 있었다. 영세민 신청을 해서 받는 60여만 원으로 세 식구가 먹고사는 빠듯한 삶이다. 아파트 임대료, 관리비만 30여만 원이 든다.

"임대료, 관리비 1년 미납했다고 집을 비우래요. 결국 보증금에서 300만 원을 제했죠. 하루는 딸이 목욕탕 물을 가득 받아 놓았기에 물어보니 관리실에서 돈 안냈다고 전기, 수도를 끊어 버린다고 해서 그렇게 했더래요. 휴~."

허리를 졸라매고, 정신을 차리지 않으면 안 되는 그이지만 몸과 마음은 갈수록 무거워져 간다. 동네 친구들한테 몇 백만 원씩 또 손을 벌리는 자신이 자꾸만 미워질 뿐이다.

"아이들 키우려면 아프면 안 되는데 자꾸 이러네요. 어떻게든 꾸려 나가야 하는데……."

인터뷰를 마치고 뒤돌아가는 그의 어깨는 축 처져 있었고, 발걸음
은 천근만근 무거워 보였다. 여성 홀로 아이들을 키우기에 세상은
녹록치 않다. 더욱이 신용불량에 이은 면책 뒤의 삶에 대해 사회는
냉정한 시선으로 바라만 볼 뿐이다.

2005년 8월 23일

파산 · 면책 관련 모임들
변호사 없이 '나 홀로' 파산 · 면책을 향해

다음, 네이버 등 인터넷 포털 사이트에서 파산면책 관련 단체들을 검색
하면 무수한 카페들이 나온다. 이 가운데 면책자클럽(http://cafe.
daum.net/pasanja)과 파산면책을준비하는사람들모임(http://cafe.
daum.net/newpasamo, 이하 파사모)은 수천 명의 회원들이 활발하게
움직이고 있다. 이들 카페들은 변호사나 법무사의 지원이 아닌 '나 홀로'
파산, 면책을 진행하고 있는 점이 특징이다.

'면책자클럽'은 "파산 · 면책이 이뤄져도 은행권에는 이 사실이 특수기
록으로 남게 돼 정상적인 사회생활이 불가능한 점과 면책 뒤에도 채권추심
이 이뤄져 또 다른 고통의 시작이 되고 있다"며 이에 대한 시정을 요구하
고 있다. 이들은 대법원이 면책관련 서류를 채권자에게 통보만 하더라도
면책사실이 알려져 불필요한 불이익을 받지 않을 수 있다고 주장한다.

'파사모'는 지난해 4월 모임을 결성해 현재 2천여 명이 넘는 회원이 활
동 중이다. 한 파산전문 변호사의 카페 소모임에서 활동하다가 영업에 방
해된다며 강퇴당한 회원을 중심으로 만들어지게 된 것이 모임의 출발이다.
수입이 없는 이들에게 150만 원~300만 원에 이르는 변호사 비용은 만만

치 않기 때문이다. 지난해 3월 면책을 받고, 현재 자영업을 하고 있는 '굿뉴스'란 아이디의 카페개설자는 "회원 중에 2, 3백 명의 면책받은 분들이 있는데 파산면책을 받더라도 독촉을 덜 받는다는 것뿐이지 수입이 생기지 않으면 아무 소용이 없다"며 "자활공동체나 사회연대은행과의 조인트 등 자활방법을 논의중"이라고 말했다.

지난해 9월부터 가계부채 SOS 운동을 펼치고 있는 민주노동당은 2001년 이자제한법 부활운동을 시작으로 길거리상담, 나 홀로 빚 탈출강좌를 통해 파산·면책 등 빚 탈출을 지원하고 있다. 지난 8월 8일 30여 명의 파산·면책자들이 당사에 모여 '나 홀로 빚 탈출 자원봉사자 모임'을 결성했다. 이들은 향후 과중채무자들의 나 홀로 빚 탈출 도우미 활동과 면책자 불이익 폐지 등 다양한 활동을 진행할 계획이다.

제6장

비정규직 노동자, 어민의 삶

등대를 지나 다시 항구로 돌아오는 길. 항구에 정박
해 있는 작은 배들은 정처 없이 묶여 있고, 59톤의
쌍끌이 중형기선저인망 배는 물살을 가르며 바다로
나아간다. '예금, 위탁은 수협으로'를 외치는 삼천포
수협 위판장은 이제 큰 배들이 실어 나르는 어패류
로 가득 채워질 것이다.

겨울 찬바람 맞으며 얼었다 녹았다를 반복하는 생선
은 먹기 좋게 마를 것이다. 그러나 얼어붙은 영세어
민의 마음은 풀어질 기미가 보이질 않는다. 매서운
찬바람에 휑한 항구의 겨울. 어민들의 올 겨울은 더
욱 혹독하리라. 고데구리 영세어민, 그 다음에 울 어
민은 누구인가. 바다는 말이 없고, 파도는 한없이 출
렁이기만 할 뿐이었다. 갑갑한 속을 달랠 요량으로
물메기탕을 찾았지만 시원함은 만끽할 수 없었다.

이 땅에서 비정규직 맞벌이 부부로 산다는 것은

__일용노동자 최해용씨 부부 이야기

경기도 의정부에 살고 있는 일용노동자 최해용(44)씨는 모아놓은 돈은커녕 하루하루 먹고살기조차 빠듯한 마이너스 인생이다.

최씨의 한 달 수입은 100여만 원이 전부다. 그나마 기나긴 겨울철은 일감이 없어 반실업 상태다. 아내가 봉제공장에서 일하면서 받는 65만 원 벌이마저 없다면 중학교, 초등학교 다니는 세 자녀는 고스란히 굶어야 할 판이다. '산 입에 거미줄 치랴'는 말이 있지만 최씨의 형편은 그야말로 죽지 못해 사는 서민들의 삶을 대변하고 있다.

안정된 직장에서 보너스 한번 받아봤으면

임대아파트의 현관문을 열고, 어둠이 짙게 깔려 있는 새벽길을 뚜벅뚜벅 걸어 나오는 최씨. 혹시나 하는 마음에 새벽 찬바람을 뚫고 인력시장으로 발걸음을 재촉해 보지만 공치는 날이 대부분이다. 지금 같은 겨울철에는 한 달에 하루 이틀 정도 일하기도 힘든 형편이다. 최씨는 일이 없는 요즘 부쩍 벙어리 냉가슴만 앓고 있다.

사출기를 다루는 영세업체에서 7년여 동안 생산직으로 일했던 최씨는 그 뒤 고물상을 4년여 운영했으나 경기가 어려워지고, 거래처도 부도가 나면서 사업을 접어야만 했다. 그러던 최씨가 일용노동자로 나서게 된 것은 지난 2003년 말이다.

"막일 보다는 안정적 수입을 얻기 위해 이력서도 넣어 봤지만 고등학교 중퇴에 나이 마흔을 넘긴 놈을 어디서 받아주겠어요."

사출기 다루는 기술을 다시 써먹어 보려 했지만 사출기 영세업체들은 하나둘 망해나가고 있었고, 이미 40대인 최씨를 받아주는 곳도 없었다. 안정적인 직장에서 보너스 한번 받아보는 것이 꿈이라는 최씨.

"부모 탓도 내 탓도 못하는 상황이죠."

결국 별다른 기술도 밑천도 없는 최씨가 선택할 수 있는 직업은 막노동뿐이었다. 그것도 잡부로 일하다 보니 하루 일당 4만~5만 원에 한 달 내내 쉬지 않고 일해도 생활은 힘들다.

"10년 전이나 지금이나 일당은 비슷해요. 미장, 철근 등 기공도 8만~10만 원 정도 받는 걸요."

비 온다고 쉬고, 눈 온다고 쉬고, 춥다고 쉬고……. 쉬는 날은 또 어찌나 많은지. 게다가 일을 나가더라도 인력업체에 소개비로 10%를 떼이니 최씨는 한 달 100만 원 벌기조차 빠듯하다. 일감은 갈수록 떨어져 새벽 4시 30분에 인력업체에 도착해도 일감을 얻기란 하늘의 별따기다. 일감이 없다보니 1순위로 나가려고 인력소개소에서 밤을 새는 사람들까지 생겼다. 고개를 떨구고 집으로 발길을 돌리는 것도 하루 이틀이지, 최씨는 눈치 보여서 낮에는 집에도 못 들어간다. 결국 이른 아침부터 동료들, 친한 친구들과 선술집에 모여 술 한

잔을 기울인다. 물론 신세한탄이 기본안주다.

둘이 뼈 빠지게 벌어도 200만 원이 안돼

한국노총이 최근 발표한 4인 가구 표준생계비는 395만 원. 그런데 2004년 10월 기준으로 5인 이상 사업장의 임금 총액은 220여만 원이었다. 표준생계비와 비교할 때 175만 원이 부족하다는 얘기다. 통계상의 수치가 보여주듯 혼자 힘으로는 가계를 꾸려가기 힘들어, 부부가 맞벌이를 하거나 근무시간외 부업을 통해 생계를 꾸려나가고 있는 경우가 많다.

물론, 최씨 부부에게는 이 통계조차도 그림의 떡일 뿐이다. 두 사람이 등골 휘어지게 벌어도 200만 원이 안 되니 말이다. 결혼 전 봉제공장 반장까지 했던 아내 김아무개(40)씨는 최씨가 사업에 실패하고, 막일을 시작할 무렵부터 인근 4~5명 규모의 영세봉제공장에서 미싱 돌리는 일을 다시 시작했다. 예전에는 100여만 원을 받았지만 지금은 65만 원 정도밖에 받지 못한다. 최저임금인 64만 8천 원(1시간 2,840원, 월 226시간 기준)을 간신히 넘긴 금액이다.

최저임금조차 받지 못하는 가난뱅이 노동자 수는 125만 명(전체 노동자의 8.8%). 2002년 85만 명(6.4%), 2003년 104만 명(7.6%)에 이어 지속적인 증가세를 보이고 있다. 그나마 김씨 사정이 이들 노동자보다는 낫다고 해야 하나?

그러나 김씨는 그나마 일자리가 있다는 것만으로 감지덕지하는 마음이다. 아침 7시 30분 출근해 저녁 8시 경 퇴근한다. 구정 전에는 납기일을 맞추기 위해 4주 정도를 야근하고 휴일까지 일을 해 하루도 쉬지 못했다. 하지만 야근수당, 휴일수당은 전혀 없었다. 설날 상여금은 꿈도 꾸지 못할 일이었다. 퇴직금, 상여금, 각종 수당을 받지 못하는 임시근로자이기 때문이다.

"집안일 때문에 몇 시간 일찍 (회사에서) 나오면 그건 또 월급에서 확실하게 까요."

김씨는 그러나 일을 하지 않으면 안 되기에 '꾸욱 꾹' 참을 뿐이었다. 사업주를 고발하려 해도 사업자등록조차 되어 있지 않아 난감할 따름이다. 먼지 구덩이, 좁은 작업실에서 허리 한번 제대로 펴지 못하고 미싱을 돌리는 아내를 생각하면 남편 최씨는 미안하고, 측은하고, 답답할 따름이다.

"전태일이 옛날이야기가 아니라 지금 얘기라니까요."

최씨는 아내가 저임금 착취를 당하는 것이 안타까워 "그만두라"는 말을 수도 없이 툭툭 내뱉는다. 하지만 아내가 그나마 벌어오지 않으면 당장 내일 끼니거리를 걱정해야 한다. "봄만 되면……"이라며 아내에게 호기롭게 얘기해보기도 하지만 현실은 녹록치 않다.

"노숙자들을 보면 (당신이) 가정이라도 지켜주고 있어 고마워요."

그래도 남편 최씨에게 힘을 주는 사람은 아내뿐이다. 밀린 공과금 등 빠듯한 생활에 김씨는 하루가 멀다 하고 눈물을 쏟아내지만 남편에 대한 믿음만큼은 아직 굳건하다.

자식 셋 학원 보내려면 한 달 번 돈 다 쏟아 부어야

최씨에게는 중학교 2학년인 아들과 6학년, 2학년인 두 딸이 있다.

"아들놈이 공 차러 나갈 때, 잠바도 없이 조끼만 입고 나가는 모습을 보면 미치죠.”

“5천 원짜리 치킨 한번 못 사주는 부모의 마음이 어떻겠어요. 설날에는 세뱃돈도 못주고⋯⋯.”

자식들 이야기가 시작되자 최씨의 가슴은 바짝바짝 타들어가는 듯 했다.

“아들만 학원 하나 간신히 보내요. 두 딸이 기죽을까봐 걱정이지만, 어쩔 수 없잖아요.”

셋 다 보내려면 한 달 번 돈을 고스란히 다 쏟아 부어야 하니 엄두가 나지 않는다. 보통 한 달 학원 수강료는 20~30여만 원이다. 가스비, 관리비, 의료보험 등 기본적인 공과금이 두 달째 연체되고 있는 상황에서 아들 학원비는 가계지출에서 가장 큰 몫을 차지한다. 그러나 가난의 굴레를 대물림 하고 싶지 않은 부모의 마음은 어쩔 수 없다. 4대 독자인 아들에게만은 어렵고 힘들더라도 교육을 제대로 시키려 한다. 가난 때문에 겪을 수밖에 없는, 가슴이 찢어지는 아픔은 수시로 찾아온다. 한달에 6~7만 원 하는 아들 학교 급식비와 세 달에 6~7만 원 하는 두 딸의 급식비를 겨우겨우 내고 있는 최씨.

“아들이 한번은 공짜 급식 방법을 얘기하는데 참 어이가 없었어요. 엄마 아빠가 젊으면 안 되고, 편모·편부면 된다는 거예요, 글쎄. 휴우~.”

한창 크고 자랄 나이인 아이들. 물 말아 김치만 올려 먹어도 밥은 금방 동이 난다.

“아침에 8인분 밥솥에 한가득 밥을 해놓아도, 저녁 늦게 집에 들어가면 밥이 없어요. 밥이 모자라서 굶은 채로 자고 있는 모습을 보면 가슴이 무너지죠.”

최씨의 설날은 어땠을까. 아이들은 "오랜만에 고기를 먹을 수 있겠다"며 좋아했지만 결국 만두국에 김치만 올려놓은 게 전부였다.

"우린 간 데가 없다. 엄마, 아빠 너무했다."

막내딸의 일기에는, 친구들은 할머니, 친척집에 놀러가고 세뱃돈 자랑하는데 우리는 뭐냐는 투정이 담겨 있었다. 최씨는 처가인 목포에 못 내려간 지 어언 9년이 넘었다. 아이들에게는 미안하지만 다섯 식구가 움직이려면 최소 20~30만 원은 드는데, 그 돈이면 쌀 몇 포대를 사둘 수 있다. 밥하고, 빨래하고, 청소하고, 최근 가사 일도 전담하고 있는 최씨다.

"우리 집은 엄마, 아빠가 바뀌었다."

아이들이 농담 삼아 던지는 말이 달갑지는 않다. 사정이 이렇다 보니 최씨는 요즘 아이들에게 못난 모습 보여주기 싫어 아침만 해놓고서는 부랴부랴 집 밖을 나선다. 먹고 사는데 지장 없고, 남들 하는 만큼 애들 교육시키고, 건강하고, 화목하게 지내는 것이 꿈의 전부라는 최씨.

"생활고 때문에 이혼하고, 자살하는 사람들……. 그런 이야기가 제발 제 이야기가 아니었으면 좋겠습니다."

2005년 2월 25일

울산 현대자동차 비정규직 노동자들을 찾아

_비정규직 주제에 무슨 결혼이에요?

2006년 1월 12일 저녁, 울산의 하늘은 잔뜩 찌푸린 채 먹구름이 울상을 짓고 있다. 다음날 아침 처량한 빗방울은 현대자동차 울산공장의 대지를 적시고, 공장은 축 가라앉아 있는 모습이다.

공장 정문을 지나 정규직노조 사무실 아래 2평 남짓 창고 형태의 작은 사무실이 나타난다. 현대차 비정규직노동조합. 2기 집행부는 대의원선거 준비와 공장별 순회간담회 및 재정사업 등으로 분주한 나날을 보내고 있었다. 보름여 끊긴 채 방치되고 있는 전화선. 공장 내 비정규직의 차량출입도 금지돼 정규직노조 차량을 이용해야 하는 상황이다. 작은 문제들에서부터 난관은 많아 보였다.

3차 투표까지 간 유례없는 정규직노조의 선거도 그렇거니와 비정규노조의 투표율은 59%였다. 비정규 조합원 수는 지난해 파업 시기 1,800여 명에서 지금은 절반가량으로 줄어들었다. 무거운 침묵과 애써 무관심하려는 분위기가 느껴졌다면 기자의 지나친 감정 표현일까?

현대자동차 울산공장 전경 ⓒ 매일노동뉴스 정기훈 객원사진기자

엄청난 규모의 공장, 소외된 노동

지난해 현대자동차는 순이익 2조 원대를 기록, 창사 38년 만에 최대호황을 맞고 있다. 세계 4대 자동차메이커로 도약하려는 현대자동차의 약진이 계속되고 있는 가운데 노동자들은 과연 어떤 상황일까? 현대차 울산공장에서 일하는 노동자는 모두 4만 3천여 명 가량. 이 가운데 1차 하청노동자가 1만 2천여 명, 2·3차는 1,100여 명 정도다.

이들을 구분하는 것은 작업복 가슴에 새겨진 회사명이다. 공장 안에서 하청노동자 대우는 1차까지다. 2·3차 하청노동자는 관심 밖의 존재다. 2004년 말 노동부의 현대차 불법파견 판정도 2·3차와는 무관하다. 해마다 벌어지는 공장별 투쟁을 주도하는 것도 이들 2·3차 하청노동자들이었다. 그들은 작업장도, 작업환경도 다르다.

정규직과 같이 일하는 1차와 달리, 2·3차 노동자는 따로 일한다. 한 공장 안에서 노동자는 조각조각 나눠진 채 절망의 노동을 일으켜 세우려 발버둥치고 있다.

울산시 북구 양정동. 1공장의 노동자는 약 5천여 명. 이 가운데 3,300여 명이 정규직 조합원이고, 1,200여 명 정도가 비정규직 사내하청 노동자들이다. 업무는 생산관리, 프레스1, 2부, 도장1부, 의장1부 A, B조, 품질관리1부, 보전1부로 나뉘어져 업무를 보고 있다.

공장 끝자락에 자리 잡은 타이어 공장. 1공장 입구에서 출구까지 10분여를 걸어가야 했다. 자동차 부품 가운데 유일하게 지면과 마찰을 일으키는 주요부품인 타이어(Tire). 이 곳에서 일하는 노동자들은 말 그대로 다른 공정보다 피곤해 보였다. 상차와 하차를 반복하는 막노동이기 때문이다.

금호, 넥센, 한국 등 타이어 생산업체의 차량이 들어오면 22가지 종류별, 크기별로 구분해 창고에 가지런히 쌓아야 한다. 한 차에 보통 700짝. 하루 10대 정도를 소화하고 있으니 7천~8천 짝을 라인에 올려야 하는 일이다. 이곳에서는 주간 4명, 야간 2명이 교대로 일하고 있다.

1공장의 맨 끝자리. 하루 7~8천짝의 타이어를 라인에 올리는 일을 하고 있는 하청노동자들. 주간 4명, 야간 2명이 맞교대로 일하고 있다.
ⓒ 매일노동뉴스 정기훈 객원사진기자

타이어(Tire)…피곤하다, 피곤해…

입사 4년차인 박시태(30)씨는 생관(생산관리)업무 10개월째다. 고향 안동에서 대학을 중퇴하고 막노동 등을 하던 박씨는 2002년 6월 소림기업에 입사했다. 지인이 있어 수월하게 취업할 수 있었다. 연고나 연줄이 없이 취업하기란 갈수록 하늘의 별따기와도 같다는 게 대다수 하청노동자들의 말이다. 그의 토씨를 낀 손목에는 굳은살이 잡혀 있다. 한손에 2~3개씩 잡고 옮겨야 하기 때문이다.

"지금은 몸이 적응이 되었지만 허리, 어깨, 손목 안 아픈 데가 없어요."

처음에는 너무 아파서 파스도 붙였지만 이내 떨어지고 해서, 다음에는 아예 붙일 생각도 없었다. 그저 몸이 적응할 때까지 굴리는 수밖에는 방법이 없었다. 손목 아대(보호대)는 회사에서 지급해 주지도 않는다.

시급은 3,190원에서 출발해 지난해 9월에는 3,534원으로 올랐다. 하루 8시간 30일 기준 240시간을 근무하면 85만 원 정도가 떨어진다는 얘기다. 그의 월급은 잔업과 상여금 등을 포함해 평균 150~160만 원 정도다. 그나마 그가 소속되어 있는 소림기업은 1차 하청이라 시급이 2·3차 하청보다는 100원을 더 주었기에 이 정도다.

지난 1998년 정리해고 이후 직영(정규직)을 기피하고 있지만, 신차 모듈화와 자동화로 정규직이 맡던 공정이 없어지면 정규직은 비정규직 자리로 오게 된다. 소림기업 소속 하청도 80명에서 70명으로 줄어들었다.

"여유기간이고 뭐고 없죠. 통보하면 그걸로 끝이에요. 정규직이 이리로 오겠다고 하면 우리도 나가야 한다니까요."

저임금, 장시간노동에 고용불안정까지 어깨를 짓누른다.

"오는 2월에도 몇 명이 나가야 한다는데, 아따 모르겠습니다."

비정규직이 무슨 결혼이에요

2005년 12월 26일자로 근로조건이 주야 맞교대로 변경되면서 노동자들은 적응 곤란을 느끼고 있었다. 신체리듬이 무너지는 것은 물론이고, 주간평균 실노동시간이 1시간 10분 늘어난다는 지적이었다. 기존에는 점심을 먹고 4시간 일하고, 다시 저녁식사를 하고 저녁 8시까지 일했다. 그런데 지금은 저녁식사 없이 오후 5시에 빵을 대충 먹고 저녁 6시 50분까지 일하게 된 것이다.

"예전에는 저녁식사가 있어 1시간 쉬는 시간이 있었는데, 지금은 피곤이 누적돼요. 저녁식사도 늦어지면서 8시 이후에 밥을 먹게 되니까요."

박씨는 그 전에는 각 라인에 각종 부품을 전달해주는 서열 업무를 담당했다.

"이곳이 육체적으로 힘들다면 서열은 정신적 스트레스가 크죠."

각 라인에 노란색 전동차에 부품을 싣고 차 사양별로 순서를 맞춰 갖다 주는 일이었다.

"부품을 잘못 가져가거나 늦게 가져가면 엄청 구박 받아요."

그는 2005년 4월 강제 전환배치를 당했다.

"비정규노조 활동가들과 이야기 나누는 걸 보고 사장(소사장)이 '너 거기 있으면 안되겠다'고 하더라고요. 찍혔죠 뭐."

노조 가입도 하기 전이었다. 부당하다며 항의도 했지만 역부족이었다.

그는 울산에서 혼자 살고 있다. 미혼이다. 결혼할 생각을 묻자 돌아오는 답이 가슴을 찌른다.

"비정규직이 무슨 결혼이에요. 마누라 고생시킬라고."

비정규직은 연애하면 안 된다는 생각을 갖게 되기까지 그의 마음고생과 차별은 몸속 깊이 박혀 있는 듯 보였다.

점심시간. 공장 안의 조명등이 하나둘씩 꺼진다. 노동자들은 기계적으로 토씨를 벗고 밥을 먹으러 식당으로 향한다. 공장 안 곳곳에서 배드민턴 치는 노동자들이 눈에 들어온다. 아마추어 수준을 넘어선 실력들이다. 하루 이틀 갈고 닦은 실력이 아닌 것이다. 하청노동자의 냉소와 탄식이 이어졌다.

"잘 시간도 부족하고 몸은 파김치인데, 힘이 남아도나 봐요."

작업장 곳곳에 마련된 휴게실. 책을 보고, 신문도 읽고, 양치질 하는 노동자들의 모습이 여느 공장의 풍경과는 달리 깔끔하다.

작업장도 다른 3차 하청, 히터도 안 달아주고

3공장 3차 하청업체인 현대세신 노동자들은 자동차 범퍼의 도장 상태와 이물질, 흠집 있는 것을 찾아 검수를 하고, 라인에 올리는 작업을 하고 있다. 정규직이 있는 본 공장과는 달리 작업환경이 깔끔하지 않다. 오전 10시, 달콤한 휴식시간이다. 빵과 요구르트를 먹거나, 집에서 싸온 밥을 꺼내 나눠 먹고 있는 노동자들의 표정이 훈훈하기만 하다.

오전 2시간 노동을 마친 아침10시.
3공장 현대세신 여성노동자들이
옹기종기 모여 집에서 싸온 도시락으로
새참 먹을 준비를 하고 있다.
ⓒ 매일노동뉴스 정기훈 객원사진기자

2005년 12월 26일, 해고 3개월여 만에 복직한 3공장 현대세신 여성해고노동자들 6명. 복귀한 뒤 달라진 것과 주변 동료들의 반응이 궁금했다.

"도와주지 못해 미안해하고, 고생 많이 했다며 격려해주죠."

검수 일을 맡고 있는 한기선(48)씨는 소사장만 바뀌었지 공장 상황은 여전하다고 말한다.

"이전이나 지금이나 별로 달라진 게 없어요. 사장만 바뀌었을 뿐. 추워서 히터를 더 달아달라고 해도 안 들어주는데 뭘."

연말 성과급도 정규직은 600%인데, 2·3차 하청 노동자들은 200%라고 했다.

"그런데 여기는(현대세신) 150%만 준다던데, 완전 사장 마음대로라니까. 원청서 주는 건데 50%는 어디다 잘라 먹은 거냐고."

또 다른 30대 후반의 복직자 고아무개씨가 말을 거든다.

"3월이면 3년인데, 작년 9월에 최저시급 3,100원에서 80원 올랐을 뿐이에요."

7~8년 근무한 고참들이 3,200원 수준이다 보니 한 달 월급은 100여만 원. 철야를 해야 120만 원 정도가 된다고 한다. 30대 중반의 1년차 1차 하청노동자 기본급이 73만 원인데, 40대 후반의 4년차 3차 하청노동자 기본급은 70만 원. 지난해 추석귀향비로 정규직은 50만 원을 주면서도 3차 하청노동자들에겐 10만 원도 줄까 말까 한 형편이다. 임금뿐만이 아니다. 1차 하청노동자에게는 가끔 운동복도 주지만, 2 · 3차 하청노동자들에게는 체육대회가 있다는 사실조차 알리지 않는다.

현대차 비정규노조가 지난해 말 설문조사한 임금실태 및 의식상태 조사결과에 따르면 1차 하청업체의 시급은 2차보다 372원 높았다. 근속수당도 1차업체가 2년 미만은 1만 원, 4년 미만은 2만 원, 6~8년 미만은 3만 원인데 견줘, 2 · 3차 하청의 경우 근속과 관계없이 현대세신은 일괄 1만 원, 계림기업은 일괄 2만 원 등이었다.

기웃기웃. 낯선 이의 방문을 경계하던 관리자와 소사장은 작업시작을 알리는 벨소리와 함께 일을 하도록 독려(?)한다.

"정규직이 있으면 좀 달라질 텐데 여기는 아무도 없으니……."

동행한 현대차노조 임귀섭 비정규직부장이 안타까움을 표현한다. 지난해 파업주동자라며 한기선씨가 원청 관리자들로부터 머리채를 잡혀 끌려나올 때도 3공장 남성 노동자들 누구 하나 말리지 않았다. 비명을 지르며 도와 달라 애원했지만 정규직, 비정규직 가릴 것 없이 모두 우두커니 볼 뿐이었다. 서로가 서로를 외면하는 분위기는 이들이 복직해서도 크게 달라진 것은 없다. 대차게 한번 싸워 보자는 마음 보다는 이제 주는 대로 먹자는 마음이 더 커져가고 있는 것 같다. 57명이던 조합원은 20여 명으로 줄어들었다. 탈퇴한 조합원들이 재가입하는 데에는 시간이 걸릴 듯했다.

공장서 짤리면 울산에서 발 디딜 곳 없다

현대차 공장을 나와 저녁시간, 5공장 해고노동자 김중태(27, 가명)씨를 만났다. 그는 2005년 2월, 농성에 들어간 지 채 한 달이 안 돼 해고됐다. 작년 한해 불법파견 철폐투쟁을 하면서 벌어놓은 돈을 다 썼다. 그는 새해 들어 생계를 위해 부품업체에서 일하고 있었다. 5공장 농성자 출신이면 여지없이 잘리기 때문에 신분을 속이고 간신히 들어갈 수 있었다. 농성 사실이 발각돼 이틀 만에 잘린 해고노동자도 있던 터였다.

"공장에서 짤리면 울산에서 발 디딜 곳 없다는 말을 듣기는 했지만 실제 그럴까 했는데 진짜더라고요."

해고도 억울한데 그 뒤에 찾아오는 불이익은 이만저만이 아니었다. 그는 부품업체를 다니면서 현대자동차 원청과 하청업체와의 불평등한 관계를 더 깊이 알게 됐다. 장갑조차 지급이 안 되고, 쉬는 공간도 없고, 조·반장은 일을 가르쳐 주지도 않는다. 그저 얼굴만 보고 눈치껏 할 수밖에. 그가 곧 옮길 업체는 상여금, 퇴직금, 잔업수당도 없이 일괄 시급 5,500원이다.

"현대차 공장이 쉬면 협력업체도 같이 쉬게 되죠. 쉬는 기간에 원청은 임금의 70%가 나오지만 하청은 30만~40만 원 정도만 받거든요."

그는 24살 때 현대차 정규직 노동자인 아버지의 노력으로 입사할 수 있었다. 친구에 친구, 삼촌에 삼촌 등 알음알음 대부분 연고가 있어야 들어오는 일반적인 경우였다. 정규직이 되기 위해서는 수천만 원의 돈이 들고, 요즘은 비정규직(1차 하청)도 돈을 줘야 들어갈 판이라는 설명이다. 그래야 회사 측의 노무관리가 쉬워지기 때문이라는 것이다.

"동창은 정규직이었는데 같은 일을 해도 1천만 원 이상 차이가 나요. 속 뒤집어지죠."

5공장에서 일하면서 억울한 게 한두 가지가 아니었다. 범퍼 조립과 시트 장착 등의 일을 하면서도 정규직이 배치되면 비정규직 1명이 하던 일도 곧 2명, 4명이 배치되곤 했다. 장비도 최신식으로 바뀌었다. 3~4킬로그램 나가는 공구가 무겁다고 하면 전동공구로 바로 교체가 되었다. 정규직이 일이 힘들어 못하겠다고 하면 순환배치가 되고 그 자리는 비정규직이 투입된다.

"차별이 어디 한두 갠가요. 진짜 너무한다는 생각이 수도 없이 들었죠. 정규직이 일하다 실수하면 그냥 넘어가도 비정규직이 실수하면 반장한테 욕이란 욕은 다 들어야 하니까요."

아버지는 지난해 아들의 농성으로 곤란한 처지에 빠졌다. 과장, 부장 등 회사 임원의 압력으로 농성을 말리기도 했었다. 그러나 아들의 의지는 꺾을 수 없었다. 부모님은 반포기 상태라고 했다. 1년이 지난 현재까지도 집에서 별다른 대화도 없다.

"개인적으로 돈을 못 벌다 보니 여자친구 설득도 어렵더라고요."

그의 결혼계획도 농성참가로 어그러졌다. 혹여 집행부에 대한 원망은 없을까?

"결과적으로 된 게 없으니 순진한 사람들은 그리 생각할 수도 있겠죠. 하지만 (불법파업철폐투쟁이) 되기 위해 한 거고, 안 해준 건 회사잖아요."

포장마차에서 들려오는 비판과 회한

5공장에서 해고된 비정규 노동자들은 공장 맞은편에 포장마차를 치고 생계투쟁을 벌이고 있다. 벌써 4개월째다. 벌이는 시원치 않다. 1백여만 원 수입을 세 명이서 나누는 정도다. 한두 달은 손님들로 북적이다가 이제는 발길이 뜸하기 때문이다. 옆에 앉아 있던 건축일을 한다는 40대의 주민은 비정규 노동자들의 처지를 동정하는 이야기를 꺼냈다. 사는 동네라 집에 가는 길에 한번씩 들른다는 한 부부.

"사내하청, 참 불쌍치. 아무 관계없는 우리가 차별을 느끼는데 그

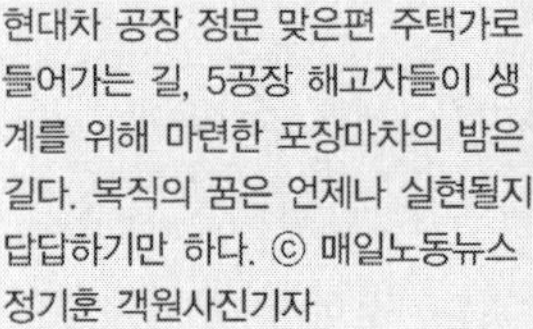

현대차 공장 정문 맞은편 주택가로 들어가는 길, 5공장 해고자들이 생계를 위해 마련한 포장마차의 밤은 길다. 복직의 꿈은 언제나 실현될지 답답하기만 하다. ⓒ 매일노동뉴스 정기훈 객원사진기자

사람들 오죽하겠어요."

"밥 먹을 때도 같이 못 먹고, 현대중공업만 가도 그렇지 않거든."

"사실 현대중공업은 고생해도 현대자동차는 땡볕에서 일을 하기나 하냔 말이에요, 우린 새벽 6시에 일 나가요."

한 현대차 해고노동자는 또 이렇게 말했다.

"울산은 현대차 정규직하면 웬만한 건 다 통해요. 그기 뭐 호사라고. 미팅을 해도 정규직이냐 비정규직이냐 물어 본다니까요."

현대차의 실정, 비정규직의 맺혔던 설움은 곳곳에서 그렇게 터져 나왔다. 또 다른 자리. 비정규직 해고노동자들은 감옥에서 나온 동지의 건투를 빌기도 하고, 현대차노조 내에서 벌어지는 다양한 활동 등을 안주로 밤늦게까지 대화의 꽃을 피우고 있었다. 때론 한숨 섞인 미소로, 때론 격정적인 목소리로. 겨울, 나무와 풀들이 흙의 색으로 돌아가듯 해고노동자들은 때론 고개 숙이고, 때론 칩거하며 성찰의 시간을 보내고 있었다.

"장강의 뒷물이 앞물을 밀어내듯 옛 시대는 지나가고 새 시대는 열리는 법인데 그걸 모르면 똑같이 죽는 길이죠."

박유기 현대차노조 신임 위원장의 말처럼 이미 비정규직은 850만 명에 이르렀다. 울산 현대차에서 3천 대오만 갖춰진다면 독자적인 움직임도 가능할 것이라는 게 비정규노조의 희망이다. 취약한 조직력을 복원하고 확대하기 위한 노력은 안팎으로 준비될 것이다.

불법파견철폐투쟁단의 박경렬 단장에게 5공장 농성 1년을 맞이한 소회를 물어봤다.

"안 왔으면 하는 날이 벌써 왔네요. 모두가 기쁜 1주년이 됐어야 하지만 결과가 좋지 않았습니다."

올해도 중요한 한해가 될 것이라는 그는 패배의식을 떨치고 다시 불법파견철폐투쟁으로 모아내는 것이 관건이라며 힘주어 말한다.

현대차 비정규노조 사무실 컴퓨터 바탕화면에 쓰여 있는 글씨가 자꾸만 눈에 아른거린다.

"단결하고, 투쟁하는 것만이 노동자가 승리하는 길이리라!"

2006년 1월 19일

부산 중소영세사업장 노조탄압, 고용불안에 시름

_ 당신 죽는 거랑 나랑 무슨 상관이야

2005년 12월 9일 오전, 부산에만 신도수가 35만 명에 이른다는 거대한 사찰 삼광사. 엄청난 절 살림을 짐작할 수 있는 것은 부처님 오신 날 연등 값만 보더라도 알 수 있다. 33만 원짜리 연등만 1만여 개. 이것만 해도 33억 원인데, 전체 연등은 3만여 개에 이르렀다. 살림살이가 크다 보니 절의 행정사무, 보일러, 관리, 운전, 경비, 주방 등 인력이 50여 명에 이른다. 부설 유치원과 자원봉사자들을 합하면 인력은 100여 명이나 된다.

30여 명의 노동자들은 다년간 누적된 인사문제와 노동조건 개선을 위해 2005년 8월 부산일반노조 삼광사현장위원회를 만들었다. 그러나 현장위의 교섭요구에 사찰 측은 상견례는커녕 일부 신도회 회원을 동원해 집회를 방해하고, 현수막을 찢는 등 폭력을 행사했다. 해고와 노조탈퇴 압력은 시간이 갈수록 더해갔다.

니들이 감히 대통령 같은 주지스님을 만나?

천태종 사찰인 부산의 삼광사는 어마어마한 규모에
놀라게 되고, 노조를 인정조차 하지 않으려는 노동탄압에
또 한번 놀라게 된다.

"다들 10~20년 이곳에서 일한 사람들이에요. 하다하다 오죽 답답했으면 절에서 노조를 만들었겠어요."

버스기사로 13년간 일했다는 해고노동자 김승조씨가 말문을 열었다.

"월급줄 때 주지스님이 우리 보고 밑바닥 인생이라 합디다. 주면 주는 대로, 시키면 시키는 대로 하라는 거죠."

곁에 있던 중년의 조합원들도 말을 거들었다.

"조금만 눈에 거슬리면 잘라 버리고."

이어지는 김승조씨의 말이다.

"운전하고 돌아오면 노가다 하고, 우리가 여태 그렇게 해왔어요. 밤샘근무도 당연히 해야 되는 걸로 알았고요. 4대 보험도 없이

10~20년 그렇게 해 온기라.”

　절집의 구조조정 상황은 이랬다. 종단 감사원 감사결과 보고 자리에서 현재의 주지스님이 오래된 직원 4~5명을 해고하겠다는 통보가 있었다. 버스기사 김승조씨는 곧 해고되었고, 백아무개 방송실장은 보직을 강등해 방송보조를 맡게 했다. 실장 후임자리는 3개월 수습을 마친 신입사원에게 돌아갔다. 부당인사라며 물의가 빚어지자 사찰 측은 백 실장을 지장전으로 발령을 내어 화장실 청소, 식당음식물 폐기 등을 맡기고 있다.

　이밖에 사찰 측은 지관전 관리실장, 전기실 관리실장, 경비실 등 10~20년 근속자를 해고대상에 올렸다. 봉급 160여만 원이 너무 많고, 오래 근무해 절 사정을 누구보다 잘 알고 있다는 이유였다. 희한하다. 절 사정을 잘 알면 좋을 텐데. 그러나 스님들이 어디서, 어떻게 돈을 물 쓰듯이 쓰는지, 알아서는 안 될 것을 너무 많이 아는 것이 죄라는 게 조합원들의 설명이었다.

　“부처님 좋아서 절에 왔고, 월급 보고 일하러 오지도 않았어요. 그런데 하루아침에 나가라는 건 굶어 죽으라는 것 아닙니까.”

　자르더라도 날 좀 풀리면 해고하던가. 집에 가면 죽고 싶은 심정이라는 조합원의 말에 스님이 한 말은 비수로 꽂힌다.

　“당신 죽는 거랑, 나랑 무슨 상관이 있어. 나가라.”

　뚫린 귀를 의심케 하는 성직자의 몰상식한 발언에 조합원들의 가슴 속 응어리와 상처는 커 보였다. 절에서는 불심이 강한 조합원들의 심리를 이용하기도 한다.

　“큰 스님께 누를 끼쳐야 되겠나. (노조 만들고) 그래 갖고, 느그 자슥들 잘 되겠나.”

악담도 이런 악담이 있을 수 없다.

"너희들이 어떻게 감히 대통령 같은 주지스님을 만날 수 있느냐."

주지스님과의 만남은 기약이 없고, 협상하자면서 뒤돌아서서는 '노조 탈퇴 안하면 잘라버리겠다'는 사찰 측에 대한 분노는 하늘을 찔렀다. 노조를 탈퇴하면 요구조건을 다 들어주겠다는 것이 사찰 측의 입장이다. 헌법에 보장된 노동조합조차 부정하는 사찰의 행태다. 노조탄압 수법을 꿰뚫고 있는 사찰의 모습은 더 이상 사찰이 기도도량이 아닌 거대한 기업처럼 보이게 하는 지점이다. 부처님의 자비광명은 삼광사를 비켜가고 있었다.

전세 계약도 이렇게 쫓아내지 않는데

지난해 말 170여 명이 부산일반노조에 가입했던 한솔학습지 노동자들. 다달이 계약기간 만료를 들이대는 사측과 노조활동금지 가처분 신청을 받아들인 부산지방법원에 의해 조합원은 거의 모두 탈퇴했다. 현재 해고자 몇몇이 남아 있는 상황이다. 환경미화와 정화 사업장에서도 개별적 징계 해고자들이 부단한 싸움을 벌였다.

지하철의 부산시 이관에 맞춰 전개되고 있는 부산시 교통정책 변화에 따른 지하철 매표소 폐쇄, 버스 준공영제 실시 등으로 정리 해고된 30여 명의 노동자들. 노조를 만들었다고 관리자들이 폭행을 일삼고, 다른 업체를 내세워 일거리를 빼돌리는 바람에 모두 쫓겨나다시피 흩어져 생계와 고용투쟁을 병행하고 있는 케이블 하청업체 조합원들. 이들 사업장들은 힘겨운 장기투쟁을 일상적으로 벌여나가는 부산지역일반노조의 모습을 잘 보여준다.

매표소에서 표를 팔지 않는 부산지하철. 지하철 티켓을 구입하기 위해 시민들은 불편을 감수해야 한다. "시민안전 위협하는 매표소 폐쇄 철회하라!" 부산지하철 민간위탁현장위원회 조합원들이 지하철 부산역에서 시민선전전을 하고 있는 모습

부산지역일반노조는 신규사업장과 임단협 갱신 사업장 등 보통 7~8개 사업장이 동시다발적으로 교섭이 이뤄진다. 정신없는(?) 모습은 정도의 차이일 뿐 전국의 일반노조 상황과 매 일반이다.

2005년 12월 8일 오후, 부산역 앞 광장의 시국농성장에는 민주노총, 민주노동당과 함께 부산지역일반노조 천막이 쳐져 있다.

"매표소 폐쇄 철회!" "고용승계 보장!"

천막 입구에 걸려있는 흰 천에 피로 쓴 요구사항이 적혀있다. 2002년 8월 용역3사에 의한 민간위탁 이후 올해 9월 15일자로 해고된 비정규 노동자들의 절박함을 대변하고 있었다. 부산교통공단은 2006년 1월 건설교통부에서 부산시로 이관된다. 이 과정에서 교통공단은 매표소 무인화라는 미명 하에 서둘러 100여 명의 비정규직 매표노동자들을 전원 해고한 것으로 보인다.

"올 12월까지가 계약기간이었는데 불법파견의 짐을 덜기 위해 일방적인 해고를 한 겁니다."

현장위의 조은영 총무는 분통을 터트렸다.

"입사시 올 12월까지 장기계약 이야기를 듣고 왔어요. 전세계약도 기간 내에 쫓아내는 일은 없잖아요."

이들 노동자들은 하루 10시간씩 일을 하고도 월 100만 원 남짓의 임금으로 생활해 왔다. 연월차 휴가도, 여름휴가도, 명절에도 쉼 없이 그들은 일을 해야 했다.

"하루 한 번 찾아오는 교대자가 없으면, 식사도 할 수 없고 심지어 화장실조차도 제대로 갈 수 없는 조건 속에서 일해 왔어요."

대부분 20~30대인 여성 조합원들은 실업급여가 끊어지자 하나 둘씩 생계를 찾아 떠나갔다. 현재 부당해고에 맞서 남아 있는 24명의 조합원들은 '시민 안전대책 없는 매표소폐쇄 철회와 고용승계'를 요구하며 투쟁을 지속할 방침이다.

부산지역 공대위도 이날 저녁 꾸려졌다. 부산역에서 12월 2일부터 천막농성을 벌인 매표소 해고자들은 12일부터는 부산시청 앞으로 천막농성장을 옮겨 부산시의 결단을 촉구하고 있다.

"비정규직을 확대하고 일자리는 줄어들고 정부가 근본적으로 비정규직을 보호할 마음이 없다고 생각해요."

"노동조합은 별난 사람들이 하는 거라고 생각했는데 막상 제가 당하니까 너무 억울해요."

"대안이 쉽게 나오지는 않겠지만 끝까지 갈 겁니다."

부당한 해고에 맞서 원직복직을 하고야 말겠다는 조합원들의 각오는 높았다.

지하철을 타고 중앙케이블방송으로 가는 길. 매표소에서는 듣던

대로 표를 팔지 않는다.

"이거 어떻게 하는 거지?"

줄지어 서있는 많은 시민들이 승차권 구입기계에서 머뭇거린다. 물어볼 역무원도 없다. 우대권발매기는 빨간 버튼만 누르면 누구나 가져갈 수 있게 되어 있다. 비싼 기계가 경로우대증, 장애인증 등을 인식하지 못해 벌어지는 촌극이었다. 무임승차나 미자격자의 우대권 사용은 30배로 처벌하겠다지만 제대로 지켜질 리가 없다. 우대권 발권을 위해 빨간 버튼을 누르는 시민들을 어렵지 않게 볼 수 있었다. 인건비 때문에 매표소 노동자들을 해고해 놓고서 무임승차 시민들을 범죄인 취급하는 모습은 이해하기 어려운 주먹구구식 경영이 아닐 수 없었다.

친인척이 요직 차지, 어용노조 결성까지

70여 명의 직원들이 일하고 있는 중앙(범진)케이블은 부산지역 20만 가입자를 확보하고 있는 중견 케이블 업체다. 이 가운데 현재 조합원은 8명뿐이다. 2005년 9월 범진이 중앙에 통합되는 과정에서 구조조정의 한파가 몰아칠 징조가 보였고, 노조는 '고용보장확약서'를 요구하며 회사 앞에서 9월 말부터 천막농성에 들어갔다. 이미 기존 정규직원들이 하청업체로 보내지는 일이 있었기 때문이다.

"외주화 자체가 문제입니다. 그나마 100만~110만 원 저임금을 받던 정규직 노동자들이 1~2년 단위 재계약이라는 고용불안에 떨 수는 없는 것 아닙니까."

천막농성장을 지키고 있는 신기식 수석현장위원(위원장)은 2002

년 노조 결성 뒤로 해마다 임단협 교섭이 난관에 봉착했지만 이번에는 절대 물러설 수 없다는 의지를 밝혔다.

그러나 회사 측은 "20~30명 유휴인력이 있어 구조조정을 하겠다"는 입장을 굽히지 않고 있다. 딸과 사촌, 처남, 고향후배 등 친인척이 요직에 앉아 회사운영을 좌지우지하는 경영. 이것도 모자라 회사 측은 노조무력화에 들어갔다. 지난 9월 친인척 위주의 어용노조(35명)를 결성해 기존 조합원을 빼내갔다.

"가입을 하지 않으면 불이익을 주겠다."

아나운서를 취재기자로 발령하면서 조합 탈퇴를 강요하는 등 온갖 회유와 협박을 서슴지 않았다는 게 중앙케이블 현장위원회 측의 설명이었다.

"다 나가서 파업해라. 직장 폐쇄해 버릴 테니."

회사 측에 빌미를 제공하지 않기 위해 중앙케이블 현장위원회는 수석을 뺀 나머지 조합원들이 정상근무를 하고 있다. 퇴근 후 농성에 동참하는 노동자들. 그들의 근로의욕은 이미 상실 그 자체였다.

2005년 12월 15일

어선 빼앗긴 부산 남항 중소어민들

_항구에 묶인 배, 갈매기 울음 따라 어부도 운다

부산역에서 내려 지하철로 세 정거장만 가면 자갈치역이 나온다. 바다 냄새를 따라 2~3분만 걸으면 부산을 대표하는 명소 자갈치시장이 곧바로 펼쳐진다. 오가는 손님들로 늘 활기 넘치는 이곳에는 좁은 골목 양쪽으로 즐비한 생선, 어패류 가게들, 연탄불에 곰장어 익어가는 냄새가 코를 자극하고, 펄펄 뛰는 생선들이 눈을 번쩍 뜨이게 한다.

“어서 오이소!”

“드시고 가이소!”

귀를 간지럽히는 ‘자갈치 아지매’의 억척스런 삶이 묻어 있는 곳.

“예전에는 2만~3만 원짜리 회 한 접시 시켜놓고, 소주 한 잔씩 즐겨 했는데, 요즘에는 2천 원짜리 파전 한 장에 소주 한잔하기도 힘들다카이.”

서민들이 언제 힘들지 않은 적이 있었던가마는 배를 잃은 영세어민의 마음은 논과 밭을 잃은 농부의 마음과 다를 바가 없다. 밥 제대로 먹기도 힘들다며 하소연과 신세 한탄을 늘어놓는 영세어민들. 자 갈치시장에서 싱싱한 회 한 접시에 소주 한잔 걸치며 바다 사나이들 의 이야기를 들어볼 기대는 애초에 접어야 했다.

영세어민의 생존권을 보장하라!

2005년 12월 9일 오후, 활기로 넘쳐나는 시장 한켠 5층짜리 낡은 건물 한 구석의 '전국소형어민총연합' 사무실. 올 4월 발효된 '소형 기선저인망어선(속칭 고데구리) 정리에 관한 특별법'에 따라 2004 년 8월 이후 1년 6개월여 항구에 배를 묶어 두고 있는 어민들의 그 뒤 삶이 궁금했다. 그러나 시간이 너무 흘러서 일까. 이미 사무실 문 은 굳게 닫혀 있었다. 임대료를 낼 형편이 못돼 위층의 부산 남항어 민회 사무실에서 더부살이를 하고 있는 형편이다.

10년, 20년 어민들과 동고동락한 배들을 바라보며 상념에 젖어드는 김인규 전국어민회총연합 의장. 줄 기차게 현실적인 '감척 보상'과 '전업대책'을 요구하고 있지만 돌 아오는 답이 없다.

온기를 찾아볼 수 없는 사무실에서 김인규 전국어민회총연합 의장은 담배를 연신 피워대고 있었다. 사무실 창문 아래로 부산 남항에 정박 중인 150여 척의 고데구리 배들이 내려다보인다. 하염없이 배를 바라보는 그의 마음은 담배 연기와 함께 타들어가는 듯 보였다.

해양수산부는 앞으로 5년간 연차적으로 20톤 미만의 고데구리 어선을 매입, 폐선시킬 계획이다. 현재 정부의 매입가격은 선령 5년 기준으로 어선 한 척당 1천만 원에 톤당 200만 원선을 가산해, 5톤급 어선의 경우 매입가는 2천만 원, 20톤급은 5천만 원이 된다. 허가선박의 경우 허가폐지 지원금으로 2천만 원이 지급되지만 문제는 상당수가 배를 구입하면서 금융기관 등에 부채를 안고 있다는 것이다. 영세어민들인 선주들은 감정가로 선박을 정리할 경우 빚도 제대로 갚지 못하고 생계수단마저 없어진다고 주장하고 있다.

부산의 고데구리 정리어선은 150여 척. 전남의 1,100여 척과 경남 500여 척에 견줘 작은 숫자이다. 다른 지역이 강화플라스틱(FRP) 배가 많다면 부산은 대부분 20톤급의 목선들이다. 10년, 20년 굴려 아이들 학비와 생계를 책임졌던 배를 잃는다는 것은 농민들이 논과 밭을 잃는 슬픔과 비슷하다. 유일한 생산수단인 배를 강제로 잃게 되는 어민의 마음은 찢어진다. 감척에 따른 보상비라도 많이 받을 수 있다면야 다행이다. 하지만 수협에서 배를 구입할 때 영농자금처럼 융자받은 영어자금, 수천만 원의 빚잔치를 끝내고 나면 수중에 남는 돈은 없다.

중대형 저인망은 합법, 소형저인망은 불법?

김 의장은 원천적으로 '고데구리가 어족자원의 씨를 말린다'는 정부논리를 반박했다.

"작은 어선이 연해에서 치어를 잡아봤자 얼마나 잡겠어요. 근해에서 같은 방식으로 작업하는 외끌이, 쌍끌이, 트롤 등 중대형기선 저인망은 합법이고, 우린 왜 불법이냐고요."

한일, 한중 어업협정 체결로 먼 바다로 나가지 못해 어차피 작업구역은 똑 같다는 설명이었다. 그래도 촘촘한 그물로 바닥을 훑으면 문제이지 않느냐는 질문에 김 의장은 "어떤 그물이건 치어가 들어오는 것을 막을 방법은 없다"며 "그물코가 넓더라도 '눈썹효과' 때문에 일단 안에 걸리면 빠져 나가지 못한다"고 말했다. 어족자원의 고갈과 훼손은 오히려 해안을 따라 형성된 대형 공단의 오폐수와 생활하수, 간척사업 등으로 인한 생태계 파괴가 주원인이라는 설명이었다.

치어 남획의 주범으로 꼽혀온 소형기선저인망 어선이 철수한 지 1년이 넘었다. 정부의 말대로라면 연안어장의 자원이 어느 정도 회복되어야 하지만 현실은 그렇지 않은 것으로 나타났다. 국립수산과학원 남해수산연구소가 지난달 8일 연안 생태계 자원관리 방안의 일환으로 지난 3~9월 전남 고흥군과 여수시 사이의 여자만 일대에서 수산자원을 조사한 결과, 상업성이 있는 어류의 분포밀도가 낮고 효용가치가 적은 갑각류가 높게 나타났다고 밝혔다.

조사 결과 지난 3월에는 어류 34종, 갑각류 22종 등 총 67종의 수산생물이 출현했다. 6월에는 어류 29종, 갑각류 15종 등 총 51종으로 출현종수는 어류가 많았지만 가장 많이 출현하는 어종인 우점

종은 갑각류로 조사돼 유용어류의 출현율이 낮았음을 보여준다. 어류 33종, 갑각류 15종 등 총 55종이 나타난 9월에는 어류의 분포밀도는 높았지만 산란철을 맞아 근해 어류들이 연안을 찾았기 때문으로 분석됐다.

연안자원에 대한 정확한 데이터가 더 요청되는 지점이다. 일본에선 고데구리가 합법 업종이다. 어민들도 일본처럼 조업구역을 정하고, 배의 규모와 마력, 그물코, 한두 달 금어기 설정 등을 정하고 양성화 해달라는 요구였다. 그러나 해양수산부는 강력한 단속과 어선정리의 의지를 굽히지 않고 있다.

강력한 단속 · 어선정리, 어민들 생계 막막

1년 6개월여 동안 생계의 발판을 잃은 어민들에게 정부에서 마련

평생을 바닷가에서 보낸 이들이 육지에서 할 수 있는 일이 뭘까? 어민들의 주름지고, 검게 그을린 피부는 내리쬐는 태양, 세찬 바닷바람의 풍상을 고스란히 보여준다.

한 것은 공공근로였다. 바닷가 쓰레기 줍는 일이 올 봄에 두 차례 진행된 게 전부다. 그것도 10여 일 동안 일당 3만 원짜리였다. 생색내기 대책 외에 어민들의 생계지원과 전업을 위한 어떠한 대책도 없었다. 통발, 자망 등 전업을 하면 되지 않을까?

"어구 준비하는데 적어도 7천여 만 원이 드는데 그 돈을 또 빚 내라꼬요?" 빚낼 형편도 되지 않을 뿐만 아니라 빚내서 해본들 동쪽으로는 울산, 서쪽으로는 경남에 큰 어선들이 많고, 작업 어량이 적어 망하기 십상이라는 게 어민들의 설명이었다. 이도저도 못하는 상황이다. 그래서 어민들은 다른 큰 배에 몸을 맡기거나, 육지에서 막노동을 해야 했다.

"전업이란 게 쉬운 것이 아닙니다. 평생 뱃일 하던 사람이 육지 일에 잘 적응할 것 같아요? 그라고 남의 배 타는 거 쉽지도 않고, 자기 배 굴린 사람이 남의 밑에서 허드렛일 하는 게 쉬운 일이 아닌기라."

고데구리 배에는 부부가 함께 작업하는 게 일반적이다. 졸지에 실업자가 되기는 여성들도 마찬가지다. 이들은 부두에서 생선을 골라내는 등 허드렛일을 하고 있는 경우가 많다. 광주리에 줄지어 담겨 있는 140여 개의 낚싯바늘. 한 줄에 수십, 수백 개의 낚싯바늘을 매달고 작업하는 주낙배가 들어오면 부두 한쪽의 작업장에서 생선을 떼어내고, 바늘을 가지런히 정리한다.

장어, 낙지, 가자미, 납세미 등 한 광주리를 정리하는데 2천 원이다. 아침 7시부터 저녁 7시까지 꼬박 12시간을 하면 12광주리를 할 수 있다. 난방도 안 되는 천막에서 온종일 찬 바람 맞으며 버는 돈은 2만 4천 원. 점심 값과 차비를 빼면 별로 남는 게 없다. 왜 일을 하는지 한숨이 절로 나온다.

3천 원에서 2천5백 원으로, 2천5백 원에서 다시 2천원으로 하루 아침에 단가는 내려가고 항변할라치면 돌아오는 답은 "1,500원에 할 노인들 쌨으니 싫으면 가라"다. 더욱 분통터지고 억장 무너질 일은 이렇게 횡포를 부리는 선주가 전업한 고데구리 후배들이란 점이다. 어민들 사이에는 쌍욕이 절로 흘러 나왔다.

육지로 간 어민들 최종 종착역은 결국 바다

또 다른 문제는 배가 장기간 묶여 있으면서 녹슬고, 물이 새 자연적으로 폐선 직전인 상황이라는 것이다. 정박 중인 배들은 다시 출항하려 해도 1천만 원 정도 비용을 들여 수리를 해야 할 판이다. 갑판이며 닻이며 쇠란 쇠는 모조리 녹이 슬어 부식되었고, 배 밑바닥은 이끼가 무성하다. 목선의 목판은 손대면 금방이라도 바스라질 것처럼 위태롭다.

20여 년 고데구리 어선을 몰았다는 강채원 남항어민회 회장은 내년 3월까지 보상이 완료될 예정인 150여 척의 배를 관리하고, 경비를 서고 있었다.

"한 번씩 시동을 걸어주고, 물 빼기 작업 등을 해줘야 배

녹슬고 물새고. 부두에서 삭아가는 정리대상 배를 지키는 어부의 마음은 날씨만큼이나 을씨년스럽다.

가 녹슬거나 침몰하는 걸 막을 수가 있어요.”

남항에 정박 중인 20톤 목선을 바라보는 강 회장의 목은 타들어 가는 듯했다. 자식 같은 배들이니 오죽할까. 수천만 원 대출받아 본전도 못 건지고, 정리대상에 포함되었거나, 20톤 이상으로 판정받은 고데구리 배는 정부보상에서도 빠질 수밖에 없으니.

“새우조망은 고데구리와 작업방식이 비슷해서 어구도 조금만 손질을 보면 돼요. 그런데 서부경남 쪽은 허가를 내주면서 부산에는 한 건도 없어요.”

강 회장은 재산목록 1호인 배를 잃은 어민들의 생계수단을 정부가 마련해 줘야 한다고 주장했다.

“어선을 정리해도 1~2년 뒤에 다시 고데구리는 나타날 겁니다. 육지로 간 어민들의 최종 종착역은 결국 바다일 수밖에 없어요.”

“불법어업이라면서 그동안 벌금은 200만~300만 원 무작스레 던지면서 대부분 전과 20~30범 만들어놓고, 사면은 왜 안 시켜주는데?”

모두들 떠나갔다. 원양어선에 몸을 싣기도 하고, 육지로 막노동을 떠나기도 했다. 다른 배들은 저렇듯 부지런히 오가며 일을 하고 있는데, 마지막까지 배를 지키고 싶지만 역부족을 느낀다.

영세어민들의 정부정책에 대한 비판의 강도는 높았다. 농사 포기를 강요당하는 농민들이 저항하듯 어민들도 생계의 터전인 바다에서 밀려나지 않기 위해 안간힘을 쓰고 있었다.

2005년 12월 13일

벼랑끝 어민들, 누굴 위한 어촌 구조조정인가?

하진미 국회의원 강기갑 의원실 보좌관

2005년 12월 4일 오전 제주해역에서 어선이 침몰하여 선원 4명이 실종되는 사고가 발생했다. 하지만 이 사고는 단순한 해상사고가 아닌 벼랑 끝에 내몰린 어민들의 목숨을 건 조업으로 인해 불가피하게 발생한 사고라는 것이 대다수 어민들의 주장이다. 사고를 당한 어선은 10톤 소형어선으로 기름값 상승 등 폭등하는 출어경비를 충당하기 위해 어족자원이 빈약한 연안을 벗어나 먼 바다로 안전장비도 제대로 갖추지 못하고 나갈 수밖에 없었다고 한다.

왜 어민들은 자신의 목숨을 담보로 하여 바다로 나가야 하는가? 왜 어민들은 자신들의 재산목록 1호이자 평생을 함께 해온 어업을 포기하라고 강요당하고 있는가? 왜 어민들은 불법인 줄 알면서도 소형기선저인망어선을 포기하지 못하는가?

너무나 모순적인 상황이 현실에서 버젓이 벌어지고 있음에도 불구하고 세상은 이러한 문제를 당연한 듯 인식하고 있으며, 일명 '고데구리'라고 불리는 소형기선저인망어선으로 조업을 하는 어업인들은 자원고갈의 주범인 범죄자로 낙인찍혀 있다.

그러나 이들이 정말 범죄자인가 하는 문제에 있어서는 그 역사적 배경과 어업의 특성을 간과한 측면이 크다. 인간이 법의 테두리 안에서 질서를 유지해야 하는 것은 당연하지만 아무리 좋은 법이라도 이해당사자나 위정자들의 합의가 충분히 이루어지지 않은 상태에서의 법은 혼란만 가중시킬 뿐이다.

그러면 먼저 왜 어민들이 이 고데구리라는 불법 어업을 할 수밖에 없었으며 그 책임이 과연 이들 어민에게 있는지에 대해 살펴보고자 한다.

어족자원은 다른 자원과는 다르게 소유주가 없는 공유자원이다. 즉, 먼저 점하는 사람이 임자라는 것이다. 따라서 모든 어업인들은 경쟁적으로 조업을 하게 되었고 남보다 더 먼저, 더 빨리, 더 많이 어획노력을 투입해야만 남보다 더 많은 수익을 얻을 수 있었다. 그래서 그물코의 크기는 더 작게, 마력(동력) 수는 더 높게, 조업횟수는 더 많게, 어구수도 더 많이 투입하게 되었다.

또한 어족자원은 전 세계적으로 자원이 고갈되기 전까지는 아무리 어획을 하여도 줄지 않는 자원으로 인식되었다. 그래서 누구 하나 이러한 과도한 어획노력 투입에 대해 제재를 가하거나 잘못된 것으로 인식하지 못했으며, 그로 인해 자원수준보다 더 높은 수준의 어획노력이 지속적으로 투입되었다.

그러나 이러한 어획노력은 결국 자원의 자연갱생수준을 상회하는 즉, 자원의 성장률을 초과하는 수준까지 상승하여 자원을 고갈시키게 되었고 이러한 자원감소 현상이 현실로 나타나서야 비로소 위정자들이나 어업인들은 자원감소의 원인이 지나친 조업활동으로 인한 것이라는 것을 알 수 있었다.

하지만 이러한 인식이 있었다 하더라도 조업강도를 줄이는 것은 쉬운 일이 아니다. 앞에서 언급했듯이 어족자원은 무주물적 성격으로 '내가 잡지 않으면 남이 잡는다'는 인식 때문에 자신의 어획노력을 줄이려는 유인을 가지지 못한다. 바닥을 훑어서 어족자원을 싹쓸이 한다는 고데구리도 남보다 더 많은 어획물을 더 빨리 어획하기 위한 경쟁조업으로 인해 생겨난 하나의 어법이다. 즉, 이 문제는 어업인들의 도덕적인 문제라기보다 자원의 특성에서 비롯된 어쩔 수 없는 결과라는 것이다.

그러나 단순히 같은 트롤어법을 쓰면서 고데구리 어선은 연안에서 조업을 하며 그 연안지역이 자원의 서식 및 산란수역이기 때문에 불법이고, 대형트롤어선은 근해에서 조업을 하기 때문에 불법이 아니라고 하며 영세한 어민들을 내몰고 있는 이 현실은 과연 정당한가 하는 문제는 어민들이 납득하기에 충분하지 않다. 정부는 자원을 고갈하는 주범이 고데구리라고 주장하고 있다. 하지만 연안에서 행해지는 무차별적인 개발사업과 매립·간척사업, 폐기물의 해양투기, 원전에서 쉼 없이 배출되는 온배수, 전 연안을 촘촘히 둘러싸고 있는 양식장의 난립으로 인한 환경파괴 및 자원고갈에 대해서는 침묵하고 있다.

즉, 고데구리가 자원고갈의 주범이라는 그 어떤 객관적인 증거도, 연구보고서도 없으며 그 전후과정이 명확하지 않은 상태이다. 그런데도 '연안에서 치어까지 싹쓸이하는 고데구리어선은 명백한

'불법어선이다'라고 주장하며 어민들을 1년 반 동안 조업을 하지 못하게 하였다. 그리고 이제 그 어민들을 자신의 평생 삶의 터전으로 살아온 바다에서 퇴출시키려 하고 있다.

어민들의 경우는 어떠한가? 정부가 선심 쓰듯 던져 준 '소형기선저인망어선정리에관힌특별법' 시행으로 자신의 재산목록 1호인 어선을 넘겨버리고 나면 그 돈을 한번 만져보기도 전에 고스란히 수협과 은행에서 가져가 버린다. 보상금은 빚을 갚기에는 턱없이 부족하지만 이제 그들은 남은 빚을 갚을 수 있는 생계수단도 없이 남은 빚을 떠안고 가야 한다. 즉, 삶의 밑천을 순식간에 빼앗아 버리면서 모든 책임은 어민들이 감당하도록 하고 있는 것이다. 과연 정당한가? 정부가 전국의 무수히 많은 노점상인들에 대해 강력하게 단속하지 못하는 이유는 그들의 생존권과 직결된 생계수단을 몰수하는 것이 얼마나 가혹한 것인가를 정부 스스로도 인식하고 있기 때문이다. 그래서 형식적인 단속에만 그칠 뿐 그들을 거리로 나 앉게 하지는 않고 있다.

그러나 소형기선저인망 어민들에게는 어떠한가? 수산업법 제정 이래 50년간 정부의 묵인 하에 전국적으로 수많은 소형기선저인망 어선들이 생겨나게 했다. 그런데도 한 순간에 그들의 배를 묶어버리고 1년 반 동안 생존권을 박탈해 버렸다. 그들은 범법자라는 굴레로 인해 제대로 목소리조차 내지 못하고 목숨을 걸고 바다로 나가고 있다.

어민들이 고데구리 어업을 할 수밖에 없는 상황, 정부가 그동안 방만하게 허가권을 남발하고 자원관리를 체계적으로 하지 못한 책임을 고려했을 때 분명 자원고갈의 책임은 우리 모두가 져야 한다.

이렇게 떠밀 듯 영세어민들만을 벼랑 끝으로 내몰아서는 안 된다. 그들의 조업을 방조하라는 것은 아니다. 단지 그들에게 전업할 수 있는 환경과 조건, 생계대책과 유예기간을 주고 그들이 삶을 영위할 수 있게 해야 한다는 것이다.

정부는 더 이상 말로만 어촌에 대한 장밋빛 비전을 제시할 것이 아니라 그 속에 있는 어민을 봐야 한다. 어민들이 어촌을 떠나면 어촌의 기반이 붕괴되고 그로 인해 우리 수산업은 더 이상 지속할 수 없을지도 모르기 때문이다.

삼천포항 영세어민들의 시름과 좌절

__덩달아 상인들도 죽을 맛

마산에서 진주를 거쳐 1시간여 만에 '삼천포'로 빠졌다. 곁길로 빠진 것도, 일을 엉뚱하게 그르친 것도 아니었다. 기자의 목적지는 정확히 경남 사천시 삼천포 항이었다. 인구 11만여 명의 아담한 중소도시. 2005년 12월 16일 오후, 삼천포 버스터미널에 내려 곧장 항구로 향했다. 비릿한 냄새와 바람을 따라 걸으니, 2~3백여 척의 배들이 묶여 있는 포구가 시야로 들어온다.

마주치는 어민들의 얼굴에는 생기가 없다. 어시장 상인들의 표정에도 웃음을 찾아볼 수가 없다. 깊은 시름이 깊게 패인 주름을 만들었는지, 깊은 주름이 더 깊은 시름을 부르는지, 앞서거니 뒤서거니 하는 듯 보인다.

"(고데구리 어선) 정리 이후 어떻게들 지내세요."

"논다 아입니까."

당연한 얘길 왜 묻느냐는 표정이다.

"단속 땜에 (바다에) 못 나간 지 오래요. 묵고 살 대책을 세워져야 안 됩니까."

2~3백여 척의 배가 삼천포항에 정박중이다. 이 배들의 대다
수를 차지하는 고데구리 어선은 발이 묶인 지 오래. 폐선을 눈
앞에 두고 있다. ⓒ 매일노동뉴스 정기훈 객원사진기자

낮술에 거나하게 취한 고데구리 어부는 한탄을 쏟아냈다.

"집에 쌀도 없어요."

어민들의 좌절, 낮술에 화투판 전전

사천·남해어민회가 자리 잡은 포구의 컨테이너 박스. 문고리 옆
'소형기선저인망(고데구리) 정리사업' 신청 관련 공고문은 찢겨져

나갔다. 문을 열었다. 십수 명의 어부들이 몇 패로 나뉘어 화투판을 벌이고 있다. 대낮부터 이게 웬일인가? 무료한 나날, 이렇게라도 시간 죽이지 않으면 안 되는 상황인가 보다.

"이미 반 포기 상태입니다. 희망이 없습니다. 보상금은 적고, 빚 산치 하먼 그뿐인기라예. 어선 날리고 어민이 뭘 하겠능교."

박추성 어민회 회장은 사무실이 아닌 다방으로 기자의 손을 끌었다.

"(국회, 해양수산부 가서) 살려 주십시오. 통사정을 해도 도대체가 어민들 사정 이해를 못해줍디다. 대정부 투쟁할 힘도 없어요. 힘도."

이곳 사천과 남해의 고데구리 정리어선은 350여 척. 인근 통영은 500여 척이다. 정부의 보상가가 이미 나왔고, 연말까지 각 어민들에게 돈이 지급될 예정이다. 그러나 수협에서 빚을 뗀 나머지가 어민들에게 전달된다.

바다로 떠나지 못하는 배, 나가도
벌이가 안 되는 배는 이미 '애물단지'가
된 지 오래다. 시름, 좌절, 절망….
어부들은 어민회 사무실에서 술과 화투로
나날을 보내고 있다.
ⓒ 매일노동뉴스 정기훈 객원사진기자

"보상으로 돈 한 푼 만지지도 못하고 배는 배대로 잃고, 어민들이 뭘 하겠어요?"

가령 5년 된 3톤짜리 강화플라스틱(FRP) 배의 경우, 감정가는 톤당 4백만 원으로 해서 1,200만 원. 여기에 어업허가 비용으로 1,600여만 원이 지급된다. 그러나 이 배를 구입하는데 든 비용은 약 3천여만 원이다. 결국 배 값 마련하느라 수천만 원의 빚을 낸 어민들의 수중에 떨어지는 돈은 한 푼도 없게 된다. 적자 보지 않으면 그나마 다행인 판이다. 빈털터리에 배만 날리게 된 어민들은 자포자기 심리다.

통발, 자망 등 용도를 변경하려면 어구를 갖추는 데 최소 1천만 원 이상이 들어간다. 이마저 어장이 좁아 다른 어민들과 사생결단의 싸움을 각오해야 한다. 어장이 좁다 보니 서로 구역을 침범하다 보면 어구 자르고, 언성이 높아지면서 대판 싸움이 벌어진다. 생선이 많이 나는 자리에는 자망, 통발 등 폐어구들이 가득 깔려 있다는 게 어민들의 설명이다. 부가가치가 높은 고급 어종은 암초 등에 많았지만 지금은 씨가 마를 정도다.

부산과 사정은 비슷했다. 고데구리와 비슷한 조업방식인 새우조망으로 허가변경도 이뤄졌다는데, 마냥 넋 놓고 있을 일만은 아닌 것 같다.

"그거는 고기잡이 미끼를 잡기 위한 방법입니더. 그나마 허가가 한정되어 있고, 단속에 한번이라도 걸린 이들에게는 안줘요."

현재 삼천포에는 40여 척의 배들이 새우조망으로 생계를 이어가고 있다는 설명이었다. 인근 화력발전소와 조선소에 일용직으로 들어가거나 멸치잡이 큰 배에 선원으로 재취업 하거나, 잠수기도 타는 등 살아가려 발버둥치는 어민들도 있다. 그러나 일자리가 꾸준히 있는 것도 아니다.

"어민 보고 뭍에서 일하라는 것은 일반직장 다니는 사람한테 배 타라는 것과 똑 같아요. 그기 어디 말같이 쉽소?"

고기잡이 그물을 당겨야 하는 어부의 손은 화투장으로 향해 있다. 뱃전에서 잡은 생선으로 회를 쳐 초장에 찍어 먹어야 할 어민의 손은 깡소주를 들이킨다.

"할 일이 없으니 화투치고 술 마시고, 부인들은 나가서 식당일 하고, 완전히 생활이 엉망입니더."

오늘 마수걸이도 아직 못했소

지난해부터 고데구리가 금지되면서 고데구리 어민들만 타격을 입는 것이 아니었다. 어시장에서 생선을 파는 것도 중국산 수입품이 다수다. 여수, 통영 등지에서 차로 실어온다는 것이었다. 심지어 냉동생선까지. 다양한 어종이 있는 것도 아니고 싱싱한 생선이 공급되는 것도 아니니, 육지의 상인들이나 시민들이 애써 이곳을 찾을 이유가 없다.

"오늘은 아직 마수걸이도 못했소."

새벽 3시에 나와 오후 2시에 이르도록 하나도 못 팔았다니. 곰장어, 납세미 등 생선을 말리고 있는 어시장의 한 아주머니의 한숨은 절로 나올 뿐이다.

"이기 참말로 뭔 짓인지 몰르겠소."

예전에는 도매도 하면서 하루 20~30만 원 매출을 올리기도 했지

다양한 생선이 들어와야 어시장도 사는데, 싱싱한 물량이 없다. 손님의 발길이 뚝 끊긴 썰렁한 어시장. 상인들은 하루 종일 '마수걸이'도 못해 아우성이다. ⓒ 매일노동뉴스 정기훈 객원사진기자

만 요즘은 하루 2만 원 벌기도 힘들기 때문이다.

"삼천포 시장이 죽었지 뭐. 옛날에는 도매도 하고 했는데. (요즘에는) 그기 없으니……."

고데구리 어선이 묶이면서 나타난 일이다. 예전에는 인근 진주 등지에서 상인들이 와서 많이 사갔는데 이제 발길은 뜸하다. 포구에서 동고동락 하는 처지. 상인들에게 고데구리 어민들의 근황을 물었다.

"(고데구리 어민들이) 고기 잡으러도 못가고 불쌍치."

"놈팽이들 아이가. 다들. 맨날(매일) 술 처먹고."

잠수배에서 나오고 있는 환갑을 넘긴 어민을 만났다.

"예전에 내도 고데구리 했는데 불쌍타니까. 우리도 좋을 기 없지. 어부들이 고기 잡아 와서, 가족들이 그 생선 팔고, 포구에서 술 한잔 하고, 밥 사묵고 해야 하는데, 지금은 동네에 활기가 없는 기라."

항구에서 건어물을 말리고 있는 50대의 한 어민. 그는 통발어선을 몬다고 했다. 통발은 잘 되냐고 물었다.

"정부에서 준 그물, 그거로는 안된다카이."

연안에서는 도저히 잡히지가 않아서 4~5시간을 나가 일본 접경 지역까지 가야 한다는 설명이었다. 고데구리 어민들에 대한 생각도 물었다.

"어구 갖추는 데 수천만 원인데 그걸 어찌 감당해요. 그라고 자망, 통발 허가도 안 내주고, 뱃놈이 또 뭍에 일이 안 맞지."

어민들과 상인들은 다들 정박해 있는 배를 바라보며 한숨을 내쉬고 있었다. 어민들과 이야기 하는 내내 왕성한 식욕으로 생선 내장을 섭취하는 갈매기들. 그래도 얻어먹을 떡고물이라도 있는 갈매기들의 비상이 부러울 지경이다. 항구 옆으로 보이는 삼천포대교를 건너면 바로 남해다. 그곳을 바라보고 오른쪽은 광양만, 왼쪽은 통영과 거제다. 이른바 한려해상국립공원의 중심이 되는 곳. 그러나 푸른 바다, 넘실대는 파도는 어민들의 시름만 날라줄 뿐이다. 화력발전소는 진분을 날리고, 해안가 공단 건설로 인한 준설과 매립은 어장을 갈수록 황폐화시키고 있다.

공단 건설, 갯벌 매립, 화력발전소 오염

고기들의 산란장소인 갯벌은 매립으로 신음하고 있다. 인근 남해의 경우, 어민들의 삶의 터전으로 갯벌이 잘 되어 있었다. 그러나 광양제철로 큰 배들이 들어오기 위해 바다모래를 준설하면서 어장은 황폐화 되었다. 남해군 4개면 18개 어촌계 어민들은 흙탕물과 소음 등으로 피해를 입었다며 보상을 요구하고 있다. 어민들은 준설공사 강행에 대해 해상시위 등 실력으로 저지하겠다는 방침이다.

낙동강 하구 준설로 진해만의 거제시 어민들도 반발하고 있다. 모처럼 돌아온 대구의 회유 생태계가 또다시 파괴된다는 이유에서다. 지난 1987년 둑 조성 뒤 대구가 사라졌다가 몇 년 뒤 겨우 인공수정란 방류 등을 통해 대구가 겨우 회귀했던 경험 때문이다.

인근 마산의 경우, 마창환경운동연합이 '마산만특별법' 제정을 촉구하고 있다. 마산시와 환경부가 마산만 관리소홀로 마산만의 오염이 가속화되고 있다는 주장이다. 환경단체들은 마산만 서항 매립 계획은 진해 용원과 웅동지역 등 신항만건설 매립지역처럼 모기와 파리 떼의 습격이 불을 보듯 뻔하다고 경고한다. 재앙을 부르는 매립. 상습침수는 물론 마산만과 진해만 일대의 잦은 적조와 수산물 감소, 어패류 오염은 심각한 상황이다. 원인규명 없이 개발을 진행해서는 안 된다는 것이다.

각종 매립과 개발로 바다가 몸살을 앓고 있다. 연안에는 고기의 씨가 말랐다는 게 어민들의 한결같은 설명이다. 〈사진〉은 삼천포항 옆 삼천포화력발전소 모습.
ⓒ 매일노동뉴스 정기훈 객원사진기자

삼천포항도 지난 80년대 화력발전소 건설과 함께 홍역을 치렀다. 삼천포 화력발전소는 세계 최대 규모의 석탄 화력발전소로 연간 7만여 톤의 대기오염 물질을 내뿜고 있다. 온배수, 송전탑 등도 각종 오염의 원인이 되고 있다. 사천환경운동연합 등은 화력발전소로 인한 오염 피해 방지를 요구, 2002년경 황산화물 배출 절감을 위한 탈황시설 설치를 강제했다.

그러나 오염은 계속되고 있다. 올 10월 국회 산자위 소속 선병렬 의원(열린우리당)이 한전 국감에서 밝힌 주요 발전시설별 상반기 배출허용기준 초과현황에 따르면, 삼천포화력은 546회를 기록했다. 중부발전 서천화력의 4,438회 바로 다음인 것이다.

"저 화력발전소 진분가루 때문에 10년여 전부터 조개고, 고기고 싹 없어졌어요."

"진분가루가 바다에 둥둥 떠다니는데, 그게 어디로 갔겠어요. 그 밑은 시꺼매요."

삼천포 화력발전소 인근 수 킬로미터는 아예 가지도 않는다는 어민들. 여전히 삼천포 화력발전소는 희뿌연 연기를 계속 내뿜고 있었다.

고데구리 어민, 그 다음은?

등대를 지나 다시 항구로 돌아오는 길. 항구에 정박해 있는 작은 배들은 정처 없이 묶여 있고, 59톤의 쌍끌이 중형기선저인망 배는 물살을 가르며 바다로 나아간다. '예금, 위탁은 수협으로'를 외치는 삼천포수협 위판장은 이제 큰 배들이 실어 나르는 어패류로 가득 채워질 것이다.

겨울 찬바람 맞으며 얼었다 녹았다를 반복하는 생선은 먹기 좋게 마를 것이다. 그러나 얼어붙은 영세어민의 마음은 풀어질 기미가 보이질 않는다. 매서운 찬바람에 휑한 항구의 겨울. 어민들의 올 겨울은 더욱 혹독하리라. 고데구리 영세어민, 그 다음에 울 어민은 누구인가. 바다는 말이 없고, 파도는 한없이 출렁이기만 할 뿐이었다. 갑갑한 속을 달랠 요량으로 물메기탕을 찾았지만 시원함은 만끽할 수 없었다.

2005년 12월 20일

사라지는 연안지선 떠도는 영세어민

윤미숙 통영거제환경운동연합 정책실장

흔히 개발과 보존의 논리는 맞부딪힐 수밖에 없다고 한다. 더 나아가서 둘의 상반된 논리는 종종 발전과 후퇴의 개념으로 치닫기도 한다. 그러나 결론을 말해 사실은 전혀 '아니오'이다. 얼핏 있을 수 있는 푸념이나, 조금만 관심을 갖고 들여다본다면 개발 '군'과 보존 '녀'는 나란히 함께 가야 할 부부와도 같은 의미이다.

아름다운 해안선을 밀어내고 매립을 해서 그 땅의 이용가치를 최대화, 막대한 이윤을 추구하려는 개발업자에게 보존은 다만 귀찮은 그 무엇일지 모른다. 그러나 그 해안선 언저리에 기대서 살아 온 사람들에게 이는 생존권의 상실이며, 삶의 터전에 대한 훼손이다. 어민들의 상대적 손해를 지속적으로 입히게 되는 것이다.

우리의 바다는 아직도 보호자가 없는 '과부의 자식' 같다고 하면 지나친 비약일까? 그러나 쓰라리더라도 처해진 현실은 냉혹하게 진단할 수 있을 때, 해결책도 생기고 상호 '지속가능한' 살길도 열린다. 연안지선을 손쉽게 매립해 돈을 벌려는 사람들은 많다. 그러나 바다의 건강성과 나아가 국민들의 건강권을 지키겠다는 정책은 여전히 생색내기 수준이다. 먼 바다는 해상교역의 뱃길로 인식하거나 대형 어업선단의 고기잡이 현장으로 이용된다.

그러나 육역에서 가까운 연안지선은 해안도로 개설, 임해공단 건설, 물류기지, 주택조성단지 등등을 이유로 죄다 뜯기고 매립되어 가고 있다.

맨 먼저 죽어나는 것은 영세어민들이다. 연안지선의 생태계가 파괴되면 연안어족의 씨가 마르는 것은 당연한 순서이다. 이들에게는 먼 바다로 고기떼를 쫓아 나설 만한 장비도 힘도 없다. 그저 조상 대대로 가까운 바다에서 고기를 잡고 조개와 해산물을 채취해서 그날그날을 연명해 왔을 뿐이다.

그러나 그 바다의 기슭인 연안선은 인간의 욕심이 점령해버렸다. 자연히 인간의 지나친 간섭으로 망가진 해안선은 시나브로 오염되고 해초류가 사라졌으며 어패류도 점점 사라져갔다. 갯가에는 늙은 어부의 한숨과 폐선으로 변해가는 어선이 갯잔디 위에서 하얗게 야위어가고 있을 따름이다.

해안선을 보존하는 일은 바다를 보호한다는 말과 같다. 해안선을 보호하지 않는 나라는 바다를 포기한 것과도 같다. 한사람의 허파를 포기하고서 몸이 성하기를 바라는 것과 같은 이치다. 해안지선의 생태적 가치와 그 역할은 이미 밝혀질 만큼 밝혀졌으나 국책사업, 지자체사업, 리조트사업 등등 여러 유형의 개발압력은 높아만 가고 있다.

자정공간을 상실한 바다는 점점 상해만 간다. 그 속에서 겨우 길러낸 것들은 병이 들어 결국 그것을 먹는 사람의 건강을 심각하게 위협한다. 해양에서 얻어지는 것으로 인한 순환의 고리는 결코 먼 곳에서 이루어지는 것이 아니라 지금 이 순간 우리의 식탁에서도 이어지고 있는 중이다.

개발과 보존이 양립이 아닌 병립의 형태로 가야하는 이유는 수없이 많다. 방법이 없지 않느냐고 물을 수도 있다. 하지만 색깔이 흑과 백만이 있는 것이 아닌 것처럼 눈만 뜬다면 방안은 쉽고도 가까이에 널려 있다. 해안선의 개발로 인한 폐해를 계산하고서 재빠르게 복원으로 돌아간 일본이나 독일의 예에서도 쉽게 짐작할 수 있는 것들이다. 그들의 뼈아픈 후회를 보면서도 그 길을 고스란히 뒤따라가고 있는 자세가 문제인 것이다.

해안선을 고스란히 보전하고 즉, 자정공간을 살려두고, 저만치 뒤로 물러나서 도로도 만들고 공단도 만들고, 택지도 만드는 정책이 확고하게 성립된다면, 우선 바다가 살고 가난한 영세어민도 살고 관광을 목 터지게 외치는 지자체도 사는 길이다.

그럼에도 왜 안하는가. 적게 투자해서 많이 얻으려는 누가, 무엇이 죽든 말든 나만 살고 보겠다는 천박한 자본논리가 낳은 근시안의 결과일 뿐이다.

제7장

탈북 새터민 이야기

새터민들은 남한 사람들을 대할 때 어려운 점으로 '새터민에 대한 부정적 선입관'(58.5%)이 가장 높았다. 그 뒤로는 남북한의 가치관 차이(46.6%), 남한 사람들의 이기적 행동(20.3%), 남한 사람들의 부정직한 태도(16.1%) 순이었다. 그들은 이주노동자보다 새터민을 더 업신여기는 듯한 따가운 시선을 곳곳에서 느끼고 있었다. 인근의 새터민들끼리 교류도 거의 없었다.

"탈북자들 서로 잘 안 가요. 형제, 친척들이 꼭대기(북)에 있어 서로 노출을 하지 않으려는 입장입니다." 장씨는 오히려 한국의 지역주민들과 어울리는 것이 부담이 없다고 했다.

새터민 수용도 못하면서 통일하자고?

__7천여 새터민, 남한 정착 어려움 호소

냉전시기, 남북의 치열한 체제경쟁 속에 북에서 남으로 온 사람들, 우리는 이들을 '귀순용사'라 불렀다. 그러나 1990년대 들어 사정은 달라졌다. 북한의 식량난으로 이탈주민이 급증한 뒤에는 그들은 이제 '탈북자'로 불린다. 북한이탈주민을 일컫는 탈북자 그 부정적이고, 거부감을 주는 용어를 정부는 지난해부터 '새터민'으로 바꿔 부르고 있다. 새터민은 '새로운 터전에서 삶의 희망을 갖고 사는 사람'이란 뜻이다.

통일부가 2005년 연말 발표한 '남북사회문화교류 인도사업 분야 2005 1년, 6·15 5년간 성과' 보고서에 따르면 2005년 11월 말 현재 입국자는 1,217명으로, 2002년 이후 지속적으로 1천여 명 규모를 유지하고 있었다.〈그래프 참조〉

총 국내거주 인원은 7천2백여 명. 이들 새터민은 전국 곳곳에 흩어져 살고 있다. 서울지역은 3천여 명. 이 가운데 노원구에 800~900여 명이 살고 있으며 강서, 양천지역은 1,100~1,200여 명

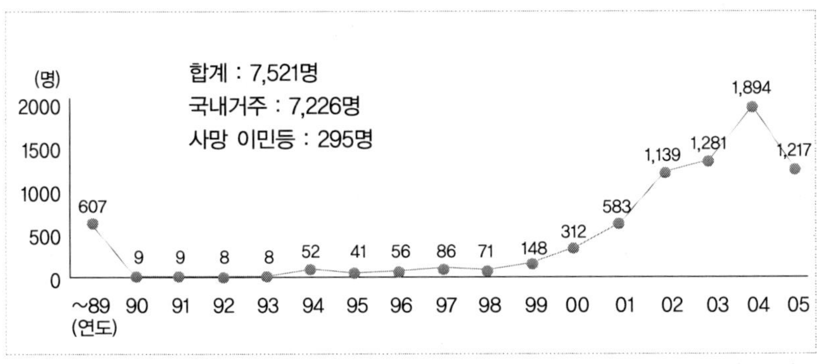

출처 : 통일부

으로 가장 많이 살고 있다. 이 지역에 영구임대아파트가 많기 때문이다. 새터민들은 입국한 뒤 하나원을 거쳐 영구임대아파트를 배정받아 살게 된다.

2006년 1월 20일 저녁, 새터민들을 만나기 위해 서울 강서구 가양동 한 임대아파트 단지를 찾았다.

"이 단지에만 약 400여 명이 살고 있습니다."

동행한 열린사회시민연합 소속 강서양천시민회의 변광영 사무국장은 신변보장을 위해 사진을 찍지 말 것을 요청했다. 한 아파트 단지의 벨을 눌렀다. 간간이 들리는 이북사투리만이 그들이 새터민임을 느끼게 할 뿐이었다.

조국통일 한다면서 차별의식이 꽉 차 있단 말입네다

40대 후반의 장정일(가명)씨는 1997년경 북에서 가족과 함께 탈출했다. 한국대사관에 전화를 하니 직접 도와줄 수 없다는 입장이었다. 한국 측의 냉담한 반응에 그는 첫 좌절을 맛봐야 했다. 그는 2004년 한국에 오기 전까지 중국 서부지역에서 자영업 등을 하며 7년여를 살았다.

"한번은 (한국) 영사관 문을 밀어 제치고 들어갔는데 바로 쫓겨났습니다."

중국 감옥에 갇혀 북송될 위기였다. 다행히 교회, 인권단체 등 지인의 도움으로 풀려날 수 있었다.

"아내의 정신분열증이 재발하지 않았으면 차라리 중국에 머물렀을 것입니다."

한국은 그에게 실망을 안겨주었을 뿐이기 때문이었다. 우여곡절 끝에 2년여 전 한국으로 오게 된 장씨. 그는 최근 병원의 세탁물 옮기는 일을 시작했다. 보험설계사 일이 한 달 30만~40만 원 벌이밖에 안 되어 밤낮없이 일할 요량이었다. 그래야 고3 수험생과 초등학교 4학년 자식들 공부시키고, 병중인 아내의 치료비도 댈 수 있기 때문이었다. 하지만 장씨는 며칠 안 돼 일을 그만두었다.

"힘은 부치지만 일 없단 말입니다."

'일 없다'는 말은 '괜찮았다'는 이북식 표현이다. 이유는 간단했다. 20만km를 달린 거의 폐차 수준의 차량. 시속 80km 속도를 겨우내는 차량으로는 십 수어 곳의 병원을 돌기에 역부족이었다. 더욱이 '지입권리세'를 포함해 1,700만 원에 그 차량을 인수하라는 소개소(대행업체)의 횡포까지 장씨를 괴롭혔다.

"그 많은 돈도 없을 뿐더러 수리비가 엄두가 안나 못 사겠다고 하고 관뒀지요."

장씨는 대한민국에서 원래 살고 있는 이들도 힘든데, 탈북자라고

하면 사장들이 안 쓰려고 한다며 탄식을 쏟아냈다.

"안정된 일자리, 그건 뭐. 찾기도 어렵고 이루어질 수 없습니다."

북에서 대학을 나왔거나 의사를 했어도 인정해주지 않는 남쪽의 현실이다.

"목숨을 내던지고 사지를 넘어 오는데 자격증을 개지고 나오나요?"

이웃에 살고 있다는 60대 대학교수 출신의 탈북자는 경비일이라도 하길 원하지만 일거리가 없다고 했다. 여자들은 식당에서 일을 할 수가 있어 조금 낫다지만 말이 통하지 않아 그만둬야 하는 상황도 종종 생긴다.

"말로는 탈북자가 통일의 주인이라고 말하면서, 조국통일 한다면서도 차별의식이 꽉 차 있단 말입네다."

그는 심지어 그런 차별의식을 쉽게 깨지 못하겠구나하는 생각까지 하고 있었다.

정부 새터민 정책, 보호에서 자립·자활로

통일부는 지난해 1월부터 새터민 정책을 '보호' 중심에서 '자립·자활' 중심의 정착지원으로 바꾸었다. 자립의지를 갖춘 새터민에게 장기직업훈련, 자격증 취득, 장기취업 등 각종 자립장려금을 지급한다는 것이다. 1인당 최고 1,540만 원까지 지급한다는 내용이었지만 이전 3,600만 원에서 대폭 줄어든 액수였다.

2005년 통일부는 전년도에 견줘 고용지원금 수혜비율이 67% 증가했다고 발표했다. 탈북한 이들은 입국직후에는 사회적응교육기관

새터민 아동청소년들의 개별학습과 사회적응 등을 도울 '멘토' 자원봉사자를 모집하고 있는 열린사회강서양천시민회의 현수막.

인 하나원에서 다양한 취업정보와 현장체험 등 사회적응 프로그램을 2~3개월 동안 받게 된다. 정부는 또 의사, 교사 등 전문직 경력이 있는 새터민이 소정의 보수교육 또는 재교육을 통해 자격을 인정받는 자격인정제도를 마련할 방침이다. 이를 위해 북한이탈주민의 보호 및 정착 지원에 관한 법령 개정을 추진 중이라고 밝히고 있다.

또한 새터민 청소년의 교육여건을 고려한 특성화학교인 '한겨레학교' 설립을 추진하고, 새터민 전용 기초직업훈련과정을 마련할 계획이다. 그러나 아이들 교육문제도 중국 체류기간이 길어지면서 아이들은 교육에서 방치된다. 남쪽의 교과목을 따라가는 것이 힘에 부치는 게 당연할 일이다.

"평상시에 밤샘 공부를 해도 따라가기 어려운 실정입니다."

변 사무국장은 100명 가운데 10명이 대학에 들어가고, 10명 중 1명 정도가 대학을 졸업할 정도라는 설명이다. 그런데도 언론에서는 새터민이 대학에 들어간 얘기만 있을 뿐 중도에 포기하고 나왔다는 얘기는 온데간데없다.

새터민들은 정부의 발표와는 달리 집만 한 채 달랑 받았을 뿐 먹고 살기 위한 경제활동이 쉽지 않아 보였다. 장씨의 보험설계사 일도 그랬다. 친인척은커녕 생면부지의 사람들 속에서 알음알음 보험 일을 한다는 것은 쉽지 않은 일이었다. 그는 북에서 재정금융, 은행과를 다녔는데 남에서는 무용지물이었다. 그는 적응하면서 어려운 것을 묻자 대뜸 "사회주의 경제학에서 배울 것이 많다"고 말문을 열었다.

"자본주의는 개인소유라 보니, 층하(부익부 빈익빈)와 개인비리가 많이 생기는 겁니다."

두 체제를 경험해본 장씨는 여러 생각이 교차하는 듯 했다.

"탈북자 7천여 명 수용도 어려운데 통일되면 어케 함께할 수 있겠는가 말입니다. 차마 말을 못해도 그런 생각을 하게 됩니다."

서로 돕는 틀이 없이 '너는 너, 나는 나' 개인주의가 만연하고 있는 상황.

"인간의 본능은 주체성과 창조성을 가지고 있단 말입니다."

그는 그것이 없으면 사람들의 견해가 바뀌어 간다고 말했다. 군부독재와 싸우며 적을 닮아갔고, 국민교육헌장의 뿌리 깊은 국민 이데올로기를 체화하고 있는 것과 마찬가지로 그들도 북의 정권을 혐오하면서도 주체사상의 틀은 온전히 벗어나고 있지 못한 듯 보였다.

장씨는 인터뷰 내내 휴대폰으로 걸려오는 전화를 쉴 새 없이 받았다. 절친하게 지내는 이웃이 곤란한 상황에 빠져 있다는 것이었다. 교통사고를 당했는데 피해자인 새터민이 가해자가 되어버린 어이없는 일이라는 설명이다. 그 집을 같이 방문했다.

왜 이리 강짜로 엄포를 놓습니까?

인근의 한 임대아파트. 두 딸과 아내는 교통사고로 중상을 입은 가장이 가해자로 몰릴 처지여서, 어찌해야 할 바를 몰라 발을 동동 구르고 넋을 놓고 있었다. 가족이 한국으로 온 지 몇몇 해. 40대 후반의 경인준(가명)씨는 먹고 살기 위해 식당, 이삿짐, 막노동 등 닥치는 데로 일을 하고 있었다. 2005년 10월 어느 날 저녁, 경씨는 새터민 친구를 오토바이에 태우고 일자리를 알아보려고 가고 있던 중이었다. 강서사거리에서 버스에 부닥친 경씨는 갈비뼈와 쇄골이 부러지는 등 중상을 입었고, 친구는 즉사했다.

불행의 시작이었다. 한 달 뒤 경찰은 입원한 경씨의 병원에 찾아와 사건경위 등 조서를 꾸몄다. 경씨는 정신이 없는 상태였고, 경찰은 그 내용을 환자나 가족에게 자세히 알리지도 않은 채 지장을 강제로 찍게 했다.

"왜 이리 강짜로 엄포를 놓습니까?"

아내 김씨는 항의도 했다. 그러나 경찰은 아무것도 아니라며 서류에 지장을 찍게 했다.

"감옥에 가든지 아니면 북한에 다시 가든지."

경찰이 내지른 말은 가슴에 비수처럼 꽂혔다. 남편은 파란불 신호를 보고 출발했다는데, 다친 것도 억울한데 가해자가 되어버린 상황이었다. 아내 김씨는 사고 당시 목격자 등 증인을 찾아야 되는데 남한사회를 모르는 그 자신이 원망스러운 듯했다. 사거리의 교통 감시카메라 녹화분이나 버스안의 감시카메라 등 '증거물보전신청' 등 법적인 처리도 차일피일 미뤄지고 있었다.

대한변협에 변호사 요청도 해봤지만 선임료 500만 원을 마련할 형편도 아니었다.

"억울할 수 있는데 국선을 하세요."

변협의 말대로 국선 변호인을 선임해도 믿지를 못하겠고, 다니던 교회 목사도 바뀌어 실질적인 도움 받기도 어려운 처지다. 김씨와 두 딸은 발을 동동 구르며, 속은 시커멓게 타들어 갈 수밖에 없었다.

"대한민국 공무원들이 탈북자들 우습게 여긴다는 게지."

인근에 살고 있는 한 탈북자는 분통을 터트렸다.

"친절, 봉사를 내세우는 경찰이 말도 거만하고, 병원 밖에서 어찌 환자 가족에게 손가락질을 하며 모욕을 하고 그래요?"

재산이라고는 정부에서 지원받은 1천만 원짜리 임대아파트가 전부다. 교통사고 가해자가 된다면 보상은 물론 2천만 원 정도의 치료비도 물어야 되고, 거리로 나앉을 판이었다.

'행복하게 살자!'

집안 가운데 탁자에 소중히 놓여 있는 가훈이 가슴을 내리친다. 새로운 삶의 터전을 찾아 남행을 결심한 새터민 가족에게 시련은 또 한번 그렇게 찾아왔다.

새터민 정착의 어려움과 의문점

부산YMCA 새터민지원센터가 지난해 조사한 자료에 따르면 부산에 정착한 새터민 10명 가운데 6명이 일상생활에서 상당한 스트레스를 받고 있는 것으로 조사됐다. 가장 큰 원인은 외래어와 이질적인 표현 등 의사소통의 어려움이었다. 심지어 새터민 14%는 남한사람들의 말을 전혀 알아듣지 못하거나 이해하기 어렵다고 호소했다.

새터민 아동청소년들의 개별학습과 사회적응 등을 도울 '멘토' 자원 봉사자 교육 장면.

또 낯선 환경에서 오는 고독감과 우울감(15.1%), 정보부족(11.9%) 등도 정착의 어려움으로 나타났다. 남한사회의 편견과 차별(11.1%), 비싼 물가(7.9%), 무료함(5.6%) 등이 그 뒤를 이었다. 반면, 새터민들이 남한 사회적응에 가장 필요한 것은 취업과 관련한 정보(32.3%)였다. 자신의 적성을 파악해 실질적으로 적응하는 것(23.8%)과 보다 많은 지원금(14.6%), 남한 사회에 대한 기본정보(10.8%) 등 새터민들이 정착을 위해 간절히 원하는 것은 경제적 문제의 해결이었다.

최소 1만 명에서 최대 10만 명에 이른다는 중국 내 탈북자들. 그들의 유형은 한국에 오려는 사람들보다 중국에 남거나, 돈을 벌어 북으로 돌아가려는 이들이 더 높은 것으로 조사되고 있다. 강서양천 시민회의 지난해 실태조사에서 새터민의 중국체류기간은 2003년 이전 평균 2.89년인데 반해 2004년 이후 입국자는 3.32년으로 길어진 것으로 나타났다.

　기획 탈북브로커들이 판을 치면서 중국 내 탈북자들이 더욱 곤경에 빠지는 등 한국행이 여의치 않았던 이유도 있다. 하지만 새터민들이 처음부터 한국에 오려고 북한을 탈출한 게 아닐 것이란 짐작이 가능한 지점이다.

　"내 인생을 망가뜨린 놈을 받아주는 한국에는 안 가겠다."
　"중국에서 잘사는 것이 한국에서 못사는 것보다 낫다."
　"돈벌어 조선에 돌아가겠다."

　10여 년 중국 내 탈북자들을 심층 추적하고 있는 조천현 월간 〈말〉 전문기자는 새터민들을 마냥 좋게만 바라 볼 수 없음을 지적했다.
　"5~6년 전만 하더라도 순수한 접근이었지만 변해버렸어요. 남한 사회 새터민들 정착의 어려움을 써주기를 원하는 곳은 오히려 기획 탈북단체나 반북단체들일 겁니다."
　이유는 또 있었다. 새터민, 그들의 탈북 동기도 기아 등 북의 체제 문제를 거론하지만 일부에서는 도덕적이고 윤리적인 문제가 숨겨져 있는 이들도 없지 않다는 지적을 하는 이들도 있었다.

새터민의 현실과 부정적 선입관들

　2005년 6월 열린사회강서양천시민회가 〈시사저널〉과 공동으로 실시한 실태조사에 따르면 강서지역 새터민들은 북에서 고등학교를 졸업(73.7%)하고, 노동자 생활(54.2%)을 하다가 탈북한 사람이 가장 많았다. 나이는 30대가 42.4%로 가장 많았고, 40대가 27.1%, 20대가 17.8%로 그 다음 순이었다.

새터민들 10명 가운데 7명(70.3%)은 무직이었으며, 월평균 수입은 75만 원이었다. 이는 희망 수입인 155만 원에 견줘 절반 수준이었다. 그마저 이 수입에는 정부가 새터민에게 지원하는 최저생계비 32만 원이 포함된 금액이었다. 2004년까지는 남한의 영세민보다 1단계 우대해 20만 원 가량을 더 주었지만 지난해부터 정부정책의 변화로 대폭 삭감되었다.

결혼해서 아이를 낳으면 74만 원(3인 가족 기준), 직업훈련을 받으면 월 33만 원이 지급된다. 1년 기한이다. 새터민들과 지원단체들은 물설고, 낯선 곳에서 적응하기 위해서는 더 오랜 정착기간이 필요하다고 입을 모은다.

새터민들은 남한 사람들을 대할 때 어려운 점으로 '새터민에 대한 부정적 선입관'(58.5%)이 가장 높았다. 그 뒤로는 남북한의 가치관 차이(46.6%), 남한 사람들의 이기적 행동(20.3%), 남한 사람들의 부정직한 태도(16.1%) 순이었다. 그들은 이주노동자보다 새터민을 더 업신여기는 듯한 따가운 시선을 곳곳에서 느끼고 있었다. 인근의 새터민들끼리 교류도 거의 없었다.

"탈북자들 서로 잘 안 가요. 형제, 친척들이 꼭대기(북)에 있어 서로 노출을 하지 않으려는 입장입니다."

장씨는 오히려 한국의 지역주민들과 어울리는 것이 부담이 없다고 했다.

"처음에는 탈북자에 대한 호기심이 있었지만 점점 제 먹고 살기도 힘든데 관심 두갔어요?"

　그는 오히려 탈북자들이 노래방이나 여자들 술 마시는 등 북에서는 보지 못한 풍경에 호기심이 더 크다고 말했다. 남한사회에 적응하며 제2의 인생을 살려고 하는 새터민들. 이들에 대한 냉대와 멸시가 얼마나 심하게 느껴졌는지 그들은 "이주노동자보다 못한 차별에 시달린다"며 하소연하고 있다.

　"이북5도청이니 그런 행사에 이제 다시는 안 갈라고요."

　이용만 당할 뿐 남한사회 정착에 실질적인 도움이 필요할 때 도움 한번 주지 않는 매정한 손길에 새터민들은 불만을 토로하고 있었다.

　"보수진영은 그들의 입맛에 맞게 활용하거나 악용하지 않았으면 좋겠고, 진보진영은 더 이상 외면하지 말고 우리 사회가 떠안아야 할 사회적 약자로서 봐줬으면 좋겠습니다."

　열린사회강서양천시민회의 변광영 사무국장은 새터민에 대한 관심과 애정을 당부했다.

2006년 1월 24일